異世界で騎士団寮長になりまして

～寮長になったつもりが2人のイケメン騎士の伴侶になってしまいました～

リア
王立第二騎士団の副団長で、実は王家の血を引く青年。非常に真面目な性格で、騎士団内では理想の騎士像として思われている。普段は穏やかだが、怒ると恐い。
レオナード
王立第二騎士団の団長であり、レイル領主の弟。大雑把で面倒くさがりなため、やる気がなさそうに見えるが、実はかなり面倒見がよく、団員から慕われている。
柏木《かしわぎ》蒼太《そうた》
落とした五百円玉を拾おうとしたところで階段から落ち、異世界に転移してしまった青年。転移した先でレオナードたちに拾われ、王立第二騎士団の寮長として働くことになる。

CHARACTERS

ミュカ

王立第二騎士団にいる、
蒼太と同じくらいの大きさの大鷲。
騎士団では遠方にいる騎士団員との
連絡を届ける役目を担っている。

ダグ

王立第二騎士団の補給部隊に所属する、
金髪の巻き毛がチャームポイントの青年。
常に優しげな雰囲気を纏っているが、
そのせいかよく貧乏くじをひくのが悩み。

ムント

王立第二騎士団の補給部隊に所属
しており、補給部隊の隊長でもある。
騎士団の中では年上だが、とても物腰が
柔らかく、のんびりとしている。

セレスティーノ

王立第二騎士団の歩兵部隊に所属
しており、歩兵部隊の隊長でもある。
どことなくチャラついた雰囲気を
醸しているが、根はかなり真面目。

ジョシュア

王立第二騎士団の騎馬部隊に
所属するソウタと同い年の青年。
口数が少ないが、寡黙な団員が多い
騎馬部隊の中ではお喋りなほうらしい。

マティス

レオナードの兄で、
現在はレイル領の領主をしている青年。
領主ではあるが身分の差を感じさせない
くらい、とても親しみやすい性格。

王立第二騎士団

交通の要衝であるレイル領を守る、ライン王国の騎士団。
レオナードを団長、リアを副団長とした約 180 人の団員で構成され、
日々レイルの街を守るため、訓練に勤しんでいる。

プロローグ

「この騎士団の寮長になるってことは、二人の『伴侶』になるってことなの？」

僕の大きな声が王立第二騎士団寮のだだっ広い敷地に響き渡る。

目の前では第二騎士団の団長——レオナードが不敵に笑っていた。

レオナードの隣では、副団長のリアがきょとんとした顔で僕を見つめている。

ひょっとして、こっちの世界では男が男二人の伴侶になるっていうのは常識なんだろうか。背中に変な汗が噴き出してきてしまう。

二人はたっぷり沈黙しお互いに目を合わせると、こちらを向いて同時に答えた。

「そうだ」

「そうだよ」

二人の返事に、頭をガツンと殴られたような衝撃を受けた。

僕がこの世界に迷い込んだのはつい先日のこと。そしてあれよあれよという間に王立第二騎士団の寮長になって、さらにはレオナードとリアの伴侶にもなるなんて！

そりゃあ背が高くて筋骨隆々の二人に比べたら僕は小さくて女の子っぽいかもしれない。

でも僕はれっきとした男なんだよ？

さらに伴侶となる相手がレオナードとリアの二人って……僕の頭はもうパニックだ。

「ふ、複雑……」

「それほど複雑じゃないさ。寮長になった君には私とレオナード、二人の伴侶がいる。それだけのことだよ」

リアにあっさりそう言われてしまっては、パニックになっている僕が逆におかしな人みたいだ。

だいたい、伴侶になったとして男同士で何をするっていうのだろうか。

そんな僕の心の声が分かったのか、レオナードがにやりと笑った。隣でリアも口角を上げている。

「子作りするんだよ、俺たちとお前で」

僕とレオナードとリアの三人で子作り——いやいや、無理無理!!

「あのー僕、まさか寮長が団長たちの伴侶になるとは、これっぽっちも考えてなくってですね。今からやっぱりお仕事を辞退するわけには……」

「却下」

「却下だね」

二人に揃って却下されてしまった。

ああ、困った……。本当に……どうしてこんなことになっちゃったんだーっ!!

第一章　異世界と二人の伴侶

「いったぁ……」

背中に痛みを感じて目をゆっくりと開けると、僕の四方を深い緑色の葉をたくさん付けた枝が囲んでいた。背中からお尻にかけて硬くてゴツゴツとしたものが当たっていて居心地が悪い。

葉の隙間からちらりと見える空は青く晴れ渡り、穏やかな日差しが、冷え切った僕の身体を温めてくれている。

「あ、れ……おかしくないか？」

今日は一月一日。東京はせっかくのお正月に水を差すような、生憎の曇り空だったはずだ。こんな夏の日差しが降り注ぐわけがない。

ぼんやりと霞《かす》む頭を左右に振って、僕はなんとかさっきまでの出来事を思い返そうとした。

……たしか僕は、元日のバイトを終わらせてアパート二階の自宅に戻ったところだったはず。

バイト先の先輩たちが五百円ずつお年玉をくれたから、僕は思わぬ臨時収入に浮き立っていた。

家に帰って鍵を開けようとポケットから手を出した拍子に、うっかり五百円玉を地面に落としちゃって、慌てて追いかけたら階段から落ちた――いや、そう思っていたら突然目の前が眩しく光って……

「あっ！　ご、五百円玉は!?」

慌てて起き上がって確認したら、ちゃんと五百円玉は三枚とも右手で握っていた。

……よかった、千五百円もの大金をなくしちゃったら立ち直れないよ。

「で、ここどこだろう？」

記憶を振り返ってみても、今いる場所の見当がつかない。僕はとりあえずあたりを見渡して、そのまま硬直してしまった。

お尻に感じるゴツゴツと硬いものは枝で、僕は背の高い木の上にある太い枝にまたがる形で座っていたようだった。

少しでも動いたら、確実に落ちてしまう！

「なんでこんな木の上に……？」

冷静になればなるほど、自分の置かれた状況が不可思議すぎて寒気がしてきた。少しずつ血の気が引いていくのが分かる。まずい、ここで失神したら地面に向かって真っ逆さまだ。

「と、とりあえずここから下りよう！」

じわじわと遠のいていく意識を引き寄せるように声を上げ、意を決してもう一度下を確認した。

僕のいる木の周りは芝生が敷いてあるようで、見えるのは一面の緑だ。周りを見ても人は歩いていないから助けを求めるのは難しそうだ。

困ったな、と思いながら目を凝らしていると、木の根元に誰かの脚があるのに気がついた。どうやらこの木の幹にもたれかかって昼寝でもしているようだ。

「た、助かったぁ……」

他に人も見当たらないし、あの人に声をかけてなんとか下ろしてもらうしかない。

こんなにいい天気だ、さぞ気持ちよくお昼寝をしているんだろう。そんな人を僕のために起こしてしまうのはちょっとだけ気が引ける。

でも、しょうがないよね。ごめんなさい、後でお礼はちゃんとしますから。

僕は下を向いて、助けを求めようと大きく息を吸い込んだ……

——その瞬間。

「うわっ、何、この風……！」

とんでもない突風が吹き上げてきた。

風は小さく渦を巻き、まるで意思を持つかのように僕の身体を包み込む。枝葉がばさばさと悲鳴をあげながら風に巻き上げられていくのが見える。巻き上げられた枝や葉が頬に思いっきり当たって痛い。

あまりの恐ろしさに必死になって木の幹にしがみつくが、ついに僕の身体がぐらりと揺れた。

——まずい、落ちる！

「た、た、助けてーっ！　死ぬーっ！」

必死の思いで叫びながら、僕は木からずるっと落ちた。

人は死ぬ前に走馬灯をのように思い出が浮かぶと言うけれど、あれは本当のようだ。

母さんと貧しくとも楽しく暮らしていた記憶が次々と脳裏を巡る。お金を貯めて豪邸に住むって母さんと約束したけれど、結局果たすことはできなかった。

頑張って五十万円も貯めたのにこれでおしまいだなんて……すっごく大変だったんだぞ！

遠くで誰かが叫ぶ声が聞こえた気がするけれど、その声に耳を澄ます余裕はない。僕は死を覚悟して目をギュッと閉じた。

どさっと全身に強い衝撃が走る。激痛を予想していたけれど、不思議とそれほど痛くはない。

「軽いな……。おい、大丈夫か？」

耳元で誰かの囁《ささや》きが聞こえて、閉じた目をそっと開ける。目の前には見知らぬ青年の顔があった。

肩近くまで伸びた、燃えるような真っ赤な髪。前髪の間から見える瞳は濃い灰色で、キリッとした目と眉は意志の強さを感じさせる。形のいい鼻梁《びりょう》の下には、髪と同じく真っ赤で厚みのある唇。

まるでおとぎ話に出てくる王子様みたいな顔の人だ。

この人は誰だろう。真っ赤な髪に灰色の目はどう見ても日本人じゃない。

……あ、もしかしたら死神だろうか。ひょっとしてお願いしたら僕を生かしてくれるかな。

「あの、僕、まだ死にたくない……！」

必死の思いで、僕を抱える死神の肩のあたりをキュッと掴む。今さら懇願したって無駄かもしれないけれど、もしいい死神だったら願いを聞いてくれるかもしれない。

いや、目の前にいる死神に祈るほかに、方法が思い浮かばなかっただけなんだけど！

「いやこの程度じゃ死なねぇだろう、ちょっと擦り剥いてはいるが。それともどこか痛いのか？」

「……えっ？」

死神にそう言われて、僕は自分の身体をぺたぺたと触ってみる。腕はどこも痛くない。足も動く。お腹も背中も無事だ。頭はちょっとクラクラするし手の甲にかすり傷があるけれど、それ以外は至って健康だ。

「あ、なんともない……。ひょっとして僕、生きてるの？」

「あはっ、お前面白いなぁ」

僕の独り言を聞いた死神は赤髪を揺らしながら笑った。

すごい。綺麗な顔の人が笑うと、星が瞬くように見えるんだ。目の前の死神が眩しすぎて頭が朦《もう》朧《ろう》としてきた。

そんな僕を見て一瞬で真顔に戻った死神は、一応怪我がないか確認するか、と言って僕を抱えたまま全身をくまなく確認し始めた。

母さんが死んだ二年前から、節約のためにご飯は夕飯だけの一日一食生活。それ以外は水を飲んで飢えをやり過ごしていた。そのせいで僕の身体は青年男性の平均体重からするとだいぶ軽い。

それに比べて目の前の死神は明らかに体格がよかった。座っているからはっきりとは分からないけれど、身長はかなり高い……百九十センチくらいはありそうだ。

黒い詰襟のコートを着ていても、僕のお腹や足に触れる腕はこんもりと筋肉が盛り上がっているのが分かる。背中に感じる腿もゴツゴツと硬い。

こんなことなら筋トレでもしておけばよかったなぁ。貧弱な身体を触られるのがなんだか少し気恥ずかしくなって、僕は全身を縮こめた。

「身体は大丈夫そうだな。それにしても、本当に黒髪に黒い瞳とは……。つむじ風と共に空より舞い降りる黒の旗手、か。予言通りではあるが、想像よりずいぶん幼いな」

青年はよく分からないことを口にしながら、驚きの表情で僕の顔を覗き込んできた。するすると僕の黒髪を梳《す》く長い指が妙に艶《なま》めかしい。

珍しい灰色の瞳にまじまじと見つめられて、心臓が高鳴った。日々の生活に手一杯で恋愛経験が全くない僕は、たとえ相手が男の人であってもスキンシップに耐性がない。

お願いだから色っぽく触るのはやめていただきたい！

「お前、名前は？」

スキンシップに慌てふためいていたら、死神が名前を聞いてきた。

「蒼太《そうた》、です。柏木《かしわぎ》蒼太。あの、柏木が苗字で蒼太が名前です」

「カシ、ワ、ギ……ソウタ、ね。ふぅん。珍しい名前だな」

柏木蒼太なんて名前はそれほど珍しくない。もしかしたらここは日本ではないのかもしれない。いや、ひょっとして地球ですらないのでは……とも思ったけれど、あまりにも怖すぎるので慌てて頭の中から排除した。

「しかしこいつは予想外だ。てっきり一騎当千の大男が来るのかと。この細腕で果たして団旗《だんき》を振れるのか……」

死神は僕の顔を凝視して何かを呟いている。そのうちに、だんだんと僕の頭も冴えてきた。

どう見ても家の近所じゃないのは確定だ。それに、僕が死んでないとしたらこの男の人は死神なんかじゃないわけで。

まずここがどこなのか聞かなくてはいけない、と彼に色々と聞こうとした、ちょうどその時。

「レオナード！」

誰かの声が聞こえた。

声のするほうに目を向けると、先にある森から男の人がこちらにやってきていた。

「ものすごい突風だったが、もしや……！」

森から現れたのは大きな男の人だった。

赤髪の人と同じく、かなりの長身でがっしりとした体躯の持ち主だ。短く刈り込まれたピンク色に近い金髪。瞳は澄んだ紫色で、垂れ目気味の目尻が優しそうな印象を受ける。鼻筋はしっかりとしていて、男らしい。

男の人は、レオナードと呼ばれた赤髪の人に抱えられている僕を見て、大きく目を瞠《みは》った。

「まさか君が、黒の旗手……なのか」

「え、黒の旗手？　……いえ、僕は」

さっき赤髪の人もそんなことを呟いていた気がする。それがなんだか知らないけれど、残念ながら僕はただのフリーターだ。僕がそう答える前に、赤髪の人――レオナードさんが先に返事をした。

「間違いない、こいつが黒の旗手だ。つむじ風と共に『聖木《せいぼく》マクシミリアン』から舞い降りてきた」

「そうか、ついに……。ついに、この日が来たんだな、レオナード……」

「ああ、そうだな、リア……。俺とお前の、いやレイル領民の悲願がようやく叶う……！」

二人は感慨深そうに顔を見合わせながら大きく頷いている。あの、何やら感動の場面のようなのだが、当の本人が全然事態を把握できないんですけれども……

僕は完全に蚊帳の外で、ぽかんと口を開けながら二人のやりとりを見守るしかなかった。

「それにしても、想像よりもなんというか……」

リアと呼ばれた金髪の人が顔を寄せてきて、僕をまじまじと見つめてくる。レオナードさんと同じく異様に距離が近い。

「なんか、思ったよりずいぶんちいせえよな。腕も小枝みてえだし」

レオナードさんは、あはは、と笑いながら僕の頭をがしがしと撫でる。

しょ、初対面なのに失礼な！　僕が小さいんじゃなくて、あなたたちが大きいだけです！

「ああ、幼いな……屈強な大男を想像していた。これではあと数年は待つことになるかもしれない」

「それならそれで、待つだけさ」

「たしかに。とはいえ、これほど愛らしい子とは想像だにしていなかった。しかし、この華奢《きゃしゃ》な身体で持ち上げられるかな……」

「時間はあるし、鍛えれば大丈夫だろ。さて、と」

失礼な赤髪の死神は右手で頭をかきながら、くあっと大きなあくびを一つする。そうして、僕を横抱きにして抱き上げつつゆっくりと立ち上がった。

「うわっ、ちょっとあの……！」

「ソウタ」

「は、はい」

「俺は王立第二騎士団団長のレオナード・ブリュエルだ。お前の身はこれより我ら第二騎士団が保護する」

「はあ……？」

見た感じちゃらついた印象だけど、騎士団長ってことはめちゃくちゃ偉い人なのか！

いや、それ以前に、騎士団なんてファンタジーの世界でしか聞いたことがないんですが……

放心状態で間の抜けた返事しか返せない僕を見ながら、レオナードさん……もといレオナード団長はニヤッと悪そうな笑みを浮かべる。

「ようやく出会えたな、俺たちの黒の旗手。まあちょっと予想外だが、これから面白くなりそうだ。俺たちがちゃんと可愛がってやるから安心しな」

「……っ！」

至近距離で見るイケメンの悪そうな笑顔は破壊力がすごい、ということを初めて知った。

レオナード団長の色気に倒れそうになっていると、リアさんが目の前にやってきた。僕と同じ目線の高さになると、そっと僕の右手を握る。

彼の手は大きくて節くれだったマメだらけの手だった。重ねられた手からじんわりと伝わる温もりは、不思議と僕の心を落ち着かせてくれた。

「私の名はリア。王立第二騎士団で副団長を務めている」

「あ、蒼太です。よろしくお願いします……」

「ソウタ……。そうか、君はソウタと言うのか……」

リアさん――リア副団長は、何度も僕の名前を噛み締めるように呼ぶ。

「ソウタ。騎士の名のもとに、御身は我々が命をかけて守ろう。大事にすると約束するよ」

リア副団長は穏やかな微笑みを浮かべ、僕の手の甲に唇をそっと押し当てる。ひんやりと湿り気のある感触に、一気に顔が真っ赤になってしまう。リア副団長は上目づかいで僕を見て、にっこりと微笑んだ。

き、騎士だ……。本物の騎士がいる！　かっこいい！

「おや、ソウタ。頬に傷が……」

「あ、さっき木から落ちる時に擦っちゃったみたいで……」

「それはいけない。早く手当てをしなくては」

リア副団長は僕の顔の擦り傷を見て、凛々しい眉を心配げに顰《ひそ》めた。

「おいおいリア、早速保護者気取りかよ。先が思いやられるぜ……」

「レオナードこそ、ずいぶんと優しくソウタを抱きかかえているじゃないか」

「俺はいつでも、誰にでも優しいだろうが」

「よく言うよ……」

レオナード団長とリア副団長の掛け合いから、二人の仲のよさが伝わってくる。まだ状況を理解できてないけど、この人たちのことは信用しても大丈夫かもしれない。

「それじゃあ、とっとと騎士団寮に戻るとするか」

レオナード団長が僕を抱えたまま、ゆっくりと丘を下っていく。横ではリア副団長が、穏やかな笑みを僕に送ってくれた。

このままついて行っていいものか、正直迷う。でも一人で行動するよりは、立派な肩書きのある騎士団に保護されたほうが安全に違いない。とりあえず騎士団寮とやらに連れて行ってもらって、そこから状況を確認しよう。

二人は丘を降りて、土が固められただけの一本道を歩いていく。両脇には青々とした広大な畑が広がっていた。

十分ほど歩いたところでようやく街らしきものが現れた。道路はさっきまでの土ではなく石畳できちんと舗装されていて、煉瓦《れんが》や漆喰《しっくい》の建物が所狭しと並んでいる。

昔、母さんと持ち帰ったヨーロッパ旅行のパンフレットにこんな感じの街並みが写っていたっけ。小さなお城を巡る旅のプランを、母さんが楽しそうに眺めていたのを覚えている。なんだか初めて見るこの街の景色が、母さんの思い出と相まって懐かしく思えてきた。

きょろきょろとあたりを見回していると、家々の合間から遠くに綺麗な白いお城が見えた。その佇まいはため息が出るほど美しかった。

そういえば、騎士団って王様とかに仕えていたりするんだよね？　ひょっとしてあのお城に王様が住んでいるのだろうか。

この街はかなり栄えているようで、人々がひっきりなしに往来し、行き交う馬車や手押し車には色とりどりの野菜や工芸品が積まれている。

すれ違う人は、不思議と男の人ばかりだ。

みな金髪に紫の目をしているけれど、逞《たくま》しい体格の人や華奢《きゃしゃ》で可愛らしい顔をした人など、さまざまだった。街の人は騎士団の二人を見ると丁寧に挨拶をしていく。次いで、みんな一様に興味津々といった様子で僕を見てはにこりと笑いかけてきた。なるほど、さっき団長が黒い髪に黒い瞳だと珍しそうに僕を見ていたけれど、きっとこの地方では僕みたいな色の人が珍しいのだろう。

僕からしてみれば、金髪に紫色の瞳も、赤髪に灰色の瞳も、十分に珍しいんだけどな。

そんな調子で街中を五分ほど進むと、突然視界が開けた。

石造りの立派な門には大きな木の扉があって大きく開け放たれている。柵で簡単に仕切られた敷地には芝生が綺麗に敷き詰められていて、その奥には三階建ての立派な建物が見えた。何十部屋もありそうな横に広い建物だ。

団長は門の横に立っている門番らしき人に向かってご苦労様、と声をかけた。門番の人は目をまん丸にしながら僕を見て驚いている。

「だ、団長……、その子、黒髪に黒目じゃないですか！　ひょっとして……」

「ああ、お前らお待ちかねの黒の旗手だ」

「えぇーっ、こんな可愛い子が!?　ちょ、ちょっとみんなにすぐ伝えてきます！」

門番の人は叫びながらものすごい速さで建物の中に消えていってしまった。

「あ、こら、門番の仕事はどうするつもりだ！　まったく、勝手に持ち場を離れるなとあれほど言っているのに……」

「まあ、今日は仕方ねえだろうな」

二人は苦笑気味だ。

そのうち、建物のほうからものすごい人数の男の人が駆け寄ってきて、あっという間に囲まれてしまった。四、五十人はいるだろうか。濃淡の差はあれど全員金髪に紫色の目をしている。

服装はレオナード団長やリア副団長と同じ、黒の生地に金色の刺繍がある詰襟のロングコートだ。

「ねえ、君。名前はなんて言うの？　小さくて可愛いね」

「なんて綺麗な黒髪に黒い瞳なんだ！　どこから来たんだい？」

「……何歳？」

ガタイのいい集団に矢継ぎ早に聞かれ、どう答えていいものか分からない。

「おい、うるせえぞお前ら。ちょっと黙れ」

騒ぎ立てる騎士たちに団長が言うと、みんなぴたりと黙り込んだ。おお、さすが騎士、統率力がある！

「こいつはソウタだ。間違いなく黒の旗手だが、見ての通りまだ幼い。俺たちで成人まで保護するからそのつもりでいろよ」

「はいっ！」

――いや幼いって、僕もう二十歳なんですが。

本当はすぐにでも訂正したかったが、騎士のみんなの熱気がすごくて、結局言い出せなかった。

「ソウタは頬を擦り剥いている。治療をしてから私とレオナードで少し話をするから、お前たちは持ち場に戻りなさい。自己紹介は改めて場を設けよう」

リア副団長の言葉に騎士のみんなは元気よく返事をした。

「ソウタ、ようこそ我らが王立第二騎士団寮へ！」

「これからよろしくね！」

そう言って走り去っていく団員たちを見送りながら、団長と副団長は僕を抱えたまま正面の建物へと入っていった。

入ってすぐに現れたのは大きな玄関ホール。そこを起点に左右に廊下が延び、正面には二階に上がる幅の広い立派な階段がある。四方に取り付けられた窓からは日の光が差し込んでいて、とても立派な建物だ。

そう、建物自体は素敵で立派なのだ。けれど……

「うっ、けほっ、こほんっ！」

建物の中はとても埃《ほこり》っぽかった。僕は噎《む》せながらホールを見渡す。本来は白いはずの漆喰の壁は汚れて灰色になっているし、板張りの床にはうっすらと埃《ほこり》が溜まっている。

ひょっとして、掃除が行き届いていないのかな。こういう豪華な場所ってお手伝いさんとかがいそうなものだけど。

「ああ、埃《ほこり》っぽいか？　悪いな、最近掃除してねえから」

レオナード団長は平然と言い、ずんずんとホールの左にある廊下を進んでいく。

ええー、掃除はしないといけないと思うけどな。汚い部屋は万病の元なんだ。いや、でも騎士の人は日々鍛えているから、部屋が汚くても病気にはならないんだろうか。

団長はとある部屋に僕を運んだ。中には白い服を着た人が一人と、白一色の清潔そうなシーツが敷かれた寝台が三つ。奥の棚には瓶がぎっしりと並べてあった。

きっとここは保健室みたいな場所なのだろう、消毒液のような匂いがする。

団長は僕を一番手前の寝台に下ろすと、俺たちは応接室にいるからと言うと、副団長と一緒に出て行ってしまった。

ポツンと残された僕は手と頬の擦り傷を消毒してもらった後、廊下のさらに奥にある部屋に案内してもらった。

細かな模様が彫られた木製の扉を開けて中に入ると、部屋の真ん中にローテーブルと座り心地のよさそうなソファが置かれていた。ソファにはレオナード団長と、向かいにリア副団長が座っている。保健室の人は二人に僕の傷の具合を説明すると部屋を出て行った。

えっと……僕はどうしたらいいのかな。おろおろしている僕に、副団長が声をかけてくれた。

「緊張しないで大丈夫だから、レオナードの隣に座ってくれるかな」

ちらりとソファに座る団長を見ると、両手を組んで目を閉じていた。まさか、この状況で寝てるんじゃ……。僕が団長の横にちょこんと腰掛けたのを確認すると、リア副団長はにっこりと笑いかけてきた。

「それじゃあ、ソウタ。私から改めて説明しよう」

「はい、よろしくお願いします」

「ああ、その前に。もう自己紹介も済んだことだし、かしこまった言葉で話すのはやめにしようか。私のことも、そいつのことも呼び捨てで構わないよ」

そう言われても、明らかに身分の高そうな名前がついている騎士団の団長と副団長を呼び捨てにできるはずもない。とりあえず笑顔でごまかしておこう。

それから、僕がここに来るまでに起きた出来事を話すよう促されて、僕は子細を伝えた。

ドアの前で落としたお金を拾おうとしていたこと、気づいたら木の上にいたこと、突風に見舞われて木から落ちたこと、団長に助けてもらったこと。

団長や副団長からしてみたら信じられない話だろう。でも、二人は驚いたり訝しんだりすることなく、じっくりと僕の話を聞いてくれた。

「なるほど……。それでは、君はこの国のことを何も知らないんだね」

「はい、元いた場所とは違いすぎて。あの、できれば教えてもらえると助かるんですけど……」

「もちろんだよ」

「よかった！　僕、どうしようかと思ってて。本当にありがとうございます！」

僕はようやく肩の力が抜けてふにゃりとソファの背にもたれかかった。副団長はなんだかくすぐったそうな顔をしながら、じっと見つめてくる。

「これは……愛らしいな」

ぼそっと副団長が何かを呟いたけど、僕にはよく聞き取れない。さらには隣で寝てるはずのレオナード団長がふふっと声を出して笑った。えっ、何……ひょっとして僕、おかしな態度を取っちゃったかな。

リア副団長はコホンと小さく咳払いをすると、僕が今いる場所のことを教えてくれた。

ここはライン王国の王都・ヒュースタッドから南に半日ほど馬で駆けた場所にある、レイルという自治領。その距離が果たして遠いのか近いのか、よく分からないけど。

ところで、僕がさっき見たお城はレイル領主のお城だそうだ。あの大きさで王様のものじゃないなんて、ちょっとびっくりだ。

「あの、どうしてみなさんは王都のヒュースタッドではなくてレイルにいらっしゃるんですか？王立ってことは国王をお守りするんじゃ……」

「現在、国王陛下と王都の守護は近衛《このえ》兵団《へいだん》と王立第一騎士団が担っている。このレイルという街は交易の要で、レイルの治安維持は王国の最重要任務の一つなんだ。だから今は、レオナード率いる王立第二騎士団が常駐してその任務についている、というわけだ」

「そう、なんですね……」

東京の日常とはあまりにも違いすぎる世界に来てしまった。どうしよう、副団長の話を聞いていくうちに、だんだんと心細くなってきた。これで僕が異世界に迷い込んでしまったのは確実だ。

問題は、元の世界に戻れるかどうか、なんだけど。僕、ちゃんと帰れるのかな……

もしも……考えたくはないけど、もしも、このまま元の世界に戻れなかったら……

あ、まずい。泣きそうになってきた。

「ソウタ……」

リア副団長が僕に優しく声をかけてくれる。だめだ、この人の声は今の僕には優しすぎる。僕は泣かないように身体に力を入れた。それでも、まっすぐに見つめてくる副団長を見ていたら、どんどんいろんな感情が込み上げてくる。

ついに堪えきれなくなって、ぽろり、と僕の両目から涙が落ちてしまった。

いったんこぼれ落ちたら、もう止めることはできない。次から次へと涙は流れ落ちて、気がついたら僕は大泣きしていた。

副団長は静かに席を立って僕のそばに来ると、膝立ちになって背中をさすってくれる。

「君はどうやら、ここととはずいぶん違う世界から来てしまったみたいだね」

「ううっ……」

「……実はライン王国には、異世界からの迷い子の話がいくつか伝わっている」

「えっ……！」

予想外の言葉に、僕の涙はあっという間に引っ込んだ。

「僕の他にも、いるんですか？」

「ソウタ、落ち着いて聞いてほしい。私はこれから君にとても嫌な話をしなくてはいけない」

副団長の顔が苦しそうに歪む。

「……迷い子は君の他にもいたようだ」

きっと僕の聞きたくない答えが返ってくる……

「だが、最後の迷い子の報告は、私が知る限りではたしか二百年ほど前だ。その方は天寿を全うした」

「……元の世界に帰ったんじゃなくて？」

「ああ。その方は、ライン王国で亡くなった」

「それじゃあ元の世界に戻る方法は――」

僕がそう聞くと、いきなり右側から声がした。

「元の世界に戻る方法はない」

いつの間に起きていたのか、団長が僕を見ながらはっきりと告げた。

「お前は元の世界にはもう戻れない」

「おい、レオナード！　もう少し優しく言ってやれ」

副団長が諌《いさ》めるけれど、レオナード団長は綺麗な灰色の瞳で僕を見つめるばかりで、それ以上は何も言ってはくれなかった。

元の世界に戻れないなんて、そんな馬鹿なことがあるだろうか。

――どうして僕がこんな目に遭わないといけないのかと思うと、悔しくてたまらない。知らない世界に放り込まれて、これから一体どうしろっていうんだ！

心の中を掻き回す怒りの大波が一気に押し寄せてきたけれど、団長の灰色の瞳をじっと見ているうちに不思議と少しずつ怒りが引いていく。

もう、元の世界には戻れないんだ。それだったらもう、泣いても喚いても仕方がない。僕はこの世界で生きていくしかないんだ。

「レオナード団長」

「なんだ」

「ありがとうございます、はっきり言ってくれて。僕、すっきりしました」

「ん」

レオナード団長は優しく微笑むと僕の頭をそっと撫でてくれる。

「リア副団長、僕にこんな話をするのは嫌だったでしょう？　教えてくれてありがとうございます」

「ソウタ……」

副団長は少しだけ心配そうに、それでも穏やかな笑みを浮かべると、涙で濡れた僕の頬を指で拭ってくれた。

「僕、いきなりこんな世界に迷い込んじゃって、すごく嫌だったんです。でも、考えてみたら幸運だったなって。だってお二人みたいに優しい人たちに拾ってもらえたので」

僕は二人に「もう大丈夫」という意味を込めて、今できる目一杯の笑顔を向けた。

たしかに世界は変わってしまったけれど、海外に引っ越したと思って、心機一転始めればいいじゃないか。

いつまでもウジウジしてるなんて僕らしくない。

「レオナード団長、リア副団長。僕、決めました。この世界で生きていくしかないんだったら、心機一転、人生のやり直しです！」

さっきまでの大泣きが嘘のようだ、と呆気にとられる二人を尻目に、我然《がぜん》僕は燃えてきた。

「まずは寝る場所と、それから何か仕事を探したいと思います。だけど僕、この世界のことを何も知らなくって。だからあともう少しだけ、手伝ってもらえますか？」

一文無しからのスタートだけど、僕はやるぞ！

「新しい世界でもいっぱい働いて節約して、僕は絶対にお金持ちになるんだ！」

そうと決まれば、善は急げ、時は金なり。やることリストを作ろう。

「あの、筆記用具を貸してもらえますか？」

「もちろん。手紙でも書くのか？」

リア副団長が机から取ってきてくれたメモ帳と羽根ペンを借りる。羽根ペンなんて使うのは初めてだったけれど案外ちゃんと書けた。

さてと、やることリストの最初だけど、やっぱり住まいだよね。異世界でいきなり野宿は厳しい。

僕は一行目に『下宿先を見つける』と書いた。

僕が紙にペンを走らせていると両脇から興味津々で二人が覗き込んでくる。

「下宿先……？」

「はい。まずは住むところを探そうと思います。安いところがいいなぁ」

そういえば、この人たち街の治安を守る騎士団なんだから、パトロールとかもしてるはずだよね。

ひょっとして不動産屋さんと知り合いだったりしないかな。

住む場所の次は仕事だ。僕は次に『仕事を探す』と書いた。仕事はとにかくなんでもいい。早く見つけて生活できるだけのお金を稼がなくちゃ。

その次は『必要な日用品の用意』。服とか靴とかタオルとか。食器も必要だ。日用品を一から揃えるとなると、一体いくらになることやら。不用品をタダで譲ってもらえるところがないか探してみよう。

——ググゥーッ。

やることリストを書きながら色々考えていたら、いきなり僕のお腹が盛大に鳴ってしまった。は、恥ずかしい……！

「ははっ、デケェ音で鳴ったなぁ」

「よし、ソウタ。食堂で何か食べよう」

「う、はい……じゃあ、お言葉に甘えて」

真っ赤になる僕をからかう二人と一緒に、玄関ホールを挟んで右側にあるという食堂に向かった。

二人に案内されて入った食堂はとっても広かった。十人は座れそうな木製の長椅子に、同じ長さの机。それが十セットはある。食堂の奥のほうにはオープンキッチンと一際大きなテーブルがあった。

テーブルの上には、大皿にこんもりと盛られたお肉や野菜、パン、果物などがぎっしりと並べられている。どうやら食事はビュッフェスタイルのようだ。

僕たちが食堂に入った時には団員さんが十人ほど食事をしていた。みんなは僕がこの騎士団寮に運び込まれたことをすでに知っていたようだ。僕と目が合うと笑顔で駆け寄ってきた。

「ソウタ、傷の具合はどうだ？」

「団長も副団長も、ソウタのこといじめてないでしょうね？」

「……はい、お皿。いっぱい食べな」

ワイワイと群がってくる団員さんたちに、団長と副団長も苦笑気味だ。

「お前ら、飯ぐらい静かに食え」

「私たちがいじめるわけがないだろう。ソウタ、どれでも好きなだけ食べていいからね」

「は、はい、ありがとうございます……」

副団長にお礼を言ったが、その時にはすでに僕の手には木のお皿が握られていた。お皿の中には団員さんたちが勝手に肉やら野菜やらをたんまりと盛ってくれている。みんなすごく親切だ。

若干、子供扱いなのが気になるけども……!!

目の前に山と盛られた料理の中から、とりあえず黄色い野菜を恐る恐る口に入れてみた。見た目はブロッコリーだけど、味はどうだろうか。

「……んっ、美味しい！」

茹でられた黄色いそれは、味もちゃんとブロッコリーだった。よかった、海外に来て一番困るのが食事だよね。いや、海外っていうか異世界だけど！

お腹が空いていた僕は、次から次に料理を口に入れていった。

緑のトマトに赤い玉ねぎ。お肉の塊はナイフで小さく切ってもらった。全体的にどれも塩味だけれど、大丈夫、ちゃんと美味しい。

パンも日本の食パンに慣れた僕の顎では硬かったけど、ちゃんと小麦の味がして美味しかった。

お皿に盛られた料理を四分の一くらい食べたところで、僕のお腹ははちきれんばかりにパンパンになった。

「ごちそうさまでした！　とっても美味しかったです！」

そう言うと、みんな嘘だろう？　みたいな目で見つめてくる。

「まだ全然食ってねえじゃねえか。遠慮しないで食え」

「いえ、レオナード団長、遠慮とかじゃなくて僕もう本当にお腹いっぱいで……」

「これしか食わねえの？」

「はい。というか、僕いつもはお昼ご飯食べないので、いつもよりいっぱい食べてます」

そう笑顔で言うと、団員さんの手が一斉に止まった。中には啜《すす》り泣きを始める人までいる。なんで泣いているんだろう。

「お前みたいな成長期の子供が昼飯抜きなんて……。さぞかし苦労したんだなぁ」

「俺たちのところに来たからには、もう安心だ！　今日からいっぱい食って俺たちみたいに大きくなれよ」

たしかに貧乏生活で食は細いけど、さすがにもうみんなみたいに大きくはなれそうもない。

「ありがとうございます、でも僕もう二十歳なのでこれ以上大きくはなれないかも……」

そう言った瞬間、ブブーッと周りに座っていた三人くらいが、飲んでいたスープを一斉に口から噴いた。ちょっと、汚い！

「あの、だ、大丈夫ですか!?」

見回すと、みんな僕を見て呆然としている。

「ソウタ、君、二十歳なのか？」

リア副団長に真顔で聞かれてしまった。そういえば歳のことはまだ伝えてなかった。

「はい、二十歳です」

「こんな細くて小さいのに？」

「う、は、はい……」

そりゃ副団長に比べたらガリガリのヒョロヒョロだろうけど、日本人の平均よりちょっと細いくらいのはずだ。納得いかない僕を尻目に、団員さんたちがザワザワと騒ぎ始めた。

「俺てっきり十二、三歳くらいかと思ってたぜ。まさか成人していたとは驚きだ」

「……同い年」

「ジョシュアと同い年か！　こいつはまた驚きだな……」

僕と同じ歳らしいジョシュアさんは顔に幼さはあるけれど、ガッチリとした体格をしている。というか、ここ騎士団なんだから、僕より筋肉質のガッチリ体形なのは当たり前なんじゃない？

……僕だって、僕だって……！

「僕だって鍛えればジョシュアさんくらいには……」

「いやあ、無理無理」

即座に否定されてしまった……

「成人してるっつうなら、ちゃんとした仕事を紹介してやれるぜ」

レオナード団長がお肉をナイフで切りながらぼそっと言った。

「本当ですか、レオナード団長！　紹介していただけますか？」

「いちいち『団長』はつけなくていい。敬語もよせ。柄じゃねえよ」

「えっと、じゃあレオナードさん……？」

「……」

「レ、レオナード……」

団長——もといレオナードはニヤッと笑って先を続けてくれた。

「住み込み。三食飯あり。家賃、食費、負担なし。制服支給。仕事内容は掃除、洗濯、料理、事務補助、備品管理……、あとは俺とリアの世話だな。給料は応相談だが一万デールは間違いない」

「……一万デールってどのくらいですか？」

「んー、このパンが一デールちょっとくらいか。あと敬語はよせって」

レオナードがお皿の上にある小さなパンを手に取る。ということは、だいたい一デール百円くらいかな。だとすると一万デールは……ひ、ひひ、百万円!?

しかもレオナードの話によると、生活に必要なものは全部タダ。

う、胡散臭い。めちゃくちゃに怪しいよ、その仕事。うまい話には裏があるって言うけど、事実、レオナードと副団長、団員さんたちもなぜだかニヤニヤしながら僕を見ている……

でも、こんな待遇って絶対他にはない。ぼけっとしていたら他の人に取られちゃうだろうから、迷ってる暇なんてない！

「や、やりま……やる！　レオナード、僕にその仕事紹介して！」

「いいぜ、でも重労働だぞ？　ちゃんとできそうか？」

「大丈夫！　一万デール分、ちゃんと働くよ！」

「じゃ、決まりだな。お前らもそれでいいよな」

団員さんたちの同意を求めるレオナードに、みんなはもちろんですと声を揃えた。副団長もニッコリしている。レオナードはニヤニヤしたまま、僕に言った。

「それじゃあソウタ、この王立第二騎士団寮の寮長に決定だ。よろしく頼むぜ」

「りょ、寮長⁉」

「そもそもお前は黒の旗手だからな。この騎士団寮の寮長以外の仕事なんてねえよ」

「あっ、その黒の旗手って一体なんなの？　ずっと気になってて……」

「黒の旗手はな、この王立第二騎士団の寮長を務めることになる奴のことだ。つむじ風に乗って舞い降りてくると予言されていた」

「予言……？　じゃあ、僕はその予言通りにさっき木から落ちてきたってこと？」

「そういうこと。黒の旗手が現れるまで寮長は不在だったから、みんなお前が来るのを心待ちにしていたのさ」

世の中不思議なことがあるもんだ、というのが予言の話を聞いた僕の感想だった。

予言通り僕が木から落ちてきて、やっと騎士団寮に寮長が来たから、みんな驚いたり喜んだりしていたんだ。

「じゃ、まあそういうことで一件落着だな。俺は寝る。リア、後はよろしくな」

レオナードはふぁあと大きなあくびを一つすると、席を立とうとする。

なんだかレオナードってあくびばっかりしているけど、どんだけ眠いんだろう。もし悪い奴が街で暴れてる時にお昼寝なんてしていたら、団長としてはかなりの失態だ。僕は寮長就任一分で団長のスケジュール管理を仕事に加えることを決めた。

「あっ、おい待てレオナード！　ソウタを寮長にするならギヨーム殿に許可申請の書類を出さないと駄目だぞ」

リア副団長が慌ててレオナードを椅子に座らせる。ギヨーム殿とは一体誰だろう。話の流れ的に人事担当の人だろうか。もしそうなら、たしかにそのギヨーム殿に話を通しておかないと僕、最悪お給料もらえない可能性があるんじゃ……

ダメダメ、それは絶対ダメ！　仕事の契約はちゃんとしないとね！　でも、そんな僕の心配をよそに、レオナードは全然乗り気じゃないみたいだ。すごく嫌そうな顔をしている。

「んあ？　面倒くせえよ。あのオヤジにはお前が言っとけって」

「……おい、私はお前の子守か何かか」

リア副団長の顔からスッと表情が抜け落ちた。冷凍庫を開けた時みたいな冷気が副団長を包んでいく気がする。あ、これは副団長、相当お怒りのようで……

チラッと周りに視線をやるとレオナードや団員さんたちもギクッと身体を強張らせている。

「……あ、やべぇ……」

「ほおー、なるほどなるほど。お前は私に子守をさせるつもりで副団長に任命したのか」

「いや、そういうわけじゃ……」

「しかもレオナード。お前は王立第二騎士団の団長でありながら、大事な人事に関する全権を副団長の私に譲ると、そう言っているわけだな」

にっこりと笑顔のリア副団長がめちゃくちゃ怖い。レオナードもしまったという顔をしながら必死で宥めようとしているけれど、副団長の怒りは収まりそうになかった。

「つまり、私が実質この騎士団の団長だと思って差し支えないよな。であれば、いいだろう。ソウタの寮長採用申請の折に、ギヨーム殿に子細を話すとしよう」

「え、あ、おいリア……」

「いやいや、遠慮するなよレオナード。心の底ではお前はギヨーム殿のおそばにお仕えしたいと願っていたわけだ。団長から降りた可哀想なレオナードを見ればすぐさま手元に呼び寄せて王宮で……」

「だあーっ、分かった、分かったから！　俺がちゃんと申請書類を書きゃいいんだろう」

「そうかそうか、人事に関する許可申請だけは団長が作成しないとな。分かればいいんだ。分かれば、な」

レオナードの返事を聞いたリア副団長は、ニコッと笑顔で頷いている。

——今後どんなことがあっても副団長は絶っ対に怒らせないって、誓おう。

「三日後にギヨーム殿が定期視察でこちらに来られるだろう。その際にお渡しするんだな。私も一緒に行ってやるから安心しろ」

「チッ、書類作成の下準備は任せたぜ」

「ああ、任せておけ」

レオナードは自分の髪の毛をくしゃくしゃかきながら、食堂を後にした。その背中を見送った副団長が僕に話しかけてきた。

「それじゃあ、ソウタ」

「は、はひぃ！」

まずい。さっきの迫力が尾を引いて、つい声が裏返ってしまった。

「疲れただろう？　ひとまず君の部屋に案内しよう」

副団長はいったん中央の玄関ホールに戻ると階段を上る。

「玄関から見て一階左は応接室に救護室、さっき君がいたところだね。それに武具庫。右側は食堂に食料保管庫だ。二階が団員たちの部屋になっていて全部で三十部屋ある。ここには独身者が入寮していて、既婚者は街に家を持っているんだ。私とレオナード、ソウタの部屋は三階だ」

「お二人のお部屋ってことは、レオナードと副団長も独身なんですか？」

「もちろん」

「へぇ……意外……」

こんなイケメンなのだから、世間の女性たちが放っておくはずがない気がする。

「そうかな？　レオナードと私は『盟友の誓い』を立てたからね。予言がなくとも伴侶選びはどうしても慎重になる」

「盟友の誓い？」

黒の旗手の意味が分かったばかりだというのに、新たに知らない言葉が出てきた。それに「予言がなくとも」って言っていたけれど、予言と盟友の誓い、伴侶の関係性もさっぱり分からない。

「あ、ひょっとしてソウタの世界にはそういう制度はないのか？」

「はい、初めて聞きました」

「そうか。まあ、この世界のことは少しずつ覚えていけばいいだろう。慌てずゆっくり、ね」

穏やかに語りかけてくれる副団長の言葉が僕の心にスッと染み込んでくる。たしかに彼の言う通りだ。この世界に迷い込んでまだ数時間、知らないことが多いのは当たり前じゃないか。

これから時間をかけて、この世界のことを知っていけばいい。そう思ったら途端に気が抜けて、どっと疲れが押し寄せてきた。

副団長と二人、二階と三階を繋ぐ階段をゆっくりと上がっていく。窓から差し込む日差しが、一日の終わりを告げるようにあたりをオレンジ色に染め上げていた。

「夕日の色はおんなじだ……」

「そうか。ソウタの世界の夕日もきっと美しいのだろうな」

窓から空を見上げる僕の横に立った副団長と一緒に、沈みゆく夕日にしばらく目を向けた。

一日が終わっていく。

その短い時間に、僕の人生はとんでもないことになってしまった。

明日、目が覚めてもまだこの世界にいるのかな。それとも元の世界に戻っているだろうか。

異世界の夕日は何も言わずに僕をオレンジに染めるだけだ。不意に逆らうことのできない運命の渦に巻き込まれたような気持ちになって、ちょっとだけ恐ろしくなった。

「おいで、ソウタ」

リア副団長は僕の気持ちに気づいたのだろうか、僕の肩を優しく抱いてくれた。人の温もりを感じて、少し安心する。

二人で階段を上りきってすぐ、一際大きな両開きの扉が目の前に現れた。その頑丈そうな木製の扉には、大きな鷲《わし》のような鳥が彫り込まれていてかなり重厚だ。

ドアノブも鳥の頭をかたどったものだった。もしかしたらライン王国の国鳥なのかもしれない。

扉の重厚さから見て、この部屋は会議室とかホールなのだろう。この扉を掃除するのは結構大変そうだな。

そんなことを考えていたら、副団長がドアノブに手をかけた。

「さあ、ここが君の部屋だよ」

「えっ？　部屋ってまさか、この大きな扉の先ですか？」

いやいや、ご冗談を。

僕のイメージしていた部屋は、屋根裏部屋とか敷地の隅にある小屋みたいなものだったんですけども。こんな見るからにこの寮で一番豪華そうな扉の向こうが寮長の部屋……？

だって寮長って、つまりはお手伝いさんとか雑用係とかそんな感じでしょう？　さっきレオナードが説明してくれた仕事内容はまさにそんな感じだったじゃないか。

……あ、ひょっとしてリア副団長は、案外真顔で冗談を言うタイプの人なのかもしれない。

「そうだよ。両隣にレオナードと私の部屋がある。右がレオナードで、左が私だ。さあ、どうぞ」

副団長の冗談を笑って受け流そうとしていた僕は、ひくついた笑顔のまま硬直した。どうやら冗談ではなさそうだ。リア副団長が扉を開けて、棒立ちになった僕の背を優しく押してくる。

扉の先はとてつもなく広かった。僕が住んでいたアパートの部屋の十倍以上はありそうで、思わず足がすくんでしまう。木製の床はピカピカに磨き上げられていて、自分の姿が鏡のように映り込んでいる。

中央に敷かれた大きな絨毯は鮮やかな緑や黄色の模様がとっても綺麗だ。部屋のど真ん中には、木製のローテーブルと金色の猫脚が眩いソファが置かれていた。淡い緑のクッションで、座り心地はよさそうだ。

まさかこの金色の脚、黄金でできてたりしないよね。もしそうなら、僕はあのソファには恐ろしすぎて座れないよ。

「こっちの扉は浴室と手洗いだ。奥にある二つの白い扉はそれぞれレオナードと私の執務室に繋がっているから、何か用事があれば遠慮なく入ってくれ。いつでも鍵は開いているからね」

それからこっちが衣装部屋だよ、とまた別の扉を示される。

その部屋の中にはすでに服がたくさんかけられていた。チラッと見ただけでも全部に細かい刺繍やらボタンやら装飾が付いていて、触るのも怖い。

しばらくは今着ているジーンズとセーターで我慢して、お給料をちょっとだけ前借りさせてもらって街で服を買おう。それか誰かのお古をもらうのでもいい。騎士さんたちの中に僕に近い体格の人がいればいいんだけど……ちょっと絶望的かも。

そういえば、ここに来るまでにすれ違った街の人たちはベージュ色の服を着ていたっけ。あの服なら丈夫そうだし、ちょっと汚れても気にならないはず。

「ソウタの体形に合う服はないかもしれないなあ。もう少し長身だと勝手に思っていたから」

「そういえば初めてお会いした時に、黒の旗手が一騎当千の大騎士だと思ってたって言ってましたもんね」

「そうだね、レオナードも私も勝手にそうだろうと思い込んでいたんだ。旗を振らないといけないから……」

「旗、ですか？」

「詳しく話せば長くなるが……。寮には第二騎士団を象徴する大きな旗があるんだ。寮長は、騎士団が行進するときに先頭に立って旗を振るのも仕事のうちなんだ。旗は大きくて重いから、てっきり屈強な大男が来るとばかり、ね」

副団長が衣装部屋にある服を物色しながら苦笑いをしていて、どことなく歯切れが悪い。

「ああ、これならなんとかなりそうだ。寮内を歩くくらいなら問題ないだろう」

僕の違和感は、リア副団長の声でそのまま頭の片隅に追いやられてしまった。副団長は衣装部屋から着心地のよさそうな長めのシャツを取り出してきた。シャツとして仕立てられているけれど、僕が着たら膝下まで丈がありそうだ。

「今、温かい飲み物を用意してくるから、着替えておいてくれ。寝台に横になっていていいからね。ああ、それから」

ドアノブに手をかけた副団長が振り返る。

「さっきも言ったけど、私のこともレオナード同様リアと呼び捨てにしてくれて構わないよ。敬語も必要ない。ね？」

からかうようにウインクしてから頑丈な扉がパタリと閉まる。完全に閉まりきったのを確認して、思わず僕は絨毯の上にうずくまった。

顔が熱い。リア副団長、いや、リアのウインクは破壊力がものすごかった。真面目なタイプの男が放つ不意打ちウインクを正面から食らってはいけない。

リアがいなくなった部屋は、さっきよりも広々として見えた。扉の正面にある大きな窓から西日が差し込んで、調度品の影が長く床に伸びている。

「本当に知らない世界に来ちゃったんだな」

ポツンと言った独り言が思いのほか大きく響いて、急激に孤独感が襲ってきた。幸いなことにレオナードやリア、騎士団のみんなはとっても親切にしてくれる。初日にして路頭に迷うこともなく住む場所も仕事も見つけられた。

僕にとっては驚くほど幸運な境遇だ。

それでも、知らない世界に一人放り出された孤独感を排除することはできなかった。

「僕、どうなっちゃうのかな」

一人っていうのは本当に怖い。僕は一人ぼっちがどういうことなのか、身に染みて理解している。

一人っていうのは怖くて、寂しくて、寒いんだ。あたりが暗闇に呑み込まれて、僕だけが息をしているような感覚に陥りそうになる。僕は慌てて首を横に振った。

しっかりするんだ、蒼太。一人になるのはこれが初めてじゃないだろう！

対処法はちゃんと分かっているじゃないか。こうなった時にはさっさと寝ちゃうのが一番いいんだ。なるべく幸せなことを考えて目を閉じるのが。

「よし！」

僕はリアが選んでくれた洋服を持って浴室に入った。トイレを確認すると、温水洗浄機能がないだけで日本の洋式トイレと同じ形式のようだ。よかった、トイレが清潔で！

隣にあるお風呂は洗い場と浴槽があってこれも日本と変わらないけど、シャワーはなかった。蛇口を捻ってみると、少しぬるめのお湯しか出ない。ちょっと残念だけど、よく考えたら熱いお湯が蛇口から出るということは結構大変な技術なのかもしれない。

とりあえず着ていた服を全部脱ぐと、近くに置いてあった陶器の大きな器に湯を入れて置いてあったタオルで体を洗う。これだけでも十分さっぱりした。リアが用意してくれた服も着心地がよくて快適だ。

浴室から出ても、まだリアは帰ってきていなかった。あのソファに腰掛けて待っていればいいだろうか。僕は恐る恐るソファに近づいて、クッションに触れてみた。生地はさらさらとしたサテンみたいな感触で、中の綿はふかふかだ。こ、これは高級品に違いない。こんなソファにだらだらと身体を投げ出すのは無理だと悟って、奥に見えている寝台に座ることにした。

間近に見る寝台は本当に大きかった。大人が三、四人寝転んでも問題ないくらいの幅がある。王様とかが寝ていそうな寝台だ。

大きさに一瞬怯《ひる》んだけど、さっきのソファに比べて装飾も少なく、見た目より寝心地のよさを重視していそうで、幾分、気が楽だ。

僕は寝台の端っこに腰掛けた。寝台は適度な硬さを保ちつつ、僕のお尻を柔らかく包み込む。

「わ、気持ちいい……！」

思わず寝台にダイブした。敷布からお日様の匂いがする。僕はその匂いをたっぷり吸って全身の強張りを解きながら息を吐いた。最高に気持ちがいい。

「あー、疲れたぁ」

思わず漏れた言葉に自分で笑ってしまった。

「そりゃあ疲れるよねぇ、いきなりこんなところに来てさ。初日にしてはよく頑張ったよ、僕」

知らない世界、知らない土地、知らない人々。

海外旅行はおろか国内旅行だってろくにしてこなかった僕にしては上出来だ。英語だって喋れないのに……あれ？

「そういえば僕、何語で喋ってるんだ？」

思い返せば、レオナードが僕に話しかけた時から不思議と言葉は理解できていた。

「僕がメモ帳にやることリストを書いた時も、二人は僕の書いた文字読んでたな」

そうなのだ。僕が下宿先を探すってメモ帳に書いた時に、メモを覗き込んだ二人はちゃんと読んで理解していた。

「不思議……」

いや、本当は不思議で片付けてはいけない事象のような気がする。でも、僕の思考は靄《もや》がかかったみたいにぼんやりとしてきた。眠たくてまぶたが下りてしまいそうだ。

リアが飲み物を持って帰ってくるから起きて待っていないといけないのに、僕のまぶたは言うことを聞いてくれそうもない。

窓から注がれるオレンジ色に包まれて、僕はそのまま目を閉じると深い眠りに落ちていった。

◇◇◇

黒煙が立ち込める教会で、俺とリアは司教も一緒に逃げてほしいと必死に懇願した。しかし、司教は首を横に振りながら毅然とした態度を崩さなかった。

「私はここに残ります」

六十をとうに過ぎた司教をどう説得すればいいのか、十歳の俺と十三歳のリアには分からない。

魔の手はすぐそこに迫っている。俺たちは説得を諦めて、力尽くで司教を教会から引きずり出そうと彼の手を取って引っ張る。しかし、ひ弱に見えた司教の身体は二人の力ではびくともしなかった。

「レオナード殿、リア。ここでお別れです」

「嫌だ！　あなたは私の父も同然です。置いて行くことなどできません！」

リアが泣きそうな顔で叫んだ。俺も必死で言う。

「あなたが亡くなったら、あの子たちはどうなる！」

どこかで爆発音がした。敵は近い。この建物も崩壊寸前だ。

「子らはレオナード殿とリア、二人に任せます。まだみな幼い。ブリュエル家の庇護を受けられればよいが……。さあ、愛しい子らよ、逃げるのです。あなたたちは生きなさい。生きて成すべきことをするのです。さあ、私から二人へ最後の贈り物だ」

司教が手を俺とリアの前にかざして祝詞を唱えると、あたりがふわりと光に包まれた。

「太陽が真上に昇る時、つむじ風に乗り歴史の目撃者から舞い降りる黒の旗手。その者はお前たちの寮長となり、誇り高き栄光の旗を振るだろう。その時こそ、この国を元の持ち主に返す時である。王立第二騎士団に栄光あれ。聖なる大鷲《おおわし》に栄光あれ。正統ライン王国国王に栄光あれ」

司教の言葉はいつだってすぐには理解できない。

「黒の旗手？」

「王立騎士団に第二騎士団なんて存在しない……」

俺たちの疑問に、司教は微笑むばかりで答えてはくれなかった。次の瞬間、すぐそばで轟音が鳴り響き、教会の屋根と壁が崩れてあたりに塊となって落ちてくる。とっさに身を丸くした俺は、突如がばりと誰かに抱きかかえられた。

「レオナード、リア！」

逞《たくま》しい腕の中に俺とリアを抱き込んだのは、レイル城専任護衛団長で叔父のギヨームだ。

「叔父上！　司教様が瓦礫の中に！」

「ギヨーム殿！　お願いです、司教様を助けてください！」

必死にそう叫んだが、叔父は苦しげに首を横に振った。

「……退くぞ」

叔父は俺とリアを抱えたまま、走って教会の外に出た。崩れ落ちる教会施設、激しい炎、禍々しい黒煙の中で響く怒号。叔父の腕の中で、俺たちは声が枯れるまで司教を呼んだが、ついに返事が返ってくることはなかった。


昨晩も眠れない夜を自主訓練でやり過ごし、朝日が上りきらないうちに寮に戻った。朝の鍛錬が始まるまでのわずかな時間を寝台の上で目をつぶって過ごす。

黒の旗手が現れないまま、時間は容赦なく過ぎていく。焦る気持ちが邪魔をして、いつものごとくうまく眠れない。

うつらうつらとした少しの間に、久しぶりに過去の夢を見た。もう十五年も前の話だ。自分の両親と司教の死を招いた、あの忌まわしい出来事の記憶は脳裏にこびりついてなかなか消えることがない。俺は疼く頭をなんとか治めようと、目を固くつぶった。

翌朝、いつものようにリアと二人で『聖木マクシミリアン』のある木漏れ日の丘に来た。リアが薬草を探しに森に入っていった後で、俺は一人、木の根元に寝転ぶ。以前視察に訪れた王都の役人が「訓練に参加もせずに寝転ぶとは何事か」と阿呆のように怒鳴っていたが、この大木の下で黒の旗手を待つことをやめるつもりはない。

王都の奴らの声が頭を駆け巡り、気分が悪い。だが、奴らが権力にあぐらをかいていられるのも今のうちだ。それまでせいぜい吠えるがいいさ。

俺たちは必ず現国王を引きずり降ろして、ライン王国を正当な持ち主に返してみせる。たとえ己の身が屍になろうとも、その決心は変わることはない。そのためには、予言通りに黒の旗手が俺たちのもとに舞い降りねばならない。黒の旗手が舞い降りて第二騎士団の旗を高々と天に突き上げた時こそ、復讐の始まりなのだ。

俺は十歳のあの日から、リアと共に黒の旗手を待ち続けている。太陽が真上に昇る昼時に、歴史の目撃者である樹齢千年の『聖木マクシミリアン』の木の下で――

「早く来い、黒の旗手。俺たちにその力を貸せ」

俺がそう呟くと、そよ風があたりを駆け巡り、小さなつむじ風になって舞い上がる。ざわり、と草木がおかしな音を立てて、虫たちが奇妙にうごめいた。

つむじ風は次第に強くなり、轟々と鳴り響く。丘を包む異様な気配に思わず立ち上がって腰の剣に手をかけた。この気配、たしかに伝え聞いていた異世界の気配に間違いない。

「ついに来たか……、黒の旗手！」

俺が空を見上げた、その時。

「た、た、助けてーっ！　死ぬーっ！」

大声と共に、空から人が降ってきた。とっさに両腕で抱え込む。……軽い。腕の中に落ちてきたのは子供のようだ。その身体は骨と皮と、申し訳程度の肉しかないようだった。

大丈夫か、と声をかけると、死にたくないと懇願された。どこか痛むのだろうかと子供の身体を確認したが、怪我はしていないようだ。そう伝えてやると、大きな目を見開いて驚いていた。びっくりした顔がいかにも純真無垢で子供らしく、思わず笑ってしまった。

それにしても、困ったことになったものだ。俺は腕の中の子供をまじまじと観察した。子供の髪と瞳は見たことがないほど黒い。想像とはだいぶ違うが『空から降ってきた』黒髪黒目という点で、この子供は俺たちが待ち望んだ黒の旗手の条件に完全に当てはまる。

「想像よりずいぶん幼いな」

それにしても、黒い髪に黒い瞳というのはなんと美しいのだろうか。これまで目にしてきた宝飾品の数々も、この艶《つや》めく漆黒の前では足元にも及ばないだろう。俺は誘惑に耐えかねて、黒い髪に触れてみた。しっとりと濡れたような黒色の髪は、意外にもさらりと柔らかかった。

なんという心地よさだ。困惑したように俺を見上げる瞳は湖に映り込んだ冬の夜のように深く、吸い込まれそうだ。

とはいえ、てっきり筋骨隆々とした大男が来るとばかり思っていた。こんな、華奢《きゃしゃ》でぽきりと折れてしまいそうな小さな者が遣わされるとは。名前を聞くと、ソウタ、と名乗った。この国にはない珍しい名前だ
俺はソウタを寮に連れて帰ることにした。というより、連れて帰る以外の選択肢などもちろんない。ソウタが泣いても喚いても、俺たちのそばにいてもらわなければ困る。

寮へ帰ると、団員たちが興味津々でソウタを質問攻めにしている。こいつらはいつだってのんきだ。だから、やらなくてはいけない。

こいつらの笑顔がもう二度と失われないように。

この、誇り高きライン王国の未来のために。

俺はソウタを抱える両腕に少しだけ力を込めた。

◇◇◇

まぶたに柔らかな光が差し込んできて、僕の意識は次第に覚醒していった。

ひょっとしてもう朝だろうか。寝台の上で飲み物を用意しに行ったリアを待ちながら、いつの間にか寝てしまったらしい。起きなくちゃいけないのは分かっていても、疲れているせいか、なかなか目を開くことができない。夢と現実の間で漂っているような心地がする。

いろんなことがありすぎて、さすがに疲れた。もう少しだけ布団にくるまっていたい。ふかふかの寝台の中はとっても暖かくて、なんだか僕の身体の両側に湯たんぽがあるみたいだ。気持ちがよくって目を開けるのが惜しいな。

「うーん」

まぶたを閉じたまま、もぞり、と身体を動かした。と、何かお腹のあたりに重みを感じる。

「ううんっ？」

ずっしりとした何かが、僕のお腹に乗っかっている。なんだろうと思っていたら、コツン、と鼻を突かれた。別に痛くはないが、ボールペンの先っぽみたいに鋭いものでつつかれている。

「んー、な、に……ひいっ」

なんと僕の目の前、顔面から十センチくらいのところに鳥がいた。しかもたぶん僕より大きい!! 目の前の鳥はギギと小さく鳴きながら口を大きく開けたかと思うと、何を思ったか僕の顔をがぶんと嘴《くちばし》で挟んできた。

「……ぎ、ぎゃぁぁっ!!」

と、とと、鳥が僕を食べようとしてるー!! 朝から大ピンチなんですけどーっ！

「んぁ、朝からうるせえ。何事だよ」

「んー、ぐぅ」

鳥にガブガブされながら涙目で左を見ると、なぜだかレオナードが僕の横で寝ていた。え、なんでここにいるの？

「なんだ、ミュカじゃねえか」

レオナードが身体を少し起こして、ミュカと呼んだ鳥の頭を撫でている。

「ソウタ、こいつは大鷲《おおわし》のミュカ。甘噛みするのは親愛の印だ。怖くねえよ」

ふああ、と大きなあくびをしながらミュカを撫でるレオナードは上半身裸だった。

……なんで裸？

「な、なん、レオナード、寝台に、はだ、はだか……」

「ははっ、何言ってんのか全然分かんねえ。おい、リア起きろ」

「え、リア……？」

ミュカが僕の頭を放してくれたのでそっと右を確認すると、そっち側にはリアが寝ている。うつ伏せになっているため、布団から逞《たくま》しい背中が覗いていた。

「なんでレオナードとリアが僕と一緒に寝てるの⁉　なんで二人は裸なの⁉　なんで鳥がいるの⁉」

「おいおい、朝っぱらから質問攻めだなぁ。ソウタ、とりあえずリアを起こしてくれ。朝の訓練に遅れる」

僕の質問を笑って流したレオナードが、寝台から出て洗面室に消えていく。下半身はかろうじて下着を穿いているようだ。まあ、男同士だから別に裸でもいいけども、素っ裸はさすがに目のやり場に困るから助かる。

洗面室に向かうレオナードの身体は完璧に鍛え上げられていて、男の僕でも見惚れるほどだった。

いいなあ、あの腕の筋肉の盛り上がり。腹筋はバキバキに割れてるし、太腿も筋が見えていてかっこいい。身長だって百九十センチ近くありそうだし、加えて容姿端麗でしょう？　ハイスペックとはまさにこのこと。うらやましい。

ギギ、と僕の横でミュカが鳴いた。見ると、僕のお腹から移動して、今度はリアの背中に乗って頭をツンツンとつついている。こうして見ると案外大人しくていい子なのかもしれない。

「リア寝ちゃってるね、ミュカ」

「ギュ」

「あ、僕ソウタ。よろしくね」

「ギギッ」

言葉が通じてるとは思ってないけれど、とりあえず自己紹介をしておいた。この世界ではミュカのほうが先輩だからね。

ミュカは僕のほうを向いて一声鳴くと、窓際に飛んでいってしまった。部屋の中で翼を広げて低空飛行するミュカは、やっぱり大きい。二メートル以上はあるんじゃないだろうか。僕が背中に乗っても大丈夫なくらいの大きさだ。

さて、ミュカに自己紹介も済んだことだし、次は目の前のリアを起こさなくっちゃいけない。さっき僕が大声を出したのに、リアは穏やかな寝息を立てて熟睡している。

「リア、起きてください。朝ですよ」

「……」

「リアー！」

すごい。耳元で名前を呼んでも身体を揺り動かしても、全然起きない。僕はちょっと強めにリアの肩を揺すった。リアの肩もレオナード同様、筋肉質だった。やっぱり騎士は日々鍛えているんだろうな。

「それにしても」

僕はリアを起こす手を止めて、リアの顔をまじまじと見てしまった。こっちを向いて寝ているリアの顔の美しいことといったらない。美術の教科書に載っていた西洋の彫刻みたいだ。僕もこんな男らしい鼻筋だったらいいのにな。そう思ってリアの顔を覗き込みながらちょん、とリアの綺麗な鼻筋に触れてみた。

「んー」

しかめっ面をしたリアの目がやっと開いた。少し垂れ目の、優しい瞳。彫りが深くて、どこまでも吸い込まれそうなその瞳が、僕を見て小さく笑う。

「やあ、おはよう」

朝のしゃがれた声で囁《ささや》かれて、僕の心臓がどきんと跳ねた。相手は男。僕も男。今まで同性を恋愛の対象として見たことはない。それでも、かっこいい男というのは心臓に悪い。

「お、おはようございます。あの、レオナードが朝の訓練に遅れるよって」

「そうだね、そろそろ起きないと」

うーん、と伸びをして寝台から出るリアを眺めていると、レオナードが洗面室から出てきた。

「よう、今日はやけに素直に起きたじゃねえか」

「まあね、ソウタが可愛く起こしてくれたから」

リアは僕を見ながら自分の鼻をチョン、とつっついた。

あ、さっき僕がリアのこと触ったのバレてたんだ。恥ずかしい……。

別に起こそうと思ってやったつもりはなかったんだけど、顔に見惚れてましたと言うわけにもいかないし。よし、真実は闇に葬ろう。僕は話題を変えるために、さっきの疑問を聞くことにした。

「ところで、なんで二人がここに……」

「なんでって、普段俺たちがここで寝てるからだ。リア、昨日説明したんじゃなかったのか」

「いや、お茶でも飲みながらゆっくり話をしようとしたんだが、ソウタが寝てしまっていたから何も伝えられていないんだ。びっくりさせてしまったかな」

はい、色々びっくりしました……

つまり、二人はもともと一緒の寝台に寝ていたと。

大の男が二人して半裸で同じ寝台に……もしかして、二人は恋人同士なのかな。

いや、昨日リアが『伴侶探しは慎重になる』って言っていたから恋人同士じゃなさそうだ。

たしか二人は『盟友の誓い』をしたって言っていた。その誓いをすると同じ寝台で寝るのかな。

「二人とも仲良しなんだね……」

とりあえず当たり障りのない返事をすることにした。レオナードとリアは目を見合わせて笑ってばかりで、僕の質問には答えてくれなかった。

リアはそのまま洗面室へ行ってしまい、レオナードは窓際で大人しくしている大鷲《おおわし》のミュカのそばに寄る。どうやら、ミュカの足のあたりに手をやっているようだ。

よく見ると足のところに、何かがくっついている。僕が不思議そうに見ているのが分かったのか、レオナードが手招きしてくれた。急いで寝台から下りてレオナードとミュカのそばに行く。ミュカは僕が近づいても暴れることなくレオナードのそばでじっとしていた。

「ミュカはな、遠方にいる俺の部下に指令書を届ける役目を担っているんだ。第二騎士団の大事な仲間さ」

ほら、と言われてミュカの足元を見ると、木でできた小さな筒状のものが足にくくりつけてあった。蓋がしてあって、中にメモが入っている。レオナードは筒の中のメモを取り出すと、一読してから僕にそれを渡してくれた。

『任務完了。四日後帰還予定。問題なし』

なぜか僕はこの文字が読める。本当に不思議だ。

そういえばこの騎士団の人たちってどんな任務についてるのかな。

「今、北方で特別部隊が任務にあたっている。ミュカは隊長からの文書を運んできたのさ」

任務について聞こうかどうか迷っていたら、レオナードのほうから教えてくれた。

「北方……。北に何かあるの」

「ライン王国の北方に生息している雪鹿《ゆきじか》の角を密輸する連中がいてな。今回は違法に狩猟している連中を捕らえに行っているんだ。どうやら任務は成功したようだな」

「騎士団っていろんな任務があるんだね。僕、レイルの街を守るだけかと思ってた」

「お前も寮長になるなら、騎士団の編成と任務をしっかり把握しておかないとな」

「うん、覚えることがいっぱいだ」

「これから忙しくなるぞ、ソウタ。よし、ミュカご苦労だったな。今日はゆっくり休んでていいぞ」

レオナードがそういうと、ミュカは自分の嘴《くちばし》で器用に窓を開けて空へと飛び立った。

「さて、ミュカも飯を食いに行ったみたいだし、俺らも食堂へ行こう。顔を洗ってこい」

リアが洗面室から出てきたのを見て、レオナードが僕の頭を撫でながら言った。

「うん。あ、ねえ……結局、なんで二人って一緒の寝台に寝てるの？」

「んー？　なんでだろうなぁ」

レオナードはニヤニヤするばかりで教えてくれない。なぜだか嫌な予感がするんですが……

リアは朝の訓練があるので食堂の前で別れ、僕はレオナードと二人で食堂で朝ご飯を食べることになった。と言っても、僕は普段朝ご飯は食べないから、お茶を一杯もらうつもりだった。なんだけど、周りに集まった団員さんたちに懇願されて、果物とパンを食べることになってしまった。

団員さんたち曰く、僕が少食のままだと栄養失調で倒れないか心配らしい。彼らの熱意に押されてなんとかリンゴみたいな果物を口の中に押し込む。

お、お腹がいっぱいではちきれちゃいそう。団員さんたちはそれでも隙あらば僕に何か食べさせようとしてくる。

助けてもらおうとレオナードに視線を送ったけれど、彼らの態度に呆れながらも横で黙々とご飯を食べているだけだ。団員さんたちを止めるつもりはないみたい。

それにしても、レオナードが食べてる姿ってすごく綺麗だ。他の団員さんは結構豪快に食べているけど、彼だけは背筋をちゃんと伸ばして、ナイフとフォークで優雅に食べ物を口にしている。

レオナードって昨日はかなり雑な印象だったんだけど、テーブルマナーは完璧なんだね。失礼だけど、すごく意外だ。

「ソウタ、俺は今から仕事で出る。お前の世話はダグに頼んであるからなんでも聞くといい」

レオナードは背後に立っている青年に目配せすると、席を立つ。

「ダグ、あとは頼んだぞ」

夕方までには戻る、と言い、レオナードは食堂を後にした。ダグと呼ばれた青年がレオナードの座っていたところに代わりに座った。

ダグさんは鼻先にそばかすのある、金髪の巻き毛が魅力的な青年だった。目元は常に笑みを湛《たた》えていて、物腰の柔らかそうな印象だ。所属は補給部隊らしい。年もなんとなく近そうだし、仲良くなれそうな気がする。

「ダグさん、よろしくお願いします」

「うん、こちらこそよろしくね。僕のことは呼び捨てでいいよ。さてと、昨日団長と副団長から今日の君の予定表をもらったんだけど……」

ダグが机の上に広げてくれた予定表を二人で覗き込んだ。

「えーと、まず寮の各部屋の案内ね。それから騎士団の編成と任務について。あとは、ライン王国の地理の説明。生活習慣と社会通念。王国での貨幣価値。貴族制度について……。ちょっと、なんだよこの予定表！」

ダグが天を仰ぎながら悔しそうに叫ぶと、巻き毛をかきむしった。

「あの人たち、面倒な説明、全部僕に押し付けやがったな！」

たしかに説明が面倒そうなことばっかりリストアップされてる……

「いつものことながら、お気の毒様」

周りにいた団員たちが苦笑気味にダグの肩を叩きながら食堂を去っていく。話しぶりからすると、ダグは貧乏くじを引きやすい人のようだ。

「な、なんかすみません……」

「いや、ソウタが謝ることじゃないから！　あの二人は昔から人使いが荒いんだよなぁ」

ダグはぶつぶつと文句を言いつつ、まずは僕を連れて寮内を案内してくれた。

昨日リアから聞いてはいたけど、改めて歩くと敷地はかなり広い。掃除は何日かに分けてやらないと無理そうだな。

寮内を歩きながら、ライン王国のことについて話してくれた。

ライン王国は古くから王政を敷いていて、王国としての歴史は古く千年前まで遡れるらしい。

北方には高い山脈、南方には海洋都市。西方は織物で栄えていて東方には鉱山がある。そうした東西南北の品物が集まるのが、王国の中央部分に位置するこのレイルっていう街なんだって。

「レイルって、本当に重要な街なんだね。市場とかがあるの？」

「うん、ライン王国一、いや世界でも有数の大きさを誇る市場が中心街にあるんだ。城は見たかな？　あれはレイル領主様の城なんだけど、あの城の周りが市場なんだよ」

「へえ！　僕もそのうち見に行けるかなぁ」

「もちろんさ！　というか君ならいずれあの城に住む可能性だって……」

「え？」

「あーごめんごめん、時期尚早だった。なんでもないから気にしないで」

ダグが口ごもっている。何か言いかけたみたいだったけど、怪しいなぁ。

「あ、ほら訓練場に着いたよ、ソウタ！」

明らかにはぐらかしてるし、ダグって嘘がつけないタイプなんだね。僕はダグに詰め寄るのを後回しにして、訓練場に向かって歩いた。

表の門からは見えていなかった寮の裏側が、団員の訓練場になっていた。団員の声に交じってカキン、カキン、と金属が打ち合う音が聞こえてくる。

「ここが訓練場。危ないからこれ以上近づいちゃだめだよ。毎日ここで鍛錬に励んでいるんだ」

「わあ、すごい、本物の騎士だぁ！」

訓練場のみんなは鎧をつけて剣で打ち合っていた。訓練ということだけど、僕から見たら実戦に見える。交わる剣から火花が散って大きな音を立てていた。そんな中に一人だけ、鎧をつけずに指導している人がいる。ピンクがかった金色の短髪が、日の光に照らされてキラキラと反射している。

「あっ、リアだ」

「うん、歩兵部隊の訓練だね。この隊は戦闘時に最前線で剣を交える部隊なんだ。毎朝の訓練で副団長にしごかれてるんだよ」

リアは鎧もつけていないのに、団員に交じって剣を振るっている。振り下ろされる剣を巧みに避けて、突いてくるそれを自身の剣で跳ねのけつつ反撃の一打を繰り出す。

大きな身体に反して、身のこなしは恐ろしく速くてしなやかだ。素人の僕から見ても、リアと団員たちにはかなりの実力差があるのが分かる。

「リアって剣が得意なの？」

「もちろんさ。団長と副団長は飛び抜けて強い。王国でも五本の指に入る剣士だよ」

「二人ともすごいんだなぁ」

「本来なら雲の上の存在なんだよ。でもほら、二人とも気さくな性格だからさ。だらしないところとか平気で僕たちに見せてくるし。一緒に生活してお世話してるうちに、なんて言うか、離れがたくなるっていうか」

「ふふ、ダグは二人のこと、大好きなんだね」

「えっうん、まあ。あっ、でもあれだよ！　恋愛的な意味じゃないからね！」

「あははっ」

慌てふためくダグが面白くて笑ってしまった。

「僕と騎馬部隊のジョシュアは孤児でね、副団長と同じ教会で育ったんだ。レオナード団長もしょっちゅう教会に遊びに来ていたから、僕らにとって二人は兄みたいな存在なんだよ」

ダグがレオナードとリアのことを慕っているのが伝わってきて、心がじんわり温かくなる。僕にはそういう経験はなかったから、憧れの先輩がいるダグがちょっとだけうらやましい。

それから、王立第二騎士団の編成についてもダグに教えてもらった。

〝王立〟って付いているので国王の直属の部下なのかと思いきや、第二騎士団だけはちょっと特殊で、レイルの守護を担う特別任務のために、国王じゃなくてレイル領主様の直属の部下ってことになっているらしい。

とはいえ、国王から任命されているから便宜上は〝王立〟第二騎士団。ややこしいけど、上司はレイル領主様で、上司の上司は国王様ってことになる。

第二騎士団は団長のレオナードと副団長のリアの下に、六つの部隊がある。

騎馬部隊、歩兵部隊、偵察・斥候部隊、補給部隊、衛生部隊、そして特別部隊。

それぞれ十人の小隊を組んでいて、それが三隊ずつ。ということは、騎士団員さんは全部で百八十人いることになる。思っていたより少数精鋭のようだ。

でも、全員を覚えるとなると結構時間がかかりそうな人数ではある。

「僕、騎士団員さんの顔と名前を全員覚えたほうがいいよね……」

「まあ、そうだろうねえ。みんな寮に頻繁に出入りするからね。でも、全員が寮で寝泊まりしてるわけじゃないよ。結婚している人と、隊歴が長い人は街に家を持っているんだ。寮にいるのは若い奴らだけで、全部で六十人くらいかな。まずはそこからでいいと思うよ」

「六十人かあ。それならすぐに覚えられるかも！」

「うんうん、仕事はいっぱいあるんだから、あんまり気負わないようにね」

僕とダグは訓練場のそばにある芝生の上に座りながら、騎士たちの訓練を眺めた。

今は歩兵部隊に所属している三十人が重い鎧をつけながら鍛錬に励んでいる。たくさん打撃を受けてアザや傷だって作っているかもしれない。これからは、寮長の僕がみんなのケアをしてあげよう。

この寮をリラックスできるような場所にしたいな。

いつかみんなが僕に心配事を打ち明けてくれるような、親密な関係が築けたら嬉しい。ダグに色々教えてもらったおかげで、昨日よりも明確な目標ができたような気がする。

そんなことを考えていると、訓練場にレオナードが現れた。訓練の様子を見に来たようだ。

レオナードもリアと同じく鎧はつけていなかった。赤い髪がさらさらと風に揺れている。本人はふらりと現れただけだというのに、遠目に見ている僕にもレオナードの全身から威風堂々とした雰囲気を感じた。あれがオーラってやつなのかもしれない。

レオナードの登場に、明らかに団員さんたちの士気が上がった。さっきよりもさらに気合いの入った大きな声が訓練場に響き渡って、みんなの動きがよくなった。そのうちに「やめ」の掛け声がかかると、みんなが次々とレオナードの前に群がって何かを喋っている。

「ああやって、みんな団長に今日の訓練の成果を報告しているんだよ」

僕の疑問にダグが答えてくれた。

「今日は突きの練習をしましたって言うと、よく頑張ったなって褒めてくれるんだ。次はこんな練習をしてみろよって指示も出してくれる。否定しないんだよね、どんなに失敗しても。次は頑張れって言ってくれるもんだから、みんなその気になって頑張っちゃう」

「レオナードって、のんびりしてるばっかりでちゃんと団長の仕事してるのかなって思ってたんだけど……。ちゃんと団長さんだね」

「あはは、誤解されやすいからなあ、あの人は。ちょっと異色だけど立派な団長だと僕は思うよ」

今もレオナードは、甲冑を脱いで何かを告げる団員の頭をよしよしと撫でてあげていた。団員さんは嬉しそうだ。

分かるよ、その気持ち！　レオナードってよく頭撫でてくれるよね。ちょっとだけくすぐったくって、不思議と嬉しいんだ。ダグもレオナードに撫でられた時のことを思い出したのか、はにかんだように笑いながら彼らの様子を眺めていた。

とってもいい雰囲気の騎士団だ。僕はまだ来たばかりだけど、みんながいい人だっていうのが伝わってくる。

「……正直な話さ」

ダグがぽつん、と呟いた。

「君がこんなに愛らしくって性格のいい子で本当によかったよ」

「え、僕？」

「そう。僕は団長と副団長を昔から近くで見てきたから、正直心配してたんだ。寮長って騎士団のみんなにとってはすごく大事な役職だろう？　団長と副団長をちゃんと理解してくれるかどうかも分からなかったし、冷ややかで嫌な性格の奴だったらどうしようって思ってた」

「そう、なんだ……」

ダグの心の内を聞いてびっくりした。だってそんなに重要な仕事だって知らずに引き受けちゃったから。そうだよね、寮長っていわば寮の顔だ。みんなのお母さん代わりみたいなところもあるんだろうし。僕に寮長がちゃんと務まるだろうか。

「あのさダグ。僕、寮長やりますって軽い気持ちで言っちゃったんだ。お手伝いさんみたいなものだと思ってて。けど、今の話を聞くと……。本当に僕でよかったのかな」

「もちろんさ！　だってこんなに可愛らしい人が来てくれるなんて想像もしてなかった。君がいると寮内が明るくなるし、団長も副団長もご機嫌だし。君は完璧だよ！　あの二人を相手にするのは大変だとは思うけど、なんだかんだ言っていい人たちだからさ。二人と、それから僕たち騎士団員のことを面倒見てくれると嬉しいよ」

「はい！　寮長として精一杯頑張ります」

「うん。あーあ、団長も副団長もいいなぁ。こんな可愛い子が伴侶で。君が寮長じゃなければ速攻で口説《くど》いてるんだけどなぁ」

「……伴侶？」

「うん、伴侶。ソウタ、団長と副団長のお嫁さんになるんでしょ？」

んーーっっ!?　な、なんだってーっ!?

第二章　お仕事開始

お嫁さん……ダグ今お嫁さんって言った？

お嫁さんって言ったらあれだよ、健やかなる時も病める時も人生を共にするアレだよね。いや僕、男なんですけど⁉

「ソ、ソウタ大丈夫？　僕何か変なこと言っちゃったかなぁ」

「何か変っていうか、全部変っていうか……いや、待って」

ここで僕は重大なことに気がついてしまった。ここ、異世界なんだった。

みんなが変なんじゃなくて、僕が変なんだよ。僕の常識はこの世界の常識とは限らないってことだ。

その考え方でいくと、ダグの言う『お嫁さん』がイコールそのまま僕の考えている『お嫁さん』とも限らないんじゃないだろうか。

さっきのダグの言い方だと、寮長になることが団長たちの『お嫁さん』になることに繋がるみたいだったし。何か寮長にしかできない秘密の任務があるとか……！

「ねえ、ダグが言ってた『お嫁さん』って、この世界では何を意味してる？　僕のことレオナードとリアの『伴侶』で『お嫁さん』だって言ってたけど、それって具体的に何をするの？」

「具体的に？　ええっと、それ僕の口から言うのはちょっと……」

「言えないようなことなの？」

「というか、具体的に君に伝えるのは僕じゃなくて団長と副団長のほうがいいんじゃ……。三人の問題なんだし。それに僕、まだ死にたくないっていうか……」

ダグってば本当に嘘が下手だ。あからさまに目が泳いでいる。きっと僕に言えないような重要な任務なんだ。

「分かった、じゃあ二人に直接聞く。ダグ、一緒に来て！」

「え、ちょっとソウタ！」

僕はダグの腕を強引に引っ張って、訓練場で団員と話しているレオナードとリアのもとに急いだ。

「レオナード！　リア！」

「おう、寮内は全部見られたか？」

「やあソウタ、血相変えてどうしたんだい？」

「お話があります！」

二人は何事かと顔を見合わせていたが、なんだ、と聞く態勢をとってくれた。

いや、ありがたいんだけど、ここではちょっと。さっきまで訓練していた歩兵部隊さんたちも興味津々で横にいるし……

「あの、できればどこかで座ってゆっくり話したいんだけど」

「ああ」

「なるほど」

二人はその場にどかりと座り込んでしまった。いや、できれば会議室みたいなところで話を……

ああもう、歩兵部隊のみなさんまで一緒に聞く気満々で座り込んじゃった！

ええい、こうなったら仕方ない！

「あのね、教えてほしいんだけど、寮長になるってことは二人の『伴侶』になるってことなの？」

「そうだ」

「そうだよ」

レオナードとリアは、それがどうした、みたいな顔をしている。

「え、もしかしてこれは常識？」

レオナードがリアと顔を見合わせながら、訝しげに片眉を上げた。

「むしろ、お前の世界の騎士団では団長と寮長は伴侶じゃないのか？」

「僕の世界には、そもそも騎士団がないんだ」

「へえ、そいつは驚きだ」

レオナードだけじゃなくて、リアやダグ、歩兵部隊のみんなもざわざわと驚きの声を上げている。

そうだよね、みんなには騎士団がない世界なんて考えられないだろうな。

「それじゃあ誰が国を守っている？」

「僕の国では警察とか自衛隊っていう組織の人たちが守ってる。警察も自衛隊も独身寮はあると思うけど、寮長と伴侶になる規則はないんだ」

「へえ……。そいつは文化の違いってやつだな」

なるほど、文化の違いね。まさにレオナードの言う通りだ。

僕たちの間にはもっといろんな文化の違いがあるんだろうな。早くその溝を埋めないと振り回されちゃいそう。そのためにはコミュニケーションが大事だよね！　気後れしないでなんでも聞いて吸収しよう。とりあえず『寮長は団長の〝伴侶〟である』。一つ勉強になった！

「あれ……？　寮長が団長の『伴侶』になるっていうのは分かったんだけど、リアは副団長だよね？　どうしてリアも『伴侶』になるの？」

「それは私たちが『盟友の誓い』を結んだからだよ」

そういえば昨日リアが言っていた。レオナードとリアは誓いを結んだから伴侶選びが大変だって。

「ソウタの世界には『盟友の誓い』は存在しないんだったね」

「うん、少なくとも僕は聞いたことがない」

「二人の騎士が義兄弟の契りを結ぶことを『盟友の誓い』と呼ぶんだ。司教が特別な呪文を唱える前で互いの血を混ぜるんだ。そうすると二人は共に生き、共に死ぬ存在になるんだ」

「共に生きて共に死ぬ？　文字通りの意味で？」

「そう。どちらかが死んだらもう一方も同じ瞬間に死ぬ。だけど一心同体になることでより強固な絆を結ぶことができる。古《いにしえ》の時代から脈々と引き継がれる騎士のまじないの儀式なんだよ」

「二人は一心同体だから、本当は別々に選ぶ『伴侶』も一緒になるってこと？」

「そういうこと。レオナードの『伴侶』は私の『伴侶』だ。逆もまた然り」

「な、なるほど。複雑……」

「それほど複雑じゃないさ。君には二人の『伴侶』がいる。それだけのことだよ」

そうね、今はそれだけ理解できていれば十分かな。ところでその肝心の『伴侶』なんだけど。

「つまり僕は二人の『伴侶』で『お嫁さん』になるってことだってダグが言ってたけど、『お嫁さん』って具体的に何するの？」

「何ってお前……」

「うーん、具体的に君に説明するの？」

……レオナードとリアの顔がおかしい。妙にニヤニヤしている。ダグはむず痒そうにしているし、歩兵部隊のみんなもめっちゃニヤついてる……。これ僕、早まったかな。

「それはな、婚姻関係を結ぶってことだ。お前の世界に婚姻の制度はあったか？　生涯を共にすると誓った二人が、俺たちの場合は三人だが、一つ屋根の下で生活を共にして、お互いを尊重して慈しみ合い、寝台の上で愛し合う。最後の『寝台の上で』っていうのが重要だな。それ以外は友人同士でも成立する」

「そ、それってつまり!?」

「子作りするんだよ、俺たちとお前で。それが言ってみれば一般的な『嫁』の役割ってことさ。まあ俺は別に子供なんてどうでもいいがな」

「私もそこはどうでもいいな」

歩兵部隊の誰かが「お二人は何も寝台の上じゃなくたって構わないいんじゃないですかー」なんて

とんでもないことを言って笑っている。

「まあな。いつも同じ場所じゃあ飽きちまう。ところでソウタ、『寝台の上で愛し合う』って意味はちゃんと分かるか？　なんなら俺とリアが今から教えてやろうか、細かーいところまで」

「待って、待って、待て待て待て、待て!!」

ニヤニヤ笑いのレオナードを制しつつ、必死で考えた。つまり『伴侶』も『お嫁さん』も、僕の世界とおんなじ意味なのね！

ということは、僕がレオナードとリアのお嫁さん!?

「でも僕、男なんだよ？　子作りは女の人じゃないと無理じゃない？」

「オンナノヒト？」

あれ？　みんなの頭にはてなマークが浮かんでいるのが見える。なぜだ。

「ソウタ。『オンナノヒト』とは、なんだ」

「んんんっ!?　お、女の人っていうのは、僕のいた世界では妊娠するための器官を持ってる人のことなんだけど……」

「そんなのこの世の人間全員にあるだろう？」

「な、ないですね、僕には……」

「ないの!?」

総勢三十人に一斉に叫ばれて耳が痛い。ひょっとしてこの世界……女の人がいない!?

「まさか女の人がいないなんて……。ぶ、文化の違いだね……」

「文化じゃなくて、生物学上の違いだね」

ダグが横で冷静に突っ込んできたけど、対応する余裕はない。興味津々で歩兵部隊のみんなが詰め寄ってくる。

「ソウタってばそんな可愛い顔してひょっとして未経験なの？　あ、申し遅れました、俺は歩兵部隊の隊長のセレスティーノ！　これからよろしくね」

体格こそ騎士然としているが、どことなくチャラついてるこの人が歩兵部隊の隊長なのか……。雰囲気が完全に遊び人だ。こんな感じで大丈夫なのかな、歩兵部隊。そんなことを思っていたら、他のみんなも隊長のセレスティーノに続いて自由に発言し出す。

「こんな可愛い子に子袋ないとかあり得ないでしょ！」

「ひょっとして経験がないから自分で分かってないんじゃ？」

「おいちょっと冷静になれ、この顔で未経験なわけないだろう？」

「団長、調べる必要があるんじゃないですか？」

こら歩兵部隊！　セクハラが過ぎる！　自己紹介だってろくにしてないのに！

「黙れ、お前ら」

レオナードの一言で、あんなにうるさかったみんなが一斉に黙った。団長パワーはさすがだ。

「ソウタ、ちょっと情報を整理しよう。お前がもともといたところには『オンナノヒト』というのがいて、それが子を産んでいたんだな」

「うん」

「婚姻関係を結ぶのは、おおむね男と『オンナノヒト』の組み合わせだったのか？」

「そう。男同士で結婚した場合は、妊娠はできないんだ。養子をもらったりはできるけど」

「なるほど、興味深いな。この世界には『オンナノヒト』はいない。その昔、神話の頃には子を孕《はら》むためだけの人間がいたというが、その者たちはすでに絶えた。今は男しかいない。その代わりに男は全員、雄にも雌にもなれる。婚姻関係を結ぶ場合は、雌になる者が子を産む」

「雄がどうやって雌になるの？」

「んー、そりゃあ出会った瞬間に分かるというか、決まるというか」

あー、またレオナードたちがニヤニヤしてるー。聞きたくないー。でも純粋に興味があるんだよね。雄にも雌にもなれるってどんなメカニズムでそうなるんだろう。

「会えば分かるんだよ、本能でな。生命に関する専門的な話は衛生兵が詳しい。講義で学んでいるからな。興味があるなら聞いてみろ」

「うん、そうする」

「他に聞きたいことはあるか？」

「あのー……、僕、まさか寮長が団長たちの伴侶になるとは、これっぽっちも考えてなくってですね。今からやっぱりお仕事を辞退するわけには……」

「却下」

「却下だね」

レオナードとリアに速攻で却下されてしまった。

「で、でもまだギヨーム殿、だっけ？　その人に僕が寮長になる承認もらってないし、今ならまだ間に合うんじゃないかなぁ、なーんて」

「ソウタ、残念だがすでにギヨーム殿宛てに早馬で申請書を提出してしまったんだ。もう承諾の返事も頂戴している」

「つ、つまり……」

「もう後には引けないってことだね」

「でも僕、いきなり結婚なんてできないよ！」

「心配しないでソウタ、何もすぐに伴侶にするわけじゃないんだから。ゆっくり時間をかけてお互いを理解していこう」

「俺たちでじっくり可愛がってやるから安心しな」

「それについては、私たち二人とも自信があるから大丈夫だよ。な、レオナード」

「もちろんだ。何も問題ない」

まずい、完全に逃げられない雰囲気になっている。

「さすが我らが団長と副団長！」

「モテる男は余裕があっていいよなぁ。俺も訓練頑張って可愛い子たちにチヤホヤされたいぜ」

「寮長も簡単に口説《くど》き落とされないように頑張ってねー」

歩兵部隊のみんなも調子に乗って冷やかしてくるし。この人たちは本当に……

『王立第二騎士団の歩兵部隊はチャラい』。ちゃんと覚えたからね!!

僕がお嫁さんになるっていう衝撃の事実が訓練場で判明してから、僕はなんだか落ち着かなかった。

お昼ご飯が喉を通る気もしなかったので、そのまま部屋に戻る。忙しいレオナードとリアに代わって、午後も僕の世話を任されているダグが心配そうに様子を窺ってきたけど、大丈夫だからって説得して部屋から出て行ってもらった。

しばらく部屋の扉に引っ付いて、廊下の気配を探る。ダグはしばらく扉の外にいたが、足音と共に気配も去っていった。僕は足音が消えてから十分時間が経った後でそっと扉を開ける。

寮の三階の廊下はしんと静まり返っていた。もともとレオナードとリアの部屋しかない階だから、普段から人はあまりいないのかもしれない。足音をなるべく出さないようにしながら慎重に一階まで降りていって、武具庫の奥にある勝手口から外に出た。

この勝手口はさっきダグに教えてもらった。ここから出て左に行けば、馬小屋に着く。午前中に馬小屋を見学した時に、小屋のさらに奥に小さな池があるのを確認していたんだ。

建物の外に出て、誰にも見つからないように池の近くまで行ってみると、池には蓮の葉がぽつりぽつりと浮かんでいて、水は想像していたよりも澄んでいた。池の中を小さな魚が泳いでいる。池の周りにはすずらんに似た可愛らしい形の青い花が咲いていた。まるで青い絨毯みたいだ。

僕は池の周りをゆっくり散歩してから、近くの木の幹にもたれかかった。

「綺麗なところ……」

そよ風が草を撫でるように吹いて、さらさらと音を立てて去っていく。時折ちゃぽん、と水の中で魚が跳ねる。名前の分からない虫が、リリ、と鳴いた。

気持ちがいい。頭の中のモヤモヤが晴れていくみたいだ。

「ギギ」

目を閉じて自然の音に耳を澄ましていた僕の近くで、知っている声がした。

「やあ、ミュカ」

大鷲《おおわし》のミュカがゆっくりと歩いて僕の隣にやってくる。頭を撫でてやると、嬉しそうに目を閉じた。木の近くの茂みに目をやると、枝で作った巣のようなものがある。

「ここ、もしかして君のお家だったりする？」

「ギュ」

「そっか、いいところに住んでるね。ちょっとだけお邪魔していい？」

ミュカは何も言わずに隣に座ってくれた。池の奥でのっぽの葦が揺れるのを、ミュカと一緒に眺めた。

「ねえミュカ。僕ね、レオナードとリアと結婚するんだって。僕が結婚だよ、信じられる？」

「ギイギイ」

「ね、信じられないよね？　僕もなんだか他人事みたいな感じ。しかもお嫁さんだっていうんだ。男が子供を産めるとか、そもそも女の人が存在しないとか、訳わかんない」

ミュカはツンツンと僕の頬をつついてくる。慰めてくれてるのかな。

「あはは、ちょっとミュカ、ほっぺたをツンツンしたらくすぐったいよ。……ねえ、僕さ。レオナードのこともリアのことも別に嫌いじゃないよ。でも、だからって今すぐ全部を受け入れられるわけじゃない」

風が僕の頬を撫でていく。大丈夫だよって慰めてくれている気がして、木にもたれかかったまま深呼吸をした。心地よい風も、木漏れ日の暖かさも、草の青い香りも、元いた世界と変わらない。

でも僕は、この世界では異質で常識外れの存在だ。

「それでも、僕は変わらないといけないよね」

「ギギ」

ミュカは一声鳴いて、池のそばまで行き嘴《くちばし》を水の中に入れる。顔を上げると、その嘴《くちばし》には魚が捕らえられていた。

「君は魚が好物なのかな。僕がいた世界じゃ……ううん、なんでもない」

僕は懐からメモ帳を取り出した。今日教わったことを忘れないように書いておいたんだ。

『王立第二騎士団はレイル領主様の部下』

『王立第二騎士団に騎士は百八十人いる。寮生は約六十人』

『寮長は団長の伴侶である』

『盟友の誓いをすることで生死を共にすることになる』

『この世界に女の人はいない。男も妊娠できる』

これが今、僕の全てだ。他は全部捨ててしまおう。僕は『王立第二騎士団の歩兵部隊はチャラい』と書き、下に一つ付け加えた。『大鷲《おおわし》のミュカは魚取りの名人』。

◇◇◇

「ソウタがいなくなった？」

一階の武具庫で備品の確認をしていたら、ダグが血相を変えて入ってきた。

「昼食はいらないと言って自分の部屋に戻ったんですが、僕は追い出されてしまって。仕方がないのでお茶を差し入れようと食堂に行って戻ってきたら……」

「いなかったのか？」

「はい……」

私は持っていたペンと紙を放り投げると、慌てて武具庫を出る。ほんの数時間前まで一緒に訓練場にいたというのに、なんということだ。足早に玄関に向かいながらダグに確認と指示を出した。

「レオナードには報告したのか？」

「団長は郊外の森で訓練中ですので、急ぎ伝令を走らせてあります」

「そうか。であれば市中の捜索はレオナードが行うだろう。騎馬部隊と偵察・斥候部隊はレオナードと合流して市中捜索を。我々は寮内を徹底的に捜すぞ」

「は、はい」

「外部から不審な人物が侵入した可能性はあるのか」

「ふ、不審者……」

ダグの顔が真っ青になっている。

「ダグ、しっかりしなさい」

「僕のせいだ。僕が目を離したばっかりにこんなことに」

「落ち着け。君のせいではない」

「でも……」

「ソウタは大丈夫だ。もしかしたら散歩に出かけただけかもしれないだろう？」

そう言ってやると、ダグの顔色が少しはよくなった。

とはいえ部屋にいないとなると、一体どこへ行ってしまったのか。

私やレオナード、歩兵部隊の連中にからかわれて頬を真っ赤に染めるソウタの愛らしい顔が脳裏に浮かぶ。たった数時間前の出来事だというのに、それが今は遠い昔に感じてしまう。

ダグにはああ言ったが、落ち着かなくてはいけないのは私も同様のようだ。ソウタを失ったかもしれないという焦りで、心臓が破れそうなほどにどくどくと脈打っていた。

私とダグは玄関の前で団員たちに指示を出してから、三階の部屋を確認した。たしかにソウタがいない。扉をくまなく調べたが、外からこじ開けられた形跡はなく、心底ほっとした。かどわかされたわけではなさそうだ。では、自分から出て行ったのか。

誰もいない部屋を前にして、寒けがした。冷え冷えと感じられる空気が、喪失感となって襲いかかってくるようだ。

おかしなことだ。二日前まで、この部屋には誰もいなかったというのに。たった二日で、あの青年は私の心をこうもかき乱すのか。

ざわついた心の奥で、同じ気持ちを抱えた男の気配を感じ取った。レオナード、お前も私と同じか。お前の胸もあの子を失うかもしれない恐怖で縮み上がっているんだな。今頃街中を駆け回ってソウタを捜しているだろう。

捜そう、レオナード。必ず見つけて、私たちの腕の中にあの愛らしい青年を閉じ込めてしまおう。

「どこにいるんだ、ソウタ」

私の問いかけは寮長室の壁に吸い込まれ、返事をする者はいなかった。

建物内をくまなく捜したが、ソウタの姿はどこにもなかった。門番の話では門から外に出てはいないという。であれば、やはり寮内だ。全員で敷地内の茂みを確認して回る。私は馬小屋の脇の茂みを、名前を呼びながらかき分けた。

ソウタ、君はどこにいる？　私はまだ君のことをほとんど知らないままだ。闇夜の如き黒髪と黒曜石よりも魅惑的な黒い瞳を持ちながら、無垢な少年のように笑うことぐらいしか知らないんだ。

もっと知りたい。

好きな色はなんだろうか。どんな書物を読んで、どんな音楽を好む？　君を楽しませるのに、私は何をすればいいだろう。

馬小屋付近の茂みには手がかり一つなかった。もう一度見て回ろうかと踵《きびす》を返した瞬間、甘く爽やかな香りを風が運んできた。この香りはミュカの巣の周りに自生している、青いねむり草の花の香りだ。香りには強い催眠効果があるので、普段から団員たちには近寄らないよう言っている。

「だけどソウタは……」

ソウタは何も知らないのではないだろうか。私は半ば駆けるようにして、池の周りのねむり草を踏み分けていく。

「ソウタ！」

ソウタは木の幹にもたれかかるようにして、すやすやと愛らしい寝息を立てていた。そばにはミュカが寄り添っている。ミュカには不思議とこの花の催眠効果は通用しない。

「なんでこんなところに……」

ソウタが無事に見つかったことへの安堵と共に、疑問も生まれた。さっきの訓練場での話がよほど衝撃的だったのだろうか。それはそうだ、私たちとは違う世界で生まれ育ち、一人こちらに降り立ってしまったのだから。

「私とレオナードが知らず君を追い詰めてしまったのかもしれないな」

ソウタが自分たちのもとに舞い降りて来てくれた嬉しさにかまけて、彼の気持ちに寄り添ってあげていなかった。自分の至らなさに情けない気持ちになる。思わず歯を食いしばっていると、ミュカが鳴いた。

「ギュウ」

「ああミュカ。君はソウタのそばにいてくれたんだね。ありがとう」

「ギギッ」

彼に近づいて軽く揺らすが、一向に起きる気配はない。私はソウタの身体を抱き上げて、ねむり草から距離を取った。レオナードから聞いてはいたが、本当に空気のように軽い。これまでの彼の苦労を簡単に思い浮かべることができて、思わず強く抱きしめた。

――愛おしい。

自分の腕の中で眠る彼が、好きで好きでたまらない。

一体どうして、これほどまでに出会ったばかりのソウタを愛らしく思うのだろうか。ふと湧き上がる疑問の答えを求めようと、腕の中のソウタを眺めながら考えた。

彼の姿を見ていると、不思議と気持ちが軽くなる。この十五年、味わったことのない心地の良さだ。

ソウタは私に流れる呪われた血統の歴史を知らない。

だからこそ、自分に向けられる彼の純粋な笑顔や言葉に癒されているのかもしれなかった。

「もしかしたら、この子は忌まわしき運命から、私を解放してくれる存在なのかもしれない」

仮にそうならば、これから先、ソウタを手放すことなどできそうもない。今はまだ、可憐な花を愛でるような気持ちでソウタに接してはいるが……

「これから先、君を知れば知るほど、私の君への愛おしさも大きく膨らんでいくんだろうな」

ソウタのしっとりと艶《つや》やかな髪の毛を梳《す》いてから、額に口付けをした。象牙《ぞうげ》色のきめ細やかな肌が甘く唇に吸い付いてくる。ああ、いつか彼の全てに口付けをしたい。

「もしそうなった時には、どうかこの気持ちを受け止めてくれ、ソウタ。少しずつでいいから」

◇◇◇

「暇だなあ」

王立第二騎士団寮の寮長室の寝台の上で、僕は大きなため息をついた。

窓の外は清々しい晴天。こんなにいい天気だっていうのに、どうして寝台で寝ていなくちゃいけないんだろうか。

「もう体調もバッチリだし、ちょっとくらい散歩に出ても問題ないと思うんだけど」

実は今から三日前、僕はミュカの寝床がある寮の外れの池のそばで、自生しているねむり草の催眠効果に当てられてうっかり昼寝を決め込んでしまったのだ。催眠効果は抜群で、目が覚めたのはなんと翌日の夕方だった。

目を覚ました僕のそばには泣き腫らした目をしたダグと、ほっとした表情のレオナードとリアがいて、状況が呑み込めていない僕は一体何事かと目をパチクリさせた。

ダグによると池のほとりで眠っている間、僕がいなくなったと寮内は大騒ぎだったらしい。レオナードは捜索隊を組んで街中を捜し回り、リアは寮内を隅から隅まで確認したとダグが涙目で教えてくれた。

「もう絶対に一人でどこかに行ったりしないでよ？　生きた心地がしなかったんだから！」

泣きながら僕に訴える横で、レオナードとリアも頷いていた。

僕としてはちょっと散歩に出たくらいの感覚だったんだけど、思わぬ大騒動になってしまって申し訳なさでいっぱいだ。

世話を任されていたダグは、きっと僕の姿が見えなくなったことに責任を感じていたのだろう。こんなに目が赤くなるまで泣かせてしまって、悪いことしちゃったな。

「ごめんなさい。次からはどこかに行く時はちゃんと声をかけるようにするね」

ダグに謝りながらそう言うと「絶対だよ？」と念を押されたので、彼を安心させたくて大きく頷いた。

「ソウタ、とりあえずこのまま十日ほど身体を休めろ」

「ねむり草の効果もあるだろうが、見知らぬ世界に放り込まれたことで疲れが出てしまったんだと思うよ」

そうレオナードとリアに勧められて、僕は終日この広くて豪華な寝台で寝るだけの生活を送ることになってしまった。

そう言われてみれば、たしかに疲れが溜まっている感じはある。だから初日はお言葉に甘えて一日中寝台でゆっくり過ごすことにした。元いた世界では毎日働き通しだったんだ、一日くらいは自分へのご褒美にダラダラと過ごすのもいいかなって気持ちもあった。

でもそんな贅沢な生活に僕が慣れるはずもなく、翌日にはすでに暇を持て余してしまった。

今日で寮長室での缶詰生活も三日目。あんまり暇すぎてそろそろ我慢の限界だ。せっかく寮長の仕事につけたのにまだ何もしてないこの状況がもどかしくって仕方がない。

病欠扱いにしてくれればいいんだろうけど、この世界にはそういう概念がないようで、僕の胃をキリキリさせる。休んでいる間の給料もしっかりと支払われそうなんだ……

給料が発生しているのに仕事もしないでぐうたら寝て過ごすなんて、僕には耐えられない！

「よし、まずはどうにかして部屋から出よう！」

実は寮長室からの脱出は、昨日も試みている。レオナードとリアにもう大丈夫だからと直談判してみたんだけど、二人からはまだ寝ていろとお説教されてしまった。レオナードとリアってどうも過保護なんだよね。まだ僕のこと小さな子供だと思っているんじゃないのかな。

見た目は二人に比べたら小さくて細いけど、これでもバイトをかけ持ちして一日中働いてきたんだ。案外タフだしちょっと休めば疲れだって吹き飛ぶ。

こうなったら二人には内緒で部屋を抜け出すしかなさそうだ。とはいえまた勝手に外に出たらみんなに心配をかけるし、今度こそ本気で怒られる気がする。それは僕も避けたい。

「うーん、外じゃなくて寮の建物の中くらいなら歩いても心配かけないんじゃないかな。書き置きもちゃんと残してどこにいるか分かるようにすれば、怒られることもないだろう」

そうと決まれば善は急げだ。僕は寝台の横にある小机の引き出しからペンとメモ帳を取り出して、レオナードとリア宛てに伝言を書いた。

「ちょっとだけ寮の中を歩いてきます。心配しないでください……っと。これでよし！」

ちょうどいいから寮内を散歩がてら、汚れている場所を下見してこよう。缶詰状態から解放されたらすぐに寮長の仕事に取り掛かれるよう、掃除の必要がある場所を確認しなくちゃなってずっと思ってたんだ。

「そういえば廊下の窓ガラスが相当曇っていたような気がする。今日はとりあえず窓ガラスが全部で何枚あるのか数えに行こう！」

僕はゆっくりと身体を滑らせて床につま先をつけると、息を殺して少しずつ、廊下へと続く扉へ近づいていった。ここで大きな物音を立てると、レオナードとリアが部屋に来ちゃう。

僕を心配してくれている二人に黙って部屋から出るのは罪悪感があるけど、仕事が気になってもう限界なんだ。

「ちょっと散歩するだけだから。十分くらいで戻ってきます」

小さく呟いて二人に謝りながら、細心の注意を払って音がしないように抜き足差し足——

「……どこへ行くつもり？」

部屋の中を半分進んだところで寮長室の扉がガチャリと開いて、廊下からダグが顔を出した。

「うわっ、ダ、ダグ？　い、いい、いや、ちょっとお手洗いに行きたいなぁなんて……」

「洗面室は廊下に出る必要ないでしょ。回れ右して左だよ」

「あ、はは、そうでした……」

あともうちょっとだったのに今日はダグに邪魔されるとは！

悔しくて思わず天井を仰ぎ見た僕に、じっとりとしたダグの視線が突き刺さる。

「ソウタ、今部屋から内緒で出るつもりだったでしょう」

「うっ……」

まずい、僕、ダグに全然信用されてない……。まあ、その通りなんですけどもね……。それにしても、どうして僕が寝台に寝ていないって分かったんだろう。

「言っておくけど、君の足音で外に出ようとしているのすぐに分かるからね」

「えっ、ダグ、僕の足音が聞こえてたの？」

こんな頑丈な扉の向こうで足音が分かるなんてことがあるだろうか。

「聞こえてるし、あんなに気配を部屋中にみなぎらせてたらすぐ分かるよ」

「なるほど、気配かあ……」

さすがは訓練された騎士。足音ばかりに気を取られてたけど、気配まで読み取れるのか。次までに気配を消す方法を考えないといけないな。でも一体どうやればいいんだ。

「ねえねえダグ、気配ってどうやったら消せるの？　なんかコツがあるのかなぁ」

「あのねえ、何もう一回脱走を試みようとしてるの。無駄です！　君は大人しく寝てなさい！」

「もう寝るの疲れちゃったんだよ！　僕を外に出して！　仕事させてよ！」

「君を休ませるようにっていうのが団長命令なの！　却下！」

「そんなぁ……。ダグお願い、そこをなんとか！」

「ぐっ……。か、可愛い顔してお願いしてもダメなものはダメ！」

ダグと押し問答をしていると、扉の向こうからレオナードが顔を覗かせた。

おお、レオナードだ！　ナイスタイミング！　団長命令で僕を部屋から出せないなら、団長であるレオナードに命令を解いてもらうしか道はない。

「お前らギャンギャンうるせえぞ。何を揉めてんだ」

「団長！　ソウタが部屋から外に出たくて仕方がないらしいんですよ」

「ソウタ、お前まだ三日しか休んでないだろ？　無理すんじゃねえよ」

大きなあくびをしながら僕を部屋に押し込めようとするレオナードに、僕は勢い込んでお願いする。

「レオナード、僕もうすっかり元気だよ！　お願いだから部屋から出して」

「んー……」

レオナードは僕のほうにずいっと顔を寄せると、何かを考えるように眉を寄せた。ち、近い近い近い！　灰色の瞳に僕が映っているのがバッチリ見えちゃう距離は心臓に悪いんだってば！

「まあ顔色はよくなったかな。ちょっと赤い気もするが」

それはあなたが顔を近づけるからでしょうが……

「たくさん休んだから体力もバッチリ回復したよ」

「うーん……」

僕が両腕に力こぶを作ってアピールするのを、レオナードは渋い顔で眺めている。見た感じ緩くていい加減そうな印象のレオナードのことだからすぐに了承してくれるかと思いきや、一向に首を縦に振ってくれない。

見た目に反して心配性というか、しっかりしているというか。この人は見た感じと言動がどうにも一致しない。

「頭痛や、めまいはするか？　節々が痛いとか、怠さとかは？」

「な、ないです」

「本当だろうな？　お前は結構無茶する奴っぽいからなぁ」

「うっ……。今回は本当に大丈夫です……」

「微妙なところだが……。まあ、いいぜ。今日から外に出ても」

「やったーっ！」

ようやく解放されて、僕はにこにこしながら万歳をした。そんなに休むのが嫌だったのかよとレオナードに苦笑いされてしまったけれど、もうこれは僕の身体に染みついたものだから仕方がない。何もしていない時間が続くと不安になっちゃうんだよね。仕事をしていないとソワソワしちゃう。

「分かってくれてありがとうレオナード！　それじゃあ早速……」

「ただし、条件付きだ」

早速廊下の窓の状態を見に行こうとした僕を、レオナードが押しとどめた。

「条件？」

「歩き回っていいのは、しばらくは寮の建物の中だけだ。その時は俺かリアと一緒に行動すること。俺たちの都合がつかない時はダグを代わりに付ける」

「え、それって監視付きってこと？」

「そうだ。それを呑めないなら、あと七日は部屋で寝てるんだな」

「七日も寝てたら死んじゃうよ」

「寝ると死ぬのかよ。変な奴だな、お前。で、どうする?」

からからと笑うレオナードに、僕は勢いよく首を縦に振った。考えるまでもないよ、監視付きっていうのは信用されてないみたいでちょっと悲しいけど。

「監視付きでいいから外に出たいです!」

「よし、決まりだな」

「うん! そうしたら早速だけど、廊下の窓の数を数えたいんだ。レオナードかダグ、付き合ってくれる?」

「はあ? 窓の数?」

レオナードが怪訝《けげん》な声を出す後ろで、ダグもキョトンとした顔をしている。

「そう。寮内を掃除する計画を立てたいから下見をしたいんだ。あ、そういえば僕まだ寝巻きだった、ちょっと着替えてくるから待ってて!」

「おいこら、ちょっと待て。窓の件はよく分かんねえが、数えたいっていうなら付き合ってやる」

「え、うん、ありがとう……?」

着替えようと部屋に戻る僕を引き止めた後で、レオナードは何かを考えるようにじっと僕を見つめている。え、なんだろう。

「……その前に、俺の用事にちょっと付き合え」

「それはもちろんいいけど……」

「それじゃあ動きやすい服に着替えてこい。ダグ、武具庫にいるリアに少しそこで待つように言って来てくれ」

「はい！」

ダグが走り去った後で、僕はクローゼットの中から動きやすそうな服を選んで着替え、レオナードと一緒に三階の廊下を歩く。

「三階はあんまり窓がないんだね。一、二……、全部で六枚か」

「窓の数なんて、考えたこともねえな」

「一階と二階は結構な数ありそうだもんね。普段はどのくらいの頻度で窓拭きしてるの？」

「……」

「……え、まさか掃除したことないの⁉」

僕のうわずった声にレオナードはどうだかな、と曖昧な返事をした。はっきりしないところを見ると、本当に掃除をしたことがないのかもしれない。よくそんなんで病気にならないな。

僕の非難めいた視線に気がついたのか、レオナードが苦笑いをした。

「王立第一騎士団の奴らが用事で来た時に、見かねて掃除してるのは知ってるけどな。まあ別に生活に支障はねえから大丈夫だろ」

ここの人たちは騎士としては強いのかもしれないけど、家事の能力をどこかに置いてきてしまったんじゃないだろうか。いや、戦いに能力を全振りした結果がこれなのか。

「……これからは僕がしっかりやらせていただきます」

「そうしてくれ」

もう、絶対に任せてはおけない。僕が寮長になったからにはピッカピカの寮にしてみせる！　僕は強い決意を心に秘めながら、レオナードについて寮の一階にある武具庫に向かった。

武具庫に入るのはこれが初めてだ。部屋は想像以上に広く、騎士団のみんなが普段使っている剣や甲冑などが整然と並んでいた。全部で百八十人分ともなると、かなり圧倒される。武具は部隊ごとに綺麗に並べられていて、素人目にも道具の手入れが行き届いている。

寮の掃除はしないけど、武具の手入れはちゃんとしてるんだね！　感心していいのか分からないけど、少なくとも自分の道具に対する愛情があることは知れてよかった。

僕とレオナードが武具庫の扉を開けた時には、部屋の中ではリアが一人、剣の手入れをしていた。

「ソウタ！　ダグから伝言は聞いたが具合は本当にいいのかい？　あまり無理をするのはよくないと思うが」

心配そうに眉を顰《ひそ》めたリアに、僕はさっきレオナードに見せたように力こぶを作って全快をアピールしてみる。

「心配してくれてありがとう、ほら見て、もう絶好調だよ！」

「……細いな。今にも折れてしまいそうだ。やはりまだ寝ていたほうがいいのでは」

僕の渾身の力を込めた力こぶは、リアを納得させるどころかさらに眉を顰《ひそ》めさせる効果しかなかったみたいだ。僕の腕を優しくさするリアの表情が痛々しく歪んでいる。言えない……休んだ分だけ今のほうが元の世界にいた時よりも格段に元気だなんて……

「お願いだからそんな悲しい顔しないで、腕はこれからなんとか太くするからさ！　ところでレオナードはここに用事があるんじゃなかったっけ？」

リアの悲しげな視線から逃げるように、レオナードに話を振った。

「そうだ。……ソウタ、ちょっとこれを持ってみろ」

レオナードはそばに置いてあった剣を持ち上げると、僕にずいっと差し出した。んんっ？　こっちはこっちでなんだかおかしな雰囲気だ。飄々とした態度を取ることの多いレオナードが、妙に真剣な面持ちで僕に剣を差し出している。

「え、僕がこの剣を持つの？　でも僕、こういう武器を触ったこともないんだけど……」

「安心しろ、鍛錬用だから刃は潰してある」

「う、うん……」

僕はおずおずとレオナードが差し出した剣に手を伸ばす。横でリアがハッとした表情をしたが、レオナードの行動を止める気配はない。レオナードの意図に気づいて様子を見守っているようだ。僕にはレオナードの意図はさっぱり分からないけど。

恐る恐る指の先で触れた剣は、武具庫のひんやりとした空気にさらされていたせいか、ものすごく冷たかった。鍛錬用とはいえ、これはれっきとした武器だ。日本で生まれ育って平和に慣れきっている僕に、この剣は怖すぎる。

とっさに手を引っ込めてレオナードを見ると、灰色の瞳が僕を見つめていた。なぜだろう、目の前のレオナードはどこか戸惑っているように見える。この人は僕に剣を持たせることで、何かを確かめたいのかもしれない。

僕を見つめたまま、レオナードが小さく頷いた。お願いだからこれを握ってくれと、そう言われたような気がする。僕はレオナードの視線に促されるまま、飾りけのない柄の部分を右手で握った。レオナードがするりと手を離す。

「うわっ、お、重い……！」

鍛錬用の剣はとてつもなく重くて、レオナードが手を離した途端に剣の先が床についてしまった。なんとか持ち上げようと両手で柄を握りしめるけど、接着剤で床にぴたりとくっついてしまったみたいに剣は少しも持ち上がらない。

鍛錬場でみんなが軽々と扱っている武器ってこんなに重かったの⁉　王立第二騎士団って嘘みたいに強いんだね！

「ぐっ……、ぜ、全然、持ち上がらない！」

「ソウタ、それ以上やると腕と腰を痛めてしまうよ」

見かねたリアが僕の手から剣を受け取ってくれた。木の枝でも扱っているみたいにあっさりと片手で剣を扱うリアを見ていると、自分がとんでもなく非力に思えてくる。やっぱり僕って弱いんだろうか……

「やっぱり、そうだよな……。こんな細《ほせ》え腕で剣が持てるわけないか」

ちょっとレオナード、僕の傷口を広げる発言はやめてほしいんですが！　しかも僕が剣を持てやしないって分かってたなら、どうして試すようなことするんだよ……。非難するつもりでレオナードに視線を移すと、レオナードは武具庫の天井を見上げていた。

「困ったな……」

そう呟くレオナードの顔は少し苦しげで、僕の非難の気持ちは一気に萎《しぼ》んでしまう。リアがレオナードの肩をぽんと叩きながら、そろそろ諦めろと声をかけた。

「一騎当千の武力は望めないが、私たちの大事な寮長であり伴侶であることには変わりはないぞ、レオナード」

「ああ、分かってる……」

リアの言葉に苦笑しながら返事をするレオナードは、それでもがっかりしていた。どうやら僕が剣を扱えないってことが、レオナードをかなり失望させちゃったみたい。そういえば最初に会った時、もっと山みたいに大きな身体の強そうな人が寮長になると思っていたと言ってたっけ。

「レオナード……なんかごめんね。僕、期待外れだったみたいで」

「いや、そうじゃねえよ。お前が気にすることじゃないさ」

レオナードは苦笑したまま僕の頭を撫でてくれるけど、申し訳なさは拭えない。でも、今から鍛えたところで剣を振るえるようになるとは思えないし。僕は僕のできることをして、いつかレオナードに僕が寮長でよかったって思ってもらえるようにするしかないな。

「さてと、次はお前の希望を叶えてやるとするか。窓の数を数えたいんだっけか」

「うん……」

「リア、お前ひょっとして寮内の窓の数を把握してたりするか？」

レオナードに質問されたリアはあからさまに困惑していた。

「窓の数……？　分からないが、窓など数えていったいどうするんだ」

「ソウタが窓の数を知りたいんだと。掃除したいらしい」

「窓の掃除か。あまり考えたことはなかったが……」

王立第二騎士団の中でおそらく一番のしっかり者であろうリアですら、掃除のことは頭から抜けているみたいだ。いけない、寮のことはやっぱり僕がしっかりしなくちゃダメだ……

「しかし窓掃除なんてソウタには重労働なのでは。それに、二階と三階は言わずもがなだが、一階の窓は防犯のため高い場所に設けてあるだろう。そんな場所を掃除するのは危険じゃないのか？」

「念のために俺が横で見てるから、まあ大丈夫だろ。それに今日は掃除はさせない、下見だけだ」

「お前がちゃんと見てるならいいが……。ソウタ、私はしばらく忙しいから君のそばにいられない。ちゃんとレオナードの言うことを聞いて無茶だけはしないようにね」

リアが心配そうに見つめてくる。僕は絶対無理はしないと約束してから早々に武具庫を後にした。

「二人はどうしてこんなに過保護なの？　ちょっと窓の確認するだけなのに……」

武具庫を出たところで、ついレオナードに愚痴《ぐち》をこぼしてしまった。二人とも僕を非力だって思い込みすぎだ。

「そりゃ過保護にもなるだろ。こんな細い腕してたら」

「細くても窓掃除くらいできるって。僕こう見えても子供じゃないんだよ」

「ん？　別に俺もリアもお前を子供扱いしてるわけじゃねえよ」

レオナードは何を言ってるんだみたいな顔をして僕を見るけど、子供扱いじゃないって言うならどういうわけで僕を過保護に扱うんだろう。不満げな僕にレオナードが笑いを堪えながら言った。

「お前が子供だからじゃなくて、俺たちの伴侶だから心配してるんだ」

「え？」

「伴侶を心配しない奴なんていないさ」

当然のことだとばかりのレオナードの言葉に、とたんに顔が熱くなった。

そうか、僕は二人の伴侶になったんだ。まだ休んでいろと僕を部屋に押し込めようとしたレオナードも、窓掃除が危険じゃないかと心配顔だったリアも……

「二人とも僕が伴侶だから、心配してくれるんだね……」

「はは、まだ実感が湧かないか。まあ、お前にとっては急な話だったからな」

寮長の僕が二人の伴侶になるって話は数日前に聞いたばかりだ。正直に言ってしまえば、実感はさっぱりない。これからはこんな風に甘やかされる毎日ってことなのかな。

「僕、誰かに甘やかされるなんて久しぶりだな。母さんが生きていた時以来だ……」

「おい、親と俺らを一緒にするんじゃねえよ」

「あはは、ごめん。でも実際そういう感じでしょ？」

「……まあ、今はそれでいい。ゆっくりやってこうぜ」

「うん」

レオナードがちょっと強めに頭を撫でてきたので、僕は痛いよと文句を言いながら笑顔でそれに答えた。二人の伴侶っていう実感はなくても、僕に家族が二人できたと思えばいいのかもしれない。

レオナードと廊下を歩きながら僕はそんなことを考えていた。

レオナードと僕は一階の端から窓を数えて歩く。窓は戸が二枚ある両開きで、外側に向けて開くようになっていた。リアが言っていたように、僕の身長でぎりぎり覗けるかどうかぐらいの高さに設置されている。

つま先で立ちながら窓の状態を改めて確認してみると、やっぱり汚い。窓の四隅にたまった埃《ほこり》がはっきり見えた。

「うわ、これを掃除するのは大変そうだなあ」

「お前一人じゃ全部の窓を掃除するのは難しいだろう。街の掃除屋を雇えばいいんじゃないのか」

「だめだよ、誰かを雇うにはお金がかかっちゃう。もったいないよ、そんなの」

「心配しなくても金ならあるぜ」

「だったらそのお金は騎士のみんなのために使うべきだよ。備品を充実させるとかさ」

掃除に人を雇うなんて贅沢な真似は、僕にはできそうにない。何十枚もありそうな窓を一日で掃除するのは無理でも、ちゃんと計画を立てれば僕一人だって十分だ。

それにしても、思っていたより窓が高いな。そっちのほうが僕には問題だ。脚立《きゃたつ》のようなものがないと窓に手がちゃんと届かない。

レオナードは僕の横で暇そうに窓の外を眺めている。レオナードだって忙しいだろうに、付き合わせちゃって申し訳ないな。やっぱり僕一人でも大丈夫だから、レオナードには団長の仕事に戻ってもらおうかな。

と思っていたら、誰かがレオナードを呼びに来た。まだ団員の顔と名前を覚えていないから、誰だかは分からない。しばらく立ち話をしていたレオナードは、僕に向き直った。

「ソウタ、悪いがちょっと衛生部隊のことで席を外す。この先の医務室にいるから、何かあったら声をかけろよ」

「分かった。ねえレオナード、もう僕一人でも大丈夫だから、そのまま仕事に行っても……」

「俺が戻ってくるまで、絶対に余計なことをするんじゃねえぞ！　そこで大人しく待ってろ、いいな」

「……はい」

レオナードはビシッとそう言うと、衛生部隊員と一緒に医務室へ向かっていった。

「あの有無を言わさぬ感じ……。本当に伴侶として心配してるのかなぁ。やっぱり信用されてない雰囲気をびしびし感じるんだけど」

遠くなっていくレオナードの背中を見つめながら、僕は小さく呟いた。

「さてと、それじゃあレオナードが帰ってくる前にどうやって掃除をするか方法を考えようかな」

いい感じの脚立《きゃたつ》があれば一番いいんだけど、もしなければ買う必要がある。その辺の木箱とかを積み上げて、うっかり怪我でもしたらレオナードとリアから一生掃除するなって言われちゃいそう。

「……あっそうだ！　ちょっと勢いをつけて窓の下枠に飛び乗ればいいんじゃないかな！　そのままそこを足場に窓を拭けば脚立《きゃたつ》なしでもいけそうな気がする」

よし、とりあえず挑戦してみよう！　僕は窓から距離をとって反対側の壁まで下がると、勢いよく走って真上に飛ぶ。両手でがっしりと窓の下枠を掴んで身体を持ち上げれば、簡単に窓枠に足をかけることができた。

「やった！　これで余計なものを買わずに掃除ができそう！」

試しに窓を拭く動作をしてみたけど、問題はなさそうだ。ああ、この汚い窓を早く拭いてピカピカにしたいなぁ！

窓の下枠に両足を踏ん張らせてしゃがんでいると、ふと二階の窓が気になった。

寮長室がある三階の窓は六枚。一階の窓は数えたら全部で十八枚あった。踊り場に一枚ずつ窓があるのは確認済みだが、二階の窓はまだ数えていない。

「二階の窓も高い場所にあるのかな」

僕は慎重に立ち上がって両手で窓の上枠をしっかり掴んだ。そのまま上半身を窓から出して、二階を仰ぎ見る。ここから見た感じだと二階の窓は一階のものよりも小さく、それほど高い場所に作られてはいないようだった。

「二階のは窓枠に飛び乗らなくても大丈夫かもしれないなぁ」

僕はもうちょっと近くで見ようと背伸びをしてみる。さすがにここからだと細かいところは見えないな。レオナードが帰ってきたら、すぐに二階に連れていってもらおうっと。

「……おい」

「え？」

後方からとんでもなく低い声が聞こえてきた。慌てて振り返ると、視線の先でレオナードが仁王立ちで僕を見据えている。

「あ、レオナード。もう衛生部隊の用事はいいの？」

「……ソウタ、お前はそんなところで何してんだ」

「窓を掃除する方法を考えててさ。ほら、こうやって窓の下枠に飛び乗れば、みんなより背の低い僕でも簡単に掃除ができそうだよ！」

僕はちょっと誇らしげにレオナードにそう言った。ちゃんとレオナードの言われた通りに待っていたし、いいアイデアも思いついて言うことなしだよね！

……と思ったんだけど。あ、あれ、レオナードひょっとして怒ってる？

「はあ……。とりあえず、そこから動くなよ！」

「うん……」

レオナードがものすごい形相で窓に近づいてきたかと思うと、僕に向かって両腕を広げてきた。

「ほら、俺に飛び移れ。まったく、そんなところに飛び乗って落ちたらどうするつもりだよ……」

「え、でも……」

「つべこべ言わずに、いいから来い！」

「は、はいっ！」

なぜかご立腹のレオナードに言われるまま、僕は彼の胸元に飛び込んだ。レオナードは僕をしっかりと抱きとめてくれる。口調は怒っているようだったけれど、それに反して僕の背中に回された両腕は優しかった。

「あんまり俺を振り回すんじゃねえよ」

レオナードを振り回したつもりは全くないんだけど、なんだか彼の言葉の中に切羽詰まったものを感じて何も反論できなくなってしまった。抱っこされたまま、レオナードにぎゅっと抱きしめられる。服の上から伝わってくる温もりに、レオナードの優しさを感じて僕は大いに反省した。

「レオナード、ごめんね。窓枠に飛び乗るくらいなら大丈夫だと思って」

「ああ、別にお前が鈍くさい奴だとは思ってない。意外と運動神経は悪くなさそうだしな。単純に俺が心配なだけだ」

苦笑気味にそう言うレオナードの顔が近くて、ちょっと照れ臭い。でも、こうやって無条件に心配してもらうのも抱っこしてもらうのも本当に久しぶりだ。

「えへへ、レオナードってなんだかお兄ちゃんみたいだね」

そう言ったら、レオナードの眉間の皺《しわ》が一気に深くなってしまった。

なんで!? お兄ちゃんって言われるの嫌だった？ しかも、大きなため息までつかれてしまった。

僕は褒め言葉で言ったつもりだったんだけどな。

「お兄ちゃんねえ……」

「ひょっとして嫌だった？ お兄ちゃんって言われるの」

「嫌というか、なんというか……。お前に振り回される俺自身が許せないっつうか……」

「ん？」

レオナードの言っていることが僕には全然分からないんですが……。とりあえずお兄ちゃんって言われて怒っているわけではないみたいだから、まあいいか。

「で、どうすんだ。このまま二階の窓も確認するか？」

「うん！　もうちょっとだけ付き合ってくれる？」

「はいはい、寮長様の仰せのままに」

レオナードが茶化した口調で言いつつ、二階に続く階段へと歩いていく。あれ、ひょっとして僕を抱っこしたままで行くつもりかな……。恥ずかしいっていう気持ちは拭えないけど、僕もなんだかレオナードの温もりをまだ感じていたい。

結局、そのまま抱っこで二階に向かった僕とレオナードは、窓の数をちゃんと数えてから寮長室に戻った。二階の窓はなんと二十四枚もあった……

窓掃除は全部で一週間以上かかりそうな予感。これは早く仕事を始めないとね！

◇◇◇

「まいった……」

リアの執務室にあるソファに身を沈めながら、俺は腹の底から息を吐いた。机に向かって請求書をまとめていたリアが俺を見てくすりと笑う。

「そんなにソウタの世話が大変だったのか？」

「あいつ、ちょっと目を離すと何をしでかすか分からねえんだよ」

「あはは、見事に振り回されたみたいだな」

「ちっ、他人事だと思って楽しむなよ」

「他人事だとは思ってないさ。私も数日前にソウタの姿が見えなくなったと聞いた時は相当焦ったからな」

ソウタと出会ってまだ数日だというのに、すでに俺もリアもあいつの予想外の行動に振り回されっぱなしだ。その事実が俺の心をどうしようもなく苛《いら》つかせた。

「他人にここまで干渉するなんて初めてなんじゃないのか、レオナード」

リアに苛《いら》つきの原因をズバリと言われてしまえば、苦笑いで返事をするほかはない。ソウタに出会うまで俺の人生は復讐の二文字で満たされていた。リア以外の他人が俺の心に足を踏み入れる余地もなければ、俺が誰かに関心を寄せた試しもない。

待ち望んでいた黒の旗手ですら、正直に言ってしまえば、ただの駒に過ぎなかった。

俺の復讐を遂げるのに必要な、ただの駒だと。そいつとは恋愛感情のない、ただの契約上の伴侶になるつもりだったし、世話をするつもりなど毛頭なかった。ただ、力を貸してくれさえすればよかった。

……それなのに、ソウタと一緒にいると俺の心はいとも簡単に乱されてしまう。

ソウタの姿が見えないだけで心がそわそわして落ち着かない。一日中部屋に閉じ込めておかないと、ソウタの華奢《きゃしゃ》な身体がぽきりと折れてしまうんじゃないかと不安に駆られてしまう。

「俺の頭はついにおかしくなったようだ……。我ながら笑えるぜ」

「それほどまでにソウタに狂ってしまいそうなのか？」

「どうだろうな、俺にも正直よく分からない。ただ、今日はソウタとダグが話しているのを見ただけで嫉妬でブチギレそうだった」

俺は自分で自分の行動がおかしくなって、あははと笑った。ソウタを初めて見た時は、一騎当千の武力を望めないことが分かってがっかりしていたはずなのに。

今は、それでよかったと思い始めている自分がいる。

黒の旗手という駒なんかじゃなく、俺は一人の男としての、ソウタをもっと知りたい。

なんせ俺が今知っているのは、ソウタがどうも前の世界で金に困っていたらしいこと。天涯孤独で一人頑張っていたこと。仕事熱心で、時にやりすぎるきらいがあること。その程度なのだ。

「リア、俺はたぶんこれから先、ソウタを馬鹿みたいに甘やかすような気がする」

「奇遇だな、私もだよ」

「はは、さすが俺の盟友だな。こんなところでも気が合うぜ」

「私たちは、どうやら最高の伴侶を手に入れたようだ」

「ああ、間違いない」

リアの奴が、ソウタを初めて見た時から心奪われていたことには気づいている。その時はまさか俺も同じ気持ちを抱くことになるとは、思いもよらなかった。

「これから苦労しそうだなあ、リア」

「何しろソウタは自分の価値に全く気づいていないからな」

「俺たちであいつを守ってやらねえと。俺が誰か一人を守りたいなんて思う日が来るとはねぇ」

リアと二人で、全くだと笑い合った。

その後、まだ仕事を続けるというリアと別れて、寮長室に戻った。寝台では穏やかな寝息を立ててソウタが眠っている。ソウタのすぐそばまで寄っていって、寝顔を眺めた。

象牙《ぞうげ》色の滑らかな肌に、黒く長いまつ毛。人形のように小さな鼻に、薄桃色の唇。愛らしい男だと改めて思う。自覚はないようだが、これほど愛らしさを詰め込んだ男がこの世にいるだろうか。

俺はソウタの漆黒の髪にそっと指を絡ませた。さらさらと指をくすぐる髪のなんと妖艶《ようえん》なことか。

だが、見た目の愛らしさはソウタの魅力のごく一部に過ぎないことを、俺はもう知っている。

ソウタの一番の魅力は、その精神的な強さだ。

突然知らない世界に迷い込み、さぞ心細くて怖かっただろう。だが、ソウタは泣き言一つ言わなかった。この世界で生きてみせると、俺とリアに助けを求めた時のソウタは美しかった。

「ソウタ、お前の強さは美しい。だが、俺には弱い顔を見せてもいいんだぜ……」

そっと耳元で囁《ささや》けば、ソウタがくすぐったそうに身じろぎした。

いつか俺を、俺とリアを頼ってほしい。

強さの裏に見え隠れするお前の悲しみや孤独を、さらけ出してくれ。お前に信頼されるように、俺はこれからお前をどこまでも甘やかして、笑顔にさせると誓う。

「早く、落ちてこいよ。俺の腕の中に……」

小さくそう呟きながら、ソウタの額に唇をそっと押し当てた。

◇◇◇

「……一人で買い物に行きたいだって？」

今日もレイルの街は穏やかな日差しが差し込む、気持ちのいいお天気だ。

それなのに、レオナードの機嫌は絶賛荒れ模様。僕はただ、街の中心街に必要なものを買い出しに行きたかっただけなんだけど、一人での外出は絶対ダメらしい。

王立第二騎士団の寮長になったわけだし、今日は寮内を掃除するための作業服に、最低限の掃除道具を買いに行きたいんだけど……

「なんでダメなの？」

「なんでって、お前本気か？　道もろくに分からない奴がふらふら歩いてたらあっという間に掏摸《すり》の餌食になるぞ。お前に色目を使ってきたり、誘拐しようと考える輩だって出てくるかもしれない。誰かが同行しないなら外出許可は出さないぜ」

「でも今日は団員のみんなは全員訓練だし、頼める人がいないんだもの。一人で行くしかないじゃない」

「それなら俺とリアがついて行く」

「だめだよ。だって今日はお客さんが来るんでしょ？　二人は寮にいなくちゃ」

「王都からの定期視察だろ。これまでも散々すっぽかしてる。今さら文句も言われねえよ」

「なおさらだめだよ！」

「じゃあ、今日の外出は諦めろ」

「うう……」

そ、そんな……目が覚めてすぐに、今日から寮内の掃除をしようって決めていたのに。だっていいお天気の日に掃除をすれば気分もよくなるし、洗濯物もすぐに乾く。本当は僕だって街で買わなくて済むならそうしたい。でもこの寮には掃除道具がないのだから、これじゃあ正門の掃き掃除すらできない。

一体これまで道具なしでどうやって掃除をしていたのか聞いてみたら、これまでは汚くなるまでほったらかして、どうしようもなくなったら仕方なく適当に足とかで埃《ほこり》を除けていたらしい。そんな馬鹿なことってある？

各自の部屋と武具、隊服はちゃんと自分で綺麗に管理はしているという。でもそれだってかなり怪しい。

皺《しわ》になっている隊服を平気で着ているし、廊下を歩いている時にちらっと見えたみんなの部屋はお世辞にも綺麗とは言い難かった。

それに僕は昨日見たんだ。隊服のボタンが取れたのに、自分で裁縫するのが面倒くさくて新しい隊服を注文しようとしてた団員がいたのを！

仕方ないから今日から隊服の管理は僕が引き受けることにした。これまで一人暮らしだったから皺を伸ばすくらいなら問題ないし、ボタン付けとかほつれ直しはお手の物だからね。みんなに管理を任せていたら僕の心臓が持ちそうにない。

だってあの隊服、日本円で十五万円くらいするのに、ボタン一つのためにごみにするとは……

僕が来る前にみんなが捨てた隊服は武具庫の奥にある大きな箱に積まれていたから、それは全部回収しておいた。綺麗に取っておいて、いつか何かに使うつもり。

そんなわけで、街に行けないいんじゃ掃除は諦めるしかない。

「せっかく大掃除を始めようと思ったのにな……」

「……よし、決めた」

「うん？」

「やっぱり俺とリアがついて行く」

「え、だってお客さんは」

「いつも朝から訓練場にいろと通達してくるが、来るのは決まって昼過ぎだ。街に行って買い物するくらいなら問題ないだろ」

「お客さんに迷惑をかけないなら、一人に頼ってもいいのかもしれないけど……。本当にいいの？」

「いいぜ。まったく、お前のしょげてる顔を見てるとなんとかして喜ばせてやりたくなる。困ったもんだ」

レオナードはくしゃりと僕の頭を撫でつつ、リアを呼び出してくれた。

「一人で街に行こうとしたって？　絶対にだめだよ、そんなことは到底許すことはできない」

「リアもレオナードも大袈裟だなぁ。僕もう子供じゃないんだし買い物くらい一人でできるよ」

「子供じゃないことは分かっている、問題はそこじゃない。君はあまりに愛らしすぎる。それが問題なんだ。ソウタ、君全然自覚がないだろう」

中心街に向かう道を歩きながらリアにびしっと言われて、僕はもう笑うしかなかった。

僕が愛らしいって？　僕は平々凡々、そこら辺にいるごくごく普通の男だと思うけどな。そう言ったらリアに大きなため息をつかれてしまった。

「君が平凡だって？　本気でそう思ってるの？」

「うん、謙遜とかじゃなくて本気で思ってる。黒い髪と黒い目が珍しいからみんな盛り上がってるだけだよ」

「やれやれ。君の自己評価の低さは一体どこから来るのだろうね」

「絶対に僕、注目を浴びたりなんかしないと思うけどなぁ」

「それじゃあ中心街に行って実際に確かめるとしよう。私たちの言っていることが身に染みて分かるはずさ」

三人で並んで歩きながら、僕はレイルの地理についてリアに詳しく教えてもらった。話を聞く限り、レイル自治領は山手線の内側くらいの大きさのようだ。

領内の全部が街というわけではなくて、市場がある中心街とその周辺が都市部。その外側には広大な畑や森が広がっていて、ところどころに村が点在しているそうだ。

中心街から東西南北に向かって大きく十字に交わる道は交易路として使われていて、世界中の品物がレイルに集まる仕組みになっている。それぞれの道には検問所が設けられていれて、市街地に入る前に検閲があるらしい。

「検閲を通過した者しか市街地には入れないから比較的安全だが、犯罪がないわけではない。ソウタは私たちから離れないようにね」

「うん、わかった。僕たちが歩いてるあたりって住宅街なのかな？　一軒家がいっぱいだね」

「そうだね。ここは中央区と言って富裕層が多く住んでいる場所だね。他の場所には集合住宅もあるよ。東地区と西地区には役人や商人、南地区と北地区には一般市民が住んでいることが多いかな」

「へえ。騎士団寮は中央区？」

「中央区と北区の境だね。各地区はそれぞれ細かい区画に分かれていて、区画ごとに区長がいるんだ。区長はときどき騎士団寮に顔を出すことがあるから、覚えておくといい」

「うん！」

僕は頭の中でレイルの地図を思い描きながら、リアの話に耳を傾けた。王立第二騎士団がこの街を守っているなら、寮長の僕も地理に詳しくならないとね。

「ほらソウタ、中心街に着いたぜ」

「わぁ!!」

レオナードの言葉に我に返った僕は、目の前の光景に目を輝かせた。レイル城の周囲は大きな広場になっていて、道に沿って屋台がびっしりと並んでいた。

果物、野菜、パンにチーズ。ネックレスや指輪、陶器や銀の食器。

お花屋もあるし、お菓子屋やお肉を焼いている屋台もある。広場は人であふれていた。呼び込みをする商人たちの声が幾重にも重なって、お祭りみたいな騒ぎだ。

「すごい！　人がいっぱいいる！　お店もいっぱいだね！」

「ここには屋台が並んでいて、もっと奥に行けばちゃんとした店がある」

はぐれるなよ、と僕の手を握りながらレオナードが説明してくれた。

「屋台は値段が安いが品質はあまり期待できない。ソウタは屋台で買うなよ。安物なんざお前には似合わないからな。奥の店舗で買え……おい、聞いてるのか？」

「うん、つまり屋台には掘り出し物があるってことでしょ？　全部見て回るのに何日もかかりそう！」

「なんでわざわざ掘り出し物を買おうとするんだよ。金を払っていいものを買え」

「そうだよ、ソウタ。君の生活に必要なものは私たちで用意するから、値段を気にせず気に入ったものを買おう」

「ありがとう。でも、ちゃんといい掘り出し物を見つけて節約するから！　そうすればいざとなった時に別のものにお金をかけられるでしょ？」

王立第二騎士団の寮長になった僕には、レイル領主から毎月のお給料とは別にお祝い金が支給された。なんと三万デール、日本円で三百万円だ。何もしていないのに三百万円……。そんな大金を受け取るのは恐ろしすぎる。

とりあえず千デールだけもらって、あとは騎士団に寄付することにした。騎士団のみんなからは、いいからもらっておけと詰め寄られたけど、十万円くらいあれば身の回りのものは十分買えるからなんの問題もない。とはいえ、急にお金が必要になることもあるから、そんなに浪費するわけにはいかないよね。

「あっ、見て見て二人とも、古着屋さんだ！　僕に合う作業服あるかな」

僕は早速目に入った屋台の古着屋さんに、二人の手を引いて入った。

「おいっ！　だからちゃんと寸法測って作ってもらおうぜ」

「……だめだ、私たちの声はソウタに届いてない。諦めて付き合うしかなさそうだぞ」

後ろで二人がごにょごにょ言ってるけど、ゆっくり話を聞いてる暇はない。よし、いっぱいお店を回って一番安くて頑丈な作業着を探すぞ！

理想のお値段の作業着を探して、僕は広場にある古着の屋台を覗き回った。

分かったことは、この街の一般的な古着の相場は上下あわせて二十から三十デール、日本円で二千から三千円くらいってことだ。

寮の掃除を考えると、生地は頑丈でなくちゃ困っちゃう。着替えを含めてまずは上下で三着ずつ、合計六着は欲しいところだ。できれば全部で百デール以内に抑えたい。十デール台で頑丈な古着を売ってくれるお店を探して、僕は中心街をうろつきまくった。

さっきまで意気込んで僕の買い物に付き合ってくれると言ってたくせに、二人はすでにギブアップ寸前だ。

「おい、もう十分だろ。いい加減この店で買おうぜ」

「うーん、ちょっと待ってねレオナード。このお店だと一着が二十デールかぁ。頑丈な作りだし、ものはいいんだけど相場通りのお値段なんだよね。この品質でもう少し安いお店を探したいな」

「ソウタ、もう十店目だよ。あ、ほら、さっきの……八番目のお店だったっけ？　あそこはここよりだいぶ安かったと思うよ。あそこでいいんじゃないかな」

「でもね、リア。あのお店はたしかに安かったんだけど、使われすぎて生地が薄かったんだよ。あれだとすぐダメになっちゃう。次のお店も見てみないと」

「……俺もう限界」

ついにレオナードからギブアップ宣言をされてしまった。

「じゃあ、もうあと一店だけ！　それで決めるから！」

「もうこれで最後だからな！　いいのがなかったら諦めて作業服の調達は俺らに任せろよ」

いやいや、二人に任せたら絶対仕立て屋さんに頼んで高価な服を用意してくれちゃうじゃん！　僕なんかにお金を使わないで、自分たちか騎士団のために有意義な買い物をしてほしい。二人の雰囲気からして、次のお店でどうするか決めるしかない。

「分かった、必ずそうする！　ほら、さっき出会った親切なお兄さんが教えてくれたお店に行ってみようよ」

「親切なお兄さんね……古着選びに夢中になってるお前を舐め回すみたいに見てやがったがなぁ」

「レオナード、あの男は後で私が始末する。構わないだろう」

「いいぜ、二度とソウタの視界に入らないようにしてやれ」

「もう、何二人でぶつぶつ言ってるの？　ほら行こう、きっといいお店だよ」

お兄さんに紹介してもらったお店は広場の端っこにある小さな屋台だった。他のお店は軒下に洋服を綺麗に並べて、三人くらいの店員さんが売り込みの声を張り上げていたのに、このお店はおじさん一人しかいないみたいだ。

それに商品の古着も木箱の中に入れっぱなしで、なんというか、お客さんに売ろうという意志を感じない。大丈夫かな。このお店……

「こ、こんにちはー」

恐る恐るおじさんに声をかけると、おじさんはびっくりした様子で座っていた椅子から飛び上がった。

「いらっしゃい！」

「うわっ」

「ああ、急に大声出しちまって悪かったな。いやぁ、実は今日初めてここに出店したんだけど客が全然来なくてさ。もう帰ろうかと思ってたところだったんだ。坊やが店に来てくれたもんだから気合いが入っちまった」

「そうだったんですね。あの、僕坊やじゃないんですけど……」

「ほら、よかったら見てやってくれよ。俺の伴侶が作った服なんだ。坊やくらいの背格好にぴったりのもあるぜ」

僕は坊やじゃないって言ってるのに、おじさんはどんどん話を進めていってしまう。

それにしても、伴侶の人が作ったたってことは古着じゃないのかぁ。十デール台の新品なんていうのはちょっとなさそう。

「俺はこの先の村に住んでるんだけどな、村でいらなくなった服を繋ぎ合わせて新しい服に仕立ててるんだよ。あいつは手先が器用だからさぁ」

「わあ、リメイクなんだ！」

「りめ……なんだそれは？　まあいいや。そんなわけで結構うまくできてるから街に出て売ってみようってことになったんだよ。ほら、見てみてくれよ、これなんか坊やでも着られるんじゃないかい」

おじさんが木箱の中から服を一つ取り出した。生地は頑丈な木綿みたいな生地だ。ベージュ色の布を基礎にして緑とか黄色でつぎはぎがしてあった。繋ぎの作業着みたいだ。つぎはぎの色合いがおしゃれに仕上がっていてかっこいい。

「わあ、ちゃんと肘と膝に補強がしてあって頑丈そう！」

「そうだろう？　子供ってのはすぐ服に穴を開けちまうからなぁ」

「うんうん、お尻部分も布が二重にしてあるし、これなら掃除に耐えられるかも」

「お、気に入ってくれたかい？　同じような服が箱いっぱいあるから選んでくれよ」

「そうする！　あの、それで……お値段なんだけど」

「ああ、あいつはお古《ふる》を直しただけだから十デールかっきりでいいってよ」

「十デール!?　本当に？」

やったぁー！　このクオリティで十デールは相当すごい！　ついにお宝を探し当てた！

「おじさん、これとりあえず六着ください！」

「そんなに買ってくれるのかい？　ありがとうよ！　一着ずつ色が違うから箱の中から好きなの選びな」

「うん！　レオナード、リア！　掘り出し物見つけたよ！」

僕は嬉しくって、店の外でぐったりしてる二人を呼び寄せた。あ、二人ともなんかジュースみたいなの飲んでるし！　それ僕も欲しい！

「おう、やっっっと買う気になったか。助かったぜ親父」

「え、レ、レオナード団長⁉」

「おう、邪魔するぜ。ほらソウタ、水分とってさっさと選べ」

ぬっと店の中に顔を出したレオナードを見て、お店のおじさんがあわあわしている。そうだよね、騎士団の団長さんがいきなり来たらびっくりするよねぇ。

レオナードは僕に手に持っていたジュースをくれた。紫色の甘そうな見た目だけど、味はさっぱりとしたジュースだ。

「んーっ！　さっぱりして美味しいっ！」

「気に入ったか？」

「うん！　これ美味しいねー」

「甘すぎないし、疲れが取れるだろ」

そっか、僕が歩き回ってたのを気にしてこのジュース買ってくれたのかな。レオナードって口は悪いけどやっぱり優しいよね。

「ソウタ、決まった？」

「リア！　見てこれ！　おじさんの伴侶の人が作ったんだって。かっこいいでしょ！」

「うん、つぎはぎが色とりどりで素敵な服だね。君にとっても似合っているよ」

「へへ、ありがと」

「はい、頑張って服を探したご褒美」

リアが僕の口に何かを放り込んだ。舌の上に砂糖の甘さが広がっていく。

「美味しい！　これなあに？」

「レイルで一番人気の砂糖菓子だよ。甘いだろう？　口の中で転がして溶かすんだ」

ほろっと解ける飴みたいな感じだ。結構、根詰めて探したからなぁ。値段の計算もしながら歩いたし、糖分補給ができてありがたい。

「へえ、そんなに甘いのか。ちょっと味見させろよ」

「んむっ」

飴を口の中で転がしつつほくほくしていたら、レオナードにいきなりキスされた。な、ななな!?

ちょ、ちょっと！

「ちょ、ちょっとレオナード！」

「ん、たしかに甘いな」

ああっ、おじさんが僕を驚きの顔で見つめてる！

「レオナード、恥ずかしいからやめてってば！」

「あは、顔が真っ赤だぞ、ソウタ。俺たちの伴侶になるなら、これくらいは慣れておかねえとな」

あわあわする僕にお構いなしに、レオナードは笑いながら僕のほっぺとかおでことかにたくさんキスをしてきた。やめてって言ってるのにー！　恥ずかしくて顔から火が出そう！

「レオナード、そのくらいにしておけ。ソウタが爆発してしまいそうだ。ついでに店主も卒倒しかねないぞ」

リアの言葉を受けておじさんのほうを見たら、目を見開いて固まっていた。おじさんごめん、さっさと服を選んでお暇しますね！

「ソウタはからかい甲斐があるな」

などと笑いながらなおもちょっかいをかけてくるレオナードを振り切ってから、僕は気を取り直して木箱の中の服をゴソゴソ探した。

それにしても、どれも丈夫で造りもしっかりしているしデザインもかっこいい。おじさんの伴侶の人すごい腕だな。僕は悩みに悩んでなんとか六着を選んだ。これでだいぶ着回しができる。

しかも合計でたったの六十デールだ。

「うん、これにする！　おじさんありがとう」

「こちらこそありがとうございます。寮長殿とは存じ上げず数々のご無礼お許しくださいませ」

どうやら僕が服を選んでいる間に、レオナードとリアが僕が寮長ってことを教えたようだ。さっきまで仲良く話していたのに、こんなかしこまった感じで謝られると寂しくなっちゃう。

「そ、そんな！　おじさん、レオナードとリアはすごく偉い人たちだし、騎士のみんなも立派な人たちばかりなんだけど、僕は全然すごくないんだよ。お願いだから、さっきみたいに接してくださ い。そうじゃないと寂しくなっちゃう」

「親父、ソウタを悲しませる者は何人たりとも許さん。こいつの望む通りにしてやれ」

「は、はい！」

レオナードの一言で、おじさんは元の口調に戻してくれた。

「それじゃあ、これください！」

「あ、ありがとうな。俺の伴侶も喜ぶよ」

「あ、ねえおじさん。おじさんの伴侶さんに、とっても素敵な服をありがとうございますってお伝えください。できればこれからもおじさんのお店で服を買いたいんだけど……また売りに来てくれる？」

「もちろんだ！　寮長のお墨付きとあっちゃあ、あいつも喜んで服作りに励むだろうしな」

「よかった！　じゃあおじさん、これからよろしくね」

素敵な作業着を六着もゲットできて大満足だ。リアがおじさんと何やら話し始めているので、僕はその間に木箱の中に入っている他の商品を眺めていた。

……あ、待った！　興奮して忘れていたけど試着してなかった。

「念のために一着だけ試着しようかな」

そうそう、すっかり忘れてた。サイズが合わなかったら困るもんね。とはいえ、簡単なテントタイプの店にはもちろん試着室なんてものはない。

まあいっか、僕男だし。

テントの外で着替えちゃおう。作業着は下半身がだいぶ緩めの作りだから、ズボンの上からでも履けるだろう。上に着てる服だけ脱げばサイズを確かめられそうだ。僕は着ていたジャケットを脱いで、ワイシャツのボタンを外して脱いだ。

ちゃんと着られるといいなぁ。せっかく気に入ったんだし。

「お、おい、ソウタ！　何やってる!?」

「なにってレオナード、試着したいから服を脱いでるんだけど……」

レオナードとリアがものすごい形相で僕の目の前に立ちはだかった。え、何？　圧がすごいんですけど。

「き、君はその絹のような柔肌を往来の輩に晒すつもりか!?」

「へ？　そんな大袈裟だなぁ、リアったら。僕男だし、誰も僕の着替えなんて見ないって……」

僕がヘラヘラ笑いながら往来に目をやったら、とんでもない数の野次馬がレオナードとリアの後ろにつめかけていた。心なしか、みんな顔が赤い。

「今すぐ服を着ろ」

「……はい」

そこかしこで僕の容姿が可愛いとか、色気があるとか囁《ささや》く声が聞こえる。市場に来る前にリアが言っていたことはどうやら本当だったようだ。僕の見た目は、この世界ではかなり魅力的に映るらしい。そんな風に見られたことがないから、どう対処したらいいのか分からないな。

ふと気がつくと。街のみんなの声に顔を赤くする僕の横で、レオナードとリアがものすごい形相で彼らを睨みつけていた。

「お前ら、死にたくなければ今すぐに散れ」

「……」

まずい、レオナードとリアは相当おかんむりだ。リアは無言で剣を鞘から半分出しちゃってるし……。街の人は蜘蛛の子を散らすように、一目散に逃げていった。


「や、二人ともやめっ、んんっ」

僕がさっきから何度もやめてって言っているのに、レオナードもリアも全然聞いてくれる様子はない。それどころか、やめてって言えば言うほどレオナードは僕の首筋を強く吸い、リアは僕の胸にある小さな突起を指でつねってくる。

さっきうっかり店の横で試着をしようとしてしまった後、レオナードとリアは野次馬を蹴散らしてから、僕を担いで寮に戻った。何度も下ろしてって言ったけど、僕を担いだレオナードは無言のままで、横を歩くリアも怖い顔をしていた。

寮に戻ると、何事かと目を瞠《みは》る団員さんたちを尻目に三階の寮長室の扉を乱暴に開けて、僕を寝台に放り投げたのだった。

レオナードとリアは怖い顔をしたまま、僕の服をあっという間に剥ぎ取ってしまう。つまり、僕は今一糸纏わぬ姿で二人の目にさらされているわけで。恥ずかしすぎで死にそうだ。

レオナードが僕を背後から抱っこする形で抱き寄せると、首筋に口を寄せてくる。

じゅう、じゅる、とレオナードは唾液の音を響かせながら、僕の首筋をきつく吸っては舌を這わせてきた。温かくてぬめりとした未知の感触に、ぴりっとした痛みが伴ってなぜだか背中がぞくぞくしてしまう。

リアは正面に向き合う形で僕にたくさんのキスを落としてくる。おでこ、鼻の頭、頬、そして唇に。リアの分厚い舌が、僕の口の中に割り込んできて、口蓋を舐めていく。息ができなくて、必死で首を横に振りながら抵抗した。

「はぁ、やだっ、い、息ができないっ」

「そうか。じゃあここを触ろう」

リアは僕の胸に指を這わせると、親指の腹で二つの突起物をすす、と擦ってきた。

「……あ」

触れるか触れないかの絶妙な加減で、リアの指が僕のそこを円を描くようにいじってくる。

「ふ、ん」

「なんだ、乳首が感じるのか？　可愛い声で啼《な》くじゃねえか」

「れ、レオナード。もうやめ……ひぃっ」

レオナードが耳元で囁《ささや》くと、べろりと僕の耳に舌を這わせてきた。ザリザリとしたレオナードの舌に、心臓がぞわりと浮き上がっていく。そのまま、耳の中に舌をねじ込まれた。

「ふあっ、だめ、やだっ」

「どうした？　耳も弱いのか、ソウタ。リア、そっちももっといじってやれよ」

「ソウタの乳首は桃色で愛らしいが、いじっていけば真っ赤な果実のようになるだろうか」

「やだっ」

リアが親指と人差し指で、突起を摘《つま》む。初めての強い刺激に、僕の腰が跳ね上がった。レオナードもリアに合わせて左の耳をがぶりと噛んでくる。

同時に訪れた痛みに、思わずのけぞった。

「は、可愛い奴。ソウタ見ろ、お前のが今ので勃ち上がってるぞ」

「う、うそ。だめ、見ないでっ」

僕の股間のそれがゆるゆると硬さを増してしまう。裸にされてしまったおかげで、二人から丸見えだ。恥ずかしすぎる。

見ないでほしいと、必死に両手で隠そうとしたのにリアに左手で掴まれ阻まれてしまった。

「ああ、本当だ。先から汁までこぼして、いけない子だな」

「ごめんなさい、見ないでっ」

「私たちには全部見せていいんだよ、ソウタ。ほら、もっと乱れてごらん」

リアは左手で僕の両腕を上にグイッと持ち上げると、口を左の突起に寄せて舌で舐めた。散々指で捏《こ》ねられたそこはすっかり敏感になっていて、リアの舌の気持ちよさに耐える術《すべ》がない。しかもレオナードが背後から僕の脇を舐めてくる。

「ああっ、やーっ」

僕の叫びを聞いても一向に二人の愛撫は止まらない。前から後ろから、乳首を吸われ、首筋に歯を立てられて、僕の股間は立派に勃起してしまった。

「ふう、そろそろ限界だろうソウタ。ここもいじってやろうか」

「やだ、やだだめレオナード！　そこはいじっちゃダメ！」

「煽り上手だな。俺に任せて存分によがれ」

「ああーっ」

レオナードの大きな両手が僕の勃起したそこをすっぽりと包み込んだかと思うと、上下に激しく擦り上げてきた。すでに先走りで濡れぼそっている僕のそれは、ぬちぬちといやらしい音を立ててレオナードの手を汚していく。

リアが僕の乳首を甘噛みして、レオナードは僕の顔を後ろに向かせて噛みつくように口付けた。

「んっ、んんー」

他人の手で自分のそこを触られるなんて初めての経験だ。大きくてゴツゴツとしたレオナードの両手に弄ばれて、僕の下腹部のものはもう限界を迎えようとしていた。

「レオナード、お前が擦り上げるたびにソウタの可愛い乳首がびくびく痙攣《けいれん》している」

「最高の眺めだな。もう限界か、ソウタ」

「ああっ、い、いっちゃう！」

レオナードが僕の痛いくらいに勃起したものの先にある割れ目に、ぐりぐりと指を押し付けてきた。剥き出しの神経を直接撫で上げられたような強烈な快感が、全身を駆け抜ける。

「やだっ、いくっ、出ちゃう！」

「いいぜ、ほらイけよソウタ」

「ああっ」

レオナードがそう耳元で囁《ささや》くのと同時に、僕は彼の両手に白濁の液体を撒き散らした。

「な、なんでこんなことするの……」

二人にいいように弄ばれて、僕は息も絶え絶えだ。気怠さに身を預けるようにして寝台の上に横たわる僕の身体を、レオナードとリアが濡らしたタオルで拭ってくれた。

「お前が全然分かってないからだろうが」

しかめっ面のレオナードがタオルで僕の腕を拭きながら忌々しそうに言う。

「いいか？　さっき中心街の広場にいた連中の全員がお前とこういうことをしたいと思ってる」

「こ、こういうことって。つまり……」

「お前の服をひん剥いてよがらせてケツに自分のイチモ……」

「わーっ！　分かった、分かったから！　それ以上言わないで！」

「……本当に分かってんだろうな」

「分かった！　もう完全に理解した！」

「いいか、お前は俺たちの伴侶だ。お前がその気にならない限りは、そういう行為をお前に強制するつもりは全くないが、お前を抱く権利は俺とリアだけに与えられている」

「はい……」

「他の奴に隙を見せるなよ。分かったな」

「うん、分かった」

「本当に分かってるか怪しいもんだぜ、まったく」

レオナードは舌打ちしつつ僕に下着を穿かせてくれた。

たしかに今の行為は完全に雰囲気に流されたけど、それじゃあ誰が相手でも流されるのかと言われると、それはない。他の男の人とキスするとか、ちょっと想像できないかも。

じゃあレオナードとリアが好きだからそういうことをしたのかというと……微妙だ。

もちろん二人のことは人として好きだけど、心臓がぎゅんぎゅんするような〝恋してる〟って感じはない。

リアは僕のために入れてくれたお茶を寝台脇に置くと、困ったような表情を浮かべていた。

「ソウタ、私たちが君を愛らしいと言っていた言葉を半分冗談だと受け取っていただろう？」

「う……うん。だってそんなこと今まで言われたことなかったから。冗談か、冗談じゃなくてもただ黒い髪と黒い目が珍しいから興味を持たれてるだけかと」

「違うんだ。その考えは根本から間違っている。もちろん君のその黒髪と黒い瞳は恐ろしく魅力的だ。でもそれは君を構成する要素の一つに過ぎない。君は全てが愛らしい。何もかもだ。君はこの世界のみなを魅了する」

いやあ、そんな魔性の男みたいに言われても、正直言って全く自覚はないです。

「私は君をひと目見て恋に落ちた。こんなことは初めてだ。私は君に手荒なことをするつもりは毛頭ないが、他の者たちはそうではない。お願いだから、自分でも身を守ることを覚えてほしい」

「う、うん」

たしかに、僕が魔性かどうかはさておき、公衆の面前で着替えはよくなかったよね。リアの困った顔を見ていると、ものすごい罪悪感が襲ってくる。

「さっきはごめんねリア、あんなことしちゃって。ちょっと考えなしだったかも。もうしないよ、約束する。レオナードもごめんね」

「分かってくれればいいんだよ。私たちこそ、怖い思いをさせてしまったかな。あんまり君が分かっていないようだったから……」

「まあ、お前がちゃんと理解してるなら無理やりはしねえよ」

「うん」

きっと二人は僕の無防備さにイライラしてこんなことしたんだろうな。なんとかして二人を安心させたいけど、目下のところ僕の信用度はゼロに近いだろうし。

でもこういう時こそ、素直に自分の気持ちを伝えるってことが大事かもしれない。

「あのねレオナード、リア。僕、実はこれまで人とお付き合いしたことがなくって。だからさっきみたいなことも初めてだったんだけど……。色々考えてみたけど、ああいうことするのは他の人じゃ嫌かな」

レオナードとリアはギョッとしたような顔で僕を見ている。

「レオナードとリアだから身を委《ゆだ》ねられたんだと思う。だからこれからも他の人とどうにかなることはないと思うから、安心してね」

「お、お前なぁ、そういうところだぞ！　襲っても文句は言わせねえからな」

「ああ、可愛すぎて心配になる……」

そう言いながらギュッと抱きしめられてしまった。なんで？

その後、レオナードはたいして身支度を整えないまま、定期視察に来ている王都の役人さんに会いに行ってしまった。なんていうかすっごく事後っぽい状態だったけど大丈夫なんだろうか……

リアは僕と一緒にお茶を飲んでくれて、僕が落ち着いたのを確かめてからさっき買ったばかりの作業着を渡してくれた。

そうだよ、僕は今日掃除をするつもりだったんだ！

まだお昼だから玄関くらいは問題なく綺麗にできそうだ。

「はい、これが君が買った作業着だよ。それから店の親父さんと交渉して、売り物にならなそうな布も持ってきていたから譲り受けてきた」

「わあっ、ありがとう！　うん、この布なら雑巾《ぞうきん》として使えるよ」

「そうか、よかった。それから親父さんの店とは王立第二騎士団寮の作業用隊服製作者として契約する予定だから。これから定期的に品物を届けに寮に来てくれる。ソウタは好きに注文してくれて構わないよ。ほうきとちりとりもさっき広場で注文しておいたから、もうそろそろ届くだろう」

「あの短い時間でそこまでやってくれてたの⁉」

剣を持ったら超一流で、交渉ごとも得意だなんて、リアって優秀だ。

「このくらいはお安い御用だ。さあ、掃除をするのにあとは何が必要かな」

「うーん、重曹とかクエン酸が欲しいんだけど多分ないだろうし……お茶殻と柑橘類の皮、かな」

「茶殻と柑橘類の皮？　予想外の注文だな。でもそれなら、食堂に行けば少しはあるはずだ」

「じゃあ食堂に行ってくる！」

「うん、レオナードは応接室、私は執務室にいるから何かあったら必ず呼んで。今の時間なら食堂にはダグがいるはずだから、彼に聞いてごらん」

「分かった。ありがとうリア！」

僕はまず作業着に着替えてみる。少しだけ生地に余裕があるけど動きやすくていい感じだ。リアは作業着姿の僕を見て、似合ってるよと笑いながら一緒に食堂までついて来てくれた。

リアと別れてからすぐにダグを見つけて、欲しいものを伝えた。

「お茶殻と柑橘類の皮？」

「そう、できればあるだけ欲しいんだけど……」

「うーん、普段捨てちゃってるからなぁ。ちょっと待っててね」

今日は補給部隊がご飯係なんだって。今はちょうど夕飯の支度中らしく、まな板にはお肉の塊がどんとのっかっていた。

ダグをはじめ補給部隊のみんなは頭の上にハテナを浮かべつつも、茶殻と皮を集めてくれた。

寮では常にジャスミンティーみたいな香りのするお茶が常備されているから、絶対に茶殻はあるはずなんだ。それに果物もいつでも食べられるように二十四時間食堂の脇に置かれてあって、オレンジっぽい柑橘類が何種類かあった。

少しして、僕の予想通り、お茶殻と柑橘類の皮を持ってきてくれた。

「寮長、そんなゴミ何に使うんですか？」

「これで掃除をするんだよ」

「ゴミで掃除するんですか⁉」

びっくりする補給部隊のみんながちょっと可愛い。

「普段はゴミとして捨てちゃうけど、ちゃんと使えばただのゴミにはならないんだよ」

僕はちょっとだけ厨房を借りて、皮の半分を水で洗って小鍋に入れた。

「柑橘類の皮はこうやってひたひたの水で十分くらい煮るんだ。そうすると柑橘類の成分が混ざった液体ができるの。これを冷まして汚れている部分にかけると綺麗に落ちるんだよ」

「へえ！　ひょっとして厨房の油汚れも落ちるかな？」

「もちろん！　皮を擦るだけでも結構落ちるよ」

興味津々のダグが早速皮で床の油汚れを擦り始めた。

「おおっ！　思った以上に落ちる！　油汚れって埃《ほこり》がくっついちゃってうまく落とせなかったことがあって、そこからずっと放置してたんだよなぁ」

「でも放っておくとそこからどんどん溜まっていざ掃除する時にすっごい大変なんだよね」

「そうそう！」

「そんな時にこの柑橘類の皮を使ってみて！　今煮出してる柑橘水を吹き掛ければ効果倍増だよ」

もはやテレビショッピングのような売り文句でダグに柑橘類の皮を薦めてみた。ダグだけじゃなくて補給部隊のみんなも次々に皮を片手にそこかしこを擦りまくっている。

「わあっ！　落ちる！」

「すごい、これまで捨てていたのがもったいなかったなぁ」

「寮長！　お茶殻はどうやって使うんですか？」

柑橘類の皮の威力を知って、次はお茶殻に興味津々の補給部隊……素直だな。僕が言うのもなんだけど騙されやすそうで少し心配。

「お茶殻はね、軽く水気を切った後に埃《ほこり》が溜まってる床に撒くんだ」

「床に？」

「そう。その後ほうきで掃くと埃《ほこり》がお茶殻に吸い付いて舞い散らないんだよ」

「へえ～！」

「お茶殻だからタダ！　お金をかけずに床も綺麗になるし、床にお茶のいい香りが漂うってわけ」

「すご～い!!」

あれ、僕ってば意外と売り込みの才能があるかもしれない……

第三章　レオナードの秘密と、リアの異変

「これでよしっと……。見てミュカ！」

「ギギッ」

「急拵《きゅうごしら》えにしては結構いい感じじゃない？」

朝の柔らかな日差しが差し込む王立第二騎士団寮の玄関に小さな机と椅子を置いて、僕はようやくひと息ついた。

先日から寮長として働くことになったわけだけど、早くも僕は壁にぶち当たっていた。それというのも、作業用の机がどこにも用意されていなかったからだ。

騎士団のみんなは寮長が事務仕事をするとは夢にも思っていなかったらしく、仕事用のスペースはおろか筆記用具の類も何一つ準備されていなかった。

三階の寮長室はあれだけ準備は万全だったのにね、変なの。なんで団員全員が怠け者の寮長を想像したのかさっぱり謎だ。レオナードなんて寮長の仕事には事務作業もあるって自分で僕に説明してたくせに。

そんなわけで、今日は朝から自分の仕事場作りに勤しんでいるというわけ。

机と椅子は、レオナードとリアにお願いして寮で余っているものを貸してもらうことにした。手

伝うと言って聞かない二人をどうにか説得して朝の訓練に行かせてから、自分の仕事スペースとして選んだ玄関にある二階への中央階段脇に机を設置する。

二人は僕を非力な男だと思っているみたいだけど、バイトで鍛えられているからちょっとした机なら一人でも運べるんだよ。

机は焦げ茶色の簡素な木製で、学習机ほどの大きさだ。椅子も同じ素材でできていて、座り心地がよさそう。寮長室に置かれてあった羽根ペンと小さなメモ用紙を持ってきて机の上に置いた。

「うん、寮長の机って感じがしてなかなかいいよね。それじゃあ仕事内容を確認してスケジュールを立てよう」

寮長をやると決めたからには、仕事に手を抜くつもりはない。とりあえず一週間のスケジュールを立てていくことにした。

まずは掃除だよね。騎士団寮では寮長と団長、副団長を除いて、お風呂とトイレが共用になっている。ここの掃除は新人騎士の仕事だから寮長はやらなくていいらしい。

食堂の掃除は補給部隊が、保健室は衛生部隊が担当しているそうだ。各部屋の掃除も自分たちでしてる。このあたりは騎士の修行も兼ねているようだから、僕は手を出すつもりはない。

僕の掃除担当は玄関と各階廊下、来客用の部屋と三階の自分たちの部屋だ。玄関は寮の顔になる場所だから、できれば毎日清潔に保ちたい。廊下はなかなか広いけど数日かけて一度綺麗に磨き上げれば、あとは毎日のモップかけで大丈夫そうだ。

「掃除は朝一番に終わらせるようにしよう。次は洗濯かな。団員さんたちの服は街の洗濯屋さんに渡すから僕は布団だけ干すとして、あとは事務補助と備品の管理。それから来客の対応だね」

「ギュイ」

「ミュカ、あっという間に一週間のスケジュールが出来上がりそうだよ」

僕の横で机の上のメモを不思議そうに覗き込むミュカに、書き上げたばかりのスケジュール表を見せてあげた。今日はどういうわけか朝からミュカが僕の後をついて来る。

玄関ホールに机を運ぶ時も、大きな嘴《くちばし》で椅子を運ぶのを手伝ってくれた。もしかしたら訓練でそばにいないレオナードとリアの代わりに、僕のお世話をしてくれてるつもりなのかも。

「レオナードとリアの代わりにミュカが手伝ってくれたから大助かりだよ。後で美味しいものでも食べて休憩しようね」

「ギュギュ」

心なしか嬉しそうに返事をしてくれるミュカの頭を撫でていると、階段から補給部隊のダグが下りてきた。

「やあ、ソウタ。寮長の仕事頑張ってるね」

「ダグ、おはよう！」

「おはよう。へえ、ここを寮長の仕事場にしたんだ！　なかなかいい場所だね」

「うん、ここならお客さんが来た時にすぐ対応できるし、団員のみんなと顔を合わせやすいからね」

「ソウタは偉いなあ、ちゃんと僕たちのことを考えてくれるなんて。ああそうだ、はいこれ。副団長から君に渡してくれって頼まれたんだ」

ダグが僕に数枚の紙を差し出した。紙には王立第二騎士団に所属する団員の名前と所属部隊が書かれている。

「わっ、お願いしてた騎士団員名簿だ！」

「その名簿は新しくソウタのために作ったから好きに使っていいって」

「名簿を貸してくれれば僕がやったのに。リアの仕事を増やしちゃったな」

実は昨日、この騎士団に所属する団員の名簿があれば書き写させてほしいとリアにお願いしていた。名簿を複製するとなると、当然手書きで百八十人分の名前と所属を書き写すことになる。そこまで重労働ではないとはいえ、そこそこ時間がかかったに違いない。

「副団長は書類仕事を一手に引き受けてるから慣れているだろうし、ソウタが悩むほどじゃないと思うよ」

「だといいんだけど。後でお礼を言っておかなくちゃ」

「君の喜ぶ姿を見られれば、副団長も忙しい中名簿を作った甲斐があるんじゃないかな」

「そうだね、これからは僕もリアの事務仕事を手伝えるように頑張る。名簿をありがとう、ダグ。ところでダグは今から訓練？」

目の前のダグは黒の隊服ではなく白のシャツに革のベストを着て、背中にはリュックのような荷物を背負っている。

「今日は補給部隊で郊外の森に野営訓練に行くんだ。明日のお昼に帰ってくるよ。もうすぐみんな集合すると思う」

「野営って、森に泊まるの？」

「うん、戦闘時は野宿になるからね。それに補給部隊は団員分の食材を確保しないといけないだろう？　そのための訓練なんだ」

「そっか、食材調達が補給部隊の仕事なんだ」

「食材と水の確保が仕事だね。あとは必要な武器とか備品の補給かな」

一口に騎士と言っても、ただ剣を持って戦うだけじゃないんだね。森の中での食料調達は結構大変そうだ。獣を狩ったりするんだろうか。

ダグは騎士団寮の中では比較的細身だし、いつもにこにこと笑っていて穏やかな印象だ。ちゃんと獣を狩れるのかな。失礼だけど、ちょっと心配だ。

そのうち、二階や寮の玄関からぞろぞろと補給部隊が玄関に集まってきた。まだ名前と顔を全然覚えていない。特に寮の外に居を構えている団員たちはあまり顔をあわせていないから、なおさらだ。まずは挨拶しようと椅子から立ち上がった僕に、団員のほうから笑顔で挨拶をしてくれた。ダグが彼らに僕を紹介してくれる。

「こちらが噂の寮長、ソウタだよ。ソウタ、こっちの背の高いのがデュークで、そっちにいるのがクリス」

「やあ、初めまして。噂は聞いていたけれど可愛らしい子だなあ。僕はデューク。今は結婚して中央区に伴侶と住んでいるんだ」

「僕はクリス。西地区に住んでる。家族は伴侶と子供が二人だ」

二人とも三十代くらいだろう。所帯を持っているからか寮にいる団員たちより落ち着いた雰囲気だ。

住んでいる場所も教えてもらったけれど、まだ中央区とか西地区とかがどこにあるかは分からない。後でレイルの地図も欲しいな。

こんな調子で、僕は補給部隊のみんなとお互いに自己紹介を繰り返しながら、メモ用紙に補給部隊のみんなの情報を書いていった。

デュークは面長とか、クリスは目の下にほくろがあるとか、すぐ分かる特徴も書き加えておく。そうでもしないとすぐに分からなくなっちゃう。補給部隊だけでメモ用紙が埋まる量だから、やっぱりたくさん書き込めるノートが何冊も必要になりそうな予感がする。

後で市場にお買い得品のノートがあるか物色しに行こう。

最後に、背の高い男の人が玄関に現れた。白髪まじりの金髪と目尻の皺《しわ》から見て、他の団員よりもかなり年上だ。五十歳くらいだろうか。

「隊長！」

「やあ、みんなおはよう。全員揃っているかな」

玄関に集まった補給部隊のみんなが口々に挨拶をしていく。この優しそうな人が補給部隊隊長のようだ。

「ダグ、そのお方が寮長殿かい」

隊長が近くまで来てくれたので、僕は慌てて机の前に出ると頭を下げた。

「初めまして。このたび、寮長を務めることになりました柏木蒼太と申します」

「ムントと申します。補給部隊で隊長を務めております」

ムント隊長は深々とお辞儀をしてくれた。親子ほども年の離れた僕に隊長のほうから頭を下げるなんて考えてもいなかった。僕は慌てながら、何度もペコペコ頭を下げた。

「あの、僕はまだ寮長になりたての新人ですから。どうか頭を上げてください、ムント隊長」

やっと顔を上げてくれたムント隊長は、じっと僕の目を見つめるとそっと両肩に手を添えてきた。

「ソウタ殿が慈愛に満ちた優しい子で本当に安堵しました。レオナード団長とリア副団長のこと、そしてこの王立第二騎士団のこと、くれぐれもよろしくお願いいたします」

深く吸い込まれそうな紫色の瞳に、ムント隊長の優しさが滲み出ているような気がする。僕は大きく頷いた。

「はい、まだまだ頼りないところがあるかと思いますが、一生懸命努めます！」

「うん、いい子で安心しました。よい寮長に巡り会えてあの二人も幸運ですね」

にこりと微笑むムント隊長の後ろで、玄関に集まった補給部隊のみんなも笑みを湛《たた》えて頷いている。

ダグが穏やかでのんびりとした性格なのって、もしかしたらこのムント隊長と補給部隊のみんなの影響なのかもしれないな。なんとなく補給部隊は全員の雰囲気がほわほわしていて、これから訓練だっていうのにピクニックに行くみたいなのんびり具合だ。

「おい、いつまでものんびり喋ってないで早く整列してくれ」

唐突に声がしたので扉のほうを見ると、レオナードが玄関からのっそりと現れた。手には大きな袋を抱えている。レオナードの登場に、補給部隊のみんなが一列に整列した。

「あれ？　レオナード、朝の訓練はどうしたの？」

「ん？　ちゃんと顔は出してきたぜ。まあ、細かいことは気にすんな。そんなことより、ほら。これやるよ」

笑ってそう言いながら、レオナードが手に持っていた紙袋を僕に差し出した。

「これ、何？」

「開けてみな」

言われた通りにずっしりと重い袋を開けてみると、中には分厚いノートが十冊も入っていた。表紙は立派な革張りで、かなり豪華な作りをしている。中の紙も上質で書き心地がよさそうだ。

袋の中にはノートだけじゃなくて数本の羽根ペンと数種類のインクも入っていた。

「わっ、すごい！　ちょうど今欲しいなって思ってたところだったんだ！　補給部隊さんたちの情報だけでいっぱいになっちゃったから」

僕は机の上に散乱したメモ用紙を指差した。

「筆記用具がねえって騒いでたからな。とりあえずはそれで我慢しろよ」

「我慢なんてそんな、十分すぎるくらいだよ！　レオナードありがとう……！」

まさかこんな立派なものをもらえるとは思っていなかった。でもこのノート、どこから持ってきたんだろう。寮の備品の中にあったんだろうか。

「あれ？　団長、これ今流行《はや》ってる東の国の高級帳面じゃないですか」

レオナードがくれたノートを興味津々で覗き込んでいたダグが驚いたような声を上げた。

「東の国？」

「そう。ライン王国からずっと東に行ったところにある国は、世界有数の紙の産地なんだ。この革表紙がおしゃれでしょう？　みんなこぞって中央市場で買い求めるから、なかなか手に入らないんだよ。団長、一体どこで手に入れたんですか？」

ダグにそう問いかけられて、レオナードはなんだかばつが悪そうだ。

「どこだっていいだろう、そんなもん。そんなことより早く点呼と遠征内容の事前確認をしてくれ」

そっぽを向きながら言い放つレオナードを見て、ムント隊長がくすくす笑っている。

「ムント、笑ってないでさっさと始めろ」

「はいはい、相変わらず強引ですねえ」

ムント隊長は一列に並ぶ補給部隊の面々を数えていく。

「ソウタはムントの話すことをその帳面に書き記してくれ」

「はい！」

「一冊は全部隊の毎日の訓練内容を記載。あとは部隊ごとに一冊ずつ成果・課題を記してほしい。他は好きに使っていいぞ」

「分かった」

僕は深緑のノートを手に取ると、一ページ目に『訓練日誌』と記してからページをめくった。

「それでは、本日これより補給部隊十名、西地区・黒の森へ野営訓練に向かいます。目的は食料捕獲訓練及び給水訓練。帰寮は翌日昼の予定。では点呼を始めます、補給部隊長は私、ムント。以下、隊長補佐……」

ムント隊長の淀みない報告を聞き漏らさないように注意しながら、僕はノートに書いていった。

「よし、全員怪我のないよう任務を果たしてこいよ」

レオナードの言葉に、補給部隊のみんなが元気に返事をしながら出発する。最後にムント隊長が扉に手をかけながら僕のほうに振り返った。

「ソウタ寮長殿。僕が思うに、団長はその帳面をさっき朝市でかき集めてきたんじゃないかな。君のために、ね」

その言葉に、すでに玄関を出ていた補給部隊員がざわついている。

「団長がわざわざ帳面を買うためだけに朝市へ？」

「あの面倒くさがりの団長が、寮長のために朝から市場を駆け回ったってこと？」

信じられないといった顔をしてレオナードのほうを振り返る補給部隊の面々を見て、レオナードの眉間にものすごい勢いで深い皺《しわ》が刻まれていく。まずい、これはみんな早く出発したほうが……

「うるせえぞ、お前ら！　グダグダ言ってねえでさっさと行け！」

あ、やっぱり雷が落ちた。

「は、はい、行ってきます！　寮長も行ってきまーす！」

レオナードの一喝に走って正門に向かいながら、みんなが僕にも手を振ってくれた。ムント隊長も笑いながら手を振っている。

「行ってらっしゃい！　気をつけてね！」

僕もみんなに負けじと大きな声で返しながら、手を振った。

補給部隊の姿が見えなくなってしまうと、寮の中は途端に静かになる。

「やれやれ、やっと出発しやがった。まったくムントの奴め、余計なことを……」

レオナードの小さなため息が玄関ホールに響く。僕はチラッと横にいるレオナードを見上げた。

さっきムント隊長が言ったことは本当かな。

今日の朝食の時に、筆記用具がないから羽根ペンとメモ用紙を少し貸してってリアに頼んだ。レオナードも横に座っていたから、もちろん会話は聞こえていただろう。朝のやりとりから、まだ二時間くらいしか経っていない。

その二時間で、僕のためにノートを用意してくれたのかな。それも街で一番おしゃれなやつを。

「ねえ、レオナード。この帳面だけど……」

「ん？　なんだよ、もうその話はいいって」

「でも、お礼を」

「いいんだよ。……気に入ったか、それ」

「うん、すごく綺麗で使うのがもったいないくらいだよ！」

僕の返事にレオナードが満足そうに笑った。大きな手が僕の頭をゆっくり撫でてくれる。あ、なんか、変な雰囲気になってきた……

誰もいない静かな寮内。少しずつ近づいてくるレオナードの綺麗な灰色の瞳。彼の手は僕の頭からゆっくりと頬に移動して優しく撫でてくる。

こ、これは、完全にキスする流れでは!? ダメだよ、僕はまだ好きってわけじゃ……。でもこの瞳に見つめられちゃうと身動きが取れない。

「ギュイギュイ」

レオナードとキスする寸前で、僕たちの間にミュカが割って入ってきた。ミュカ、ナイス！

「おい、ミュカ。いいところだったのに邪魔すんなよな」

「ギュイ」

「なんだよ、お前はすっかりソウタの味方だな」

口では文句を言いながらミュカの頭を撫でるレオナードに、なぜだか僕の心臓がどきどきと大きく脈打っている。やっぱり格好いいと、男でも思わずドキッとしちゃうものなんだな。だってそうでもないと、僕のこの異変に説明がつかないもの。

そうだよ、格好いいから見惚れちゃっただけ。それ以上の感情なんてない。僕はミュカとたわむれるレオナードを見つめながら、そう自分に言い聞かせた。

「ただいま戻りました」

少しして寮の静寂を破るように、騎馬部隊の面々がぞろぞろと朝の訓練から戻ってきた。

「あ、みなさんお疲れ様です！」

このままレオナードと二人だと心臓がおかしくなりそうだから、騎馬部隊が帰ってきてくれてほっとする。でもその反面、もうちょっとだけ二人きりでいたかったような、不思議な気持ちだ。

レオナードをちらりと見やると、騎馬部隊の一人を手招きしてこっちに呼んでいた。ちょっとだけやる気のなさそうな、いつも通りのレオナードだ。ひょっとして二人きりなのを意識してたのは僕だけかもしれない。肩透かしを食わされた気分だ。

「ソウタ、こいつが騎馬部隊隊長のアドラーだ」

アドラー騎馬部隊隊長は岩のように大きくて鍛え抜かれた身体をしていた。眼光は鋭く、真一文字に結ばれた口元が厳格な印象を与える。

「初めまして、よろしくお願いします」

僕の言葉にアドラー隊長は無言でお辞儀を返してくる。

「えっと、あの。僕に何かお手伝いできることがあれば、いつでもお声掛けください」

またもや無言で頭を下げてくるアドラー隊長。さっきまでのムント補給部隊隊長とは正反対の、無口な人だった。

そういえば、玄関には騎馬部隊の人たちが十五人ほどいるというのに、ほとんど誰も喋っていない。騎馬部隊、とてつもなく寡黙だ……。ふと一人の団員と目が合った。たしかあの人は、ジョシュアだ。初日に食堂で僕と同い年だと言っていたっけ。ジョシュアは目が合うと、僕に向かって小さく微笑みながら手を振ってくれた。よかった、一人でも僕と話してくれそうな人がいて！

同い年だし、友達になれたら嬉しいな。

「まったくお前は相変わらず無口だよな。同じ歳だってのにセレスティーノと正反対なのも面白いけど」

あのセクハラ歩兵部隊長ことセレスティーノ隊長と同い年なのか、アドラー隊長……。レオナードの言う通り性格が正反対でちょっと面白い。アドラー隊長はちょっとだけ眉を動かして困ったような顔をしている。言葉数は極端に少ないけど案外顔に出やすい人のようだった。

「さてと。隊長の紹介も済んだことだし、俺は寝る」

「え、今から寝るの？」

「ああ、昼寝だ。何かあれば起こしに来いよ。ああ、それともお前も一緒に寝るか？」

にやりと笑いながらレオナードが顔を近づけてくる。

「寝ません！」

「あはは、顔が真っ赤だぜ」

というかこの状況で僕を一人にしないでほしい。騎馬部隊の人と自己紹介も済んでないのに！

「おいジョシュア、お前ソウタに騎馬部隊員のこと紹介してやれ」

「……分かりました」

僕の心の叫びが届いたのか、レオナードがジョシュアに僕のことを託してくれた。レオナードってていい加減なんだか優しいんだか、よく分からない。

「あんまり張り切りすぎるなよ」

僕のおでこを人差し指でちょんとつつくと、レオナードは中央階段を上って行ってしまった。

「レオナード！　ノートとか羽根ペンとかありがとう！」

彼の背中に向かって叫ぶと、振り返らずに手をひらひらと動かして応えてくれる。くっ、そういう何気ない仕草も無駄に格好いいな！　仕事さぼって昼寝しに行くだけだっていうのに！

「……ソウタ、改めてよろしく」

三階に向かうレオナードの背中を見送っていた僕に、ジョシュアが手を差し出した。

「うん、よろしくジョシュア！　僕たち同い年なんだよね、仲良くしてくれたら嬉しいな」

「……うん、俺も仲良くしたい」

ジョシュアは小さく笑ってくれた。えへへ、嬉しいな。ジョシュアは同い年だけど、僕よりも背が高くて引き締まった身体をしている。色素の薄い金髪を肩まで伸ばして、後ろで一つに結んでいた。目鼻立ちはキリッとしているけれど、口調はのんびりしているし、笑う時に下がる目尻が優しげだった。

ジョシュアは僕に一人ずつ騎馬部隊員を紹介してくれた。みんなアドラー隊長と同じように口数は少ないし、余計なことは言わない主義のようだ。でも、僕に丁寧にお辞儀をしてくれて、自分の名前を名乗る時には少し微笑んだり、顔を真っ赤にしていたりして表情が読み取りやすい。

騎馬部隊の人と自己紹介を済ませた後で、ジョシュアと一緒に食堂でお茶を飲むことにした。

ミュカは庭へ日向ぼっこに行ってしまったから、後でお魚を差し入れしてあげよう。

「騎馬部隊って寡黙な人が多いんだね」

「……お喋りしてると馬が驚いちゃうから。普段から平常心でいられる訓練をしてる」

「なるほど！　それでみんな口数が少ないんだ」

「……俺は小さい頃からダグとか副団長と一緒にいたから、結構お喋り。ダグは昔からうるさい。副団長は心配性だし、団長もよくからかってくるから」

「あ、なんかリアが心配性なの分かるなあ。レオナードは人のことをからかうの好きだよね」

「……団長のあれはね、隠してるんだ」

ジョシュアがお茶を飲みながら、ちょっと面白そうに微笑んだ。

「隠してる？」

「……そう、本当は真面目だってことを隠してる」

「レオナードが、真面目？」

レオナードに真面目という単語はあんまり結びつかないから、驚いた。

面倒くさがりとか、緩い性格とかのほうがしっくりくる。考えていることが顔に出ていたんだろう、ジョシュアが僕を見てくすりと笑った。

「……そのうち、ソウタにも分かる時が来るよ」

「うん、そうだね。いつかきっと、ジョシュアの言っていることが分かるといいな」

今僕が知っているレオナードが本当の彼じゃないっていうなら、僕は本当のレオナードを見てみたい。僕の中で、レオナードへの興味がむくむくと膨れ上がっていくのを感じた。

◇◇◇

僕が寮長になって早くも二週間が経った。レイルは毎日爽やかに晴れていて、王立第二騎士団寮にも柔らかな日差しが差し込んでいる。

僕はといえば、寮長の仕事もなんとなく要領を覚えてきたところ。あまりに汚なかった寮の掃除も残すところは武具庫だけだ。

毎日訓練日誌を書いているおかげで、一週間でだいぶ団員たちの顔と名前を覚えることができた。レオナードからもらった革張りのノートのうち一冊は、団員たちの性格とか外見の特徴を書くために使っている。一人一ページずつ確保してあるから、いつかこの全部のページが文字でびっしりになるくらい団員のみんなと仲良くなれたらいいな。

今日は朝から、正門から寮の建物に続く道の草むしりをしている。百メートルほど続く道は砂利が敷き詰められていて、両脇には芝生が張られている。芝生と砂利の境目に雑草が生えてきてしまうから、大きく育つ前にむしり取るんだ。市場で激安価格で購入した作業服を着ていれば少し泥がついたって平気だ。

そんな調子で、僕の寮長生活はすこぶる順調。そろそろ本格的に事務系の作業を増やしても大丈夫かもしれないな。今、騎士団寮の事務作業はリアが一手に引き受けている。まだちゃんと説明は聞いていないけど、かなりの分量がありそうだった。

「騎士の任務に関する書類は無理でも、備品管理とか簡単な申請書類くらいなら引き受けられそう」

後でリアに相談してみようかな、と考えながら砂利道の脇にしゃがみ込んで雑草を抜いていると、突然誰かが僕の横にしゃがみ込んできた。

「草むしりかい？」

地面から顔を上げた僕に微笑んだのは、リアだった。

「うん。リアはこれからお城？」

今日、リアは普段のシンプルな隊服ではなく黒地に金の刺繍が施された正装に身を包んでいた。上品な装いもすんなりと着こなすリアは、見惚れるほどの格好良さだ。まさに騎士の中の騎士って感じ。

見た目のよさはもちろんだけど、リアの持つ優しさとか正義感が騎士としての彼を際立たせてるんだと思う。

この後リアとレオナードは騎士団のみんなを連れてレイル城に行くことになっている。僕が初めてこの世界に来た時にチラリと見えていた、あの白いお城だ。なんでもレイル城に王都から偉い人が来ているとかで、僕が寮長になったことを領主とその偉い人に報告しに行くらしい。

僕も同行したほうがいいんじゃないかなと思ったんだけど、妙に機嫌の悪いレオナードから留守番を仰せつかってしまった。

「ああ。みんなの準備ができ次第、出発するよ」

そう言いながら、リアが僕の横で一緒に雑草をむしってくれる。

「リア、正装が汚れちゃうよ！」

「あはは、このくらい大丈夫だよ。それよりも……」

リアは心配そうに眉を下げながら、僕の顔を覗き込んでくる。

「今日は部隊長を全員連れて行くし他の団員もほとんど野外訓練に出てしまっているが、大丈夫そうかい？」

ち、近い……！

正装で男ぶりが増し増しになっているリアに見つめられると、眩しすぎて直視できない！

「だ、大丈夫、全然問題ないよ！　それにお昼過ぎには帰ってくるんでしょう？」

「うん、その予定だけれど。もし何か問題が起きたら、すぐにレイル城に知らせるんだよ？」

「分かった！」

「絶対に一人で解決しようとしては駄目だからね。見知らぬ人が訪ねてきたら名前だけ聞いて出直してもらいなさい」

「もう、リアってば心配性だなあ。僕これでも大人なんだよ」

リアの過保護っぷりに僕はつい笑ってしまった。寮にほとんど人がいなくなるとはいえ、たったの数時間だ。子供じゃあるまいし、その程度の留守番くらいはちゃんとできるよ。

リアは僕が笑う姿を見て一瞬眩しそうな顔をすると、草むしりを再開させた。僕の留守番よりも、リアの正装が泥で汚れるほうが心配だよ……

「おかしなことを言うようだが……。君が私のそばを離れるのが不安なんだよ」

「不安？」

「近くにいれば、私は君を守る自信がある。だけど、離れてしまっては……私にもどうしようもない。自分でも分かっているんだ、心配しすぎだと。ソウタは二十歳だし、寮の中は安全だ。事件など起こりそうもないのにね」

「そこまで分かっていても、不安な気持ちになっちゃうの？」

「なるね。不安で仕方がない。君をいつでも目の届くところに置いておきたいよ。本心を言えば、今日の任務をいっそ放棄してしまいたいくらいだ」

僕は驚いて目を丸くした。リアが任務を放棄するって？　知り合ってまだ日が浅いけど、リアは第二騎士団でも一番仕事熱心な人だとは分かる。そんな人が任務を休みたいって言うなんて。

「それは……、僕はあんまりお勧めしないよ」

「あはは、冗談だよ。もちろんそんなことはしないさ」

リアは笑って雑草を抜いていく。何事もなかったかのように穏やかな笑みを湛《たた》えるリアに、僕はなんとも言えない仄暗さを感じた。

いつもの穏やかなリアなのに、何か思い詰めているような気配がする。もしも悩みがあるなら話を聞いてあげたいけど、僕が聞いていい話なのか分からない。

よく考えたら、レオナード同様、僕はリアのことをほとんど何も知らないんだよな。一緒に暮らしてはいるけど、日中のほとんどは訓練と事務仕事に忙殺されているリアとはゆっくり話したことはない。彼の悩みを聞く前に、僕はもっとリアをよく知る必要があるな。

「おいリア、のんきに草をむしってる場合か」

しばらく無言でしゃがみ込んでいた僕とリアの後ろから、不機嫌な声が降ってきた。振り返らなくても分かる、声の主はレオナードだ。今日は朝からどうも機嫌が悪いんだ。心底レイル城に行くのが嫌だって感じだ。

僕だったらお城に行けるなんてわくわくしちゃうけど、なんでレオナードは行きたくないのかな。せっかくの正装もわざと着崩してるし、どことなく反抗的な雰囲気だ。せっかく王子様みたいで格好いいのに、もったいない。

「さっさと行って速攻で帰るぞ、リア」

「ああ、そうだな。今回は私も早く帰りたいよ」

「へえ……、意見が完璧に一致するとは珍しいな」

レオナードは少しの間両手の泥を落とすリアを観察するように眺めていたが、首をすくめるだけで何も言うことはなかった。でも多分、レオナードも感じていると思う。ちょっとだけリアの様子が変だってことに。

「それじゃあソウタ、俺とリアはちょっと行ってくるぜ」

「うん、行ってらっしゃい」

「すぐ戻るから、いい子で留守番してろよ」

レオナードがそう言いながら僕のおでこにキスをした。もう、レオナードってすぐこういうことするんだから！　でもだんだん慣れてきている自分もいて、それはそれでどうかと思う……

レオナードとリアはすぐに部隊長と数人の団員を連れてレイル城へと向かっていった。僕は彼らを見送ると、そのまま草むしりを続けながら、二人の伴侶のことを考えてみる。

「レオナードは騎士団の団長で二十五歳。面倒くさがりで、人をからかうのが好きで、昼寝ばっかりしてる。でもそれは真面目な自分を隠すためだってジョシュアが言ってたっけ」

ジョシュアの言う通りレオナードが本当は真面目な人だとして、別にそれは悪いことじゃない。なんで隠してるのかな。

「リアは副団長で二十八歳。仕事熱心で、世話好きで、僕から見るといかにも騎士って感じだ。でも、さっき感じたあの変な雰囲気。やっぱりリアは何かを抱え込んでる気がするなぁ」

それにしても、僕ってばやっぱり二人のこと全然知らないな。家族構成とか生い立ちとか、そんな話を聞く機会はほとんどなかった。

「……ううん、違うな。聞こうと思えば機会はたくさんあった。これまでは特別興味がなかったから聞かなかっただけ……。でも今は、二人のことを知りたくて仕方がない」

僕は草むしりを中断すると、芝生の上に寝転んだ。

「はあああ。完全に絆《ほだ》されちゃってるなぁ、僕！」

二人の伴侶になるって言われた時は、男同士なんて絶対に無理だと思っていた。それなのに、なんだかんだ三人一緒の寝台で寝て、レオナードに頬とかおでこにしょっちゅうキスされて、リアにはお姫様みたいに扱われて……

だんだんこれが普通なんじゃないかって気がしてきちゃってるんだよなぁ。

「好きかって言われるとまだ分からないけど……。もっと二人のことを知りたいな。子供の頃はどんな風に過ごしてたんだろうとか。今度聞いてみようかな……」

寝転ぶ僕の視線の先には、どこまでも晴れ渡る澄んだ空が広がっている。穏やかに頬を撫でる風が、土と草の匂いを運んできた。僕の心に、小さな光がぽつりと灯った気がする。

それはまだ本当に小さくて目を凝らさないと分からない。でも確実に、これまで感じたことのない温かな何かがはっきりと芽生えている。

「二人とも、早く帰ってこないかな……」

僕が独りごちたその時、青空が広がっていた僕の視界に、男の人が大写しになった。

「やあ、こんにちは」

「うわあっ！」

誰もいないと思っていたところに、いきなり見知らぬ人の顔が現れたものだから、僕はびっくりして飛び起きた。

「お昼寝？」

にこにこと僕を覗き込んできたのは、優しげな顔つきの男の人だった。三十代だろうか。細身だけれど、百九十センチ近くはありそうだ。さっぱりと刈り込まれた真っ赤な髪に、垂れ目気味の灰色の瞳が優しく笑っている。ん？　赤髪に灰色の瞳はレオナードと同じだ。

「いきなり覗き込む奴があるか。驚いているじゃないか」

赤髪の人の横にはもう一人、困った顔をした人がやれやれとため息をついている。岩のように大きな人だ。レオナードとリアも大きくて筋骨隆々だけど、この人はさらに一回り大きい。明るめの金髪を耳の下あたりまで伸ばしていて、紫色の目がじっとこちらを見つめている。真一文字に結ばれた薄い唇と相まってちょっとだけ怖い。この人は四十代くらいだ。

「すまないね、寝ているのかと思って。驚かすつもりはなかったんだ。ところで君が寮長かい？」

「はい……」

「ほら、やっぱり！　私の言った通りだったろう、ヴァン？　あの子はどうせ私に会わせる気はないと思ったんだよ」

レオナードと同じ赤髪の男の人は僕が寮長だと分かると、大きな男の人に向かって勝ち誇ったように胸を張った。この人たちは来客だろうか。もしそうなら、来客名簿に名前を書いてもらってから出直してもらわないといけない。せっかく嬉しそうにしているのに言い出しにくい……

「あの、せっかくおいでいただいたのに申し訳ありませんが、本日は団長、副団長をはじめほとんどの団員が出払っておりまして」

「そうだね。今頃みんな慌てているだろう。なかなか愉快だ」

微妙に話が噛み合っていない気がする……。僕は気を取り直して続けた。

「もしよろしければ、来客名簿に記名していただきたいのですが……」

「もちろん書かせていただくよ！　来客名簿に記名するのは生まれて初めてだ」

楽しそうに笑う赤髪の人に心の中で首を捻りながら、僕は慌てて寮の机の上から来客名簿を持ってきた。

「では、恐れ入りますがこちらに」

赤髪の人は綺麗な筆跡で名前を綴っていく。マティス・ブリュエル……。ブリュエル!?

「え、ブリュエルってレオナードと同じ姓……」

「あはは、その反応だとやはり私のことは聞かされてなかったようだね。改めまして、レオナードの兄のマティスだ。君のことは弟とリアから色々と聞いているよ」

え、えええっ、レオナードってお兄さんがいたの!? 僕は何も聞いてないんですが! レオナードのお兄さんってことは僕にとって義理の兄になる人じゃないか。お願いだからそういうことは早く言ってよね。心臓に悪い。

「し、失礼しました! 柏木蒼太といいます。弟さんにはとてもよくしていただいています」

「レオナードはいい子なんだけど、気まぐれに振る舞うからね。手を焼いているだろう」

「いえ、そんな」

おお、あのレオナードを子供扱い……。これは紛れもなくお兄ちゃんだ。

「ああ、そうだ。私の伴侶を紹介しよう。ヴァンダリーフだ」

「伴侶……!」

なんと目の前の男性はマティスさんの伴侶だった。この人はレオナードの義理のお兄さんということになる。マティスさんに紹介されたヴァンダリーフさんは、仏頂面のまま静かに握手をしてくれる。差し出された手はものすごく大きくてゴツゴツと筋張っていた。僕の手はすっぽりと包み込まれてしまって、なんだか小さな子供になったような気分だ。

「初めまして」

「初めまして、柏木蒼太です。よろしくお願いします」

朗らかなマティスさんと違って、ヴァンダリーフさんは口数の少ない人だった。

「さてと、この後もう一人到着する予定なんだけど……。あ、来た来た。叔父上！」

「叔父上？」

マティスさんが門のほうに向かって手を振っている。見ると、ヴァンダリーフさんと同じくらい大きな人がこちらに向かって歩いてきた。鍛え上げられた身体はちょっと押したくらいではびくともしないんだろうなと思えるくらい、どっしりとしている。

半分は灰色になっているが、髪の色はやはり赤い。灰色と赤が交ざった髪は綺麗に後ろに撫でつけられている。そしていかにも厳格そうな灰色の瞳が、僕をしっかりと見つめていた。威風堂々としたその佇まいに、僕の背筋もしゃんと伸びる。

「あなたがソウタ殿かな」

「は、はい！」

低く響く、有無を言わさない声色に、心臓が縮み上がってしまった。

「なるほど、マティスの予想が当たったわけか……。レオナードの叔父のギヨーム・ブリュエルだ。会えて嬉しいよ、ソウタ殿」

「ありがとうございます……」

……ギヨーム？　どこかで聞いたことがある名前だけど、どこだったかな。

このところ団員さんや、寮に定期的に顔を出す洗濯屋さんや肉屋さんなんかの名前を覚えてばかりだから、どこでその名前を来たのか思い出せない。それにしても叔父さんまでいるなんて、思いもよらなかった。

「さてと。せっかくソウタと会えたことだし、少しみんなで話でもしようじゃないか。そのうちあの子たちも帰って来てしまうだろうから」

マティスさんがそう言いながら芝生に座ると、ヴァンダリーフさんとギヨームさんも隣に並んで座り始めた。

いや、レオナードのお兄さんと叔父さんなら、応接室でお茶を飲みながらお話ししたほうがいいのでは。そう思ったけれど、マティスさんににこにこと笑いながら「ソウタも座って」と言われては、断るわけにもいかない。

マティスさんの言葉には、どういうわけか自然と従いたくなる不思議な力があった。

僕がおずおずと芝生に座ると、マティスさんに寮長の仕事について色々と聞かれた。どんな仕事をしているのかとか、困ったことはないかとか。質問に答えているうちに、だんだんと僕の緊張もほぐれてくる。四人でそよ風に吹かれながら寮の話をするのが、思いのほか楽しく感じた。

「あの、みなさんに伺いたいことがあるんですが、レオナードってどんな子供だったんですか？」

マティスさんが僕の質問に、嬉しそうに瞳を輝かせた。

「レオナードかい？　あの子は昔からやんちゃだったよ。私とは十歳離れているからね、いつも私の足元をうろちょろして構ってほしいって駄々をこねていたっけ」

「はは、レオナードらしいですね」

「私の真似をして剣を振り回したりしてね。階段の手すりに大きな傷をつけたんだ。叔父上にこっぴどく叱られていた」

マティスさんが笑いながら言うのに、ギヨームさんも懐かしそうな顔をする。

「私の兄がマティスとレオナードの父なのだが、兄とは年が離れていてね。マティスが生まれた時は私はまだ十二歳で、レオナードが生まれた後も同じ屋根の下で暮らしていたのだ」

「それでは、ギヨームさんはお二人のお兄さんのような存在だったんですね」

「そうだな。忙しい兄の代わりにマティスとレオナードをよく叱っていた」

ギヨームさんの話に、マティスさんは頬を膨らませた。

「レオナードはともかく、私は叱られてなどいませんよ」

「三階の大広間で騎士ごっこをしていたのは、誰と誰だったかな？」

「あれはレオナードが悪い。可愛い瞳に涙を溜めて兄様と遊びたい、なんて言うから相手をしてあげただけです」

マティスさんの言い様に、僕は思わずくすりと笑ってしまった。僕は頭の中で、小さなレオナードを想像してみる。あの整った顔立ちだ。きっとお人形のように可愛かっただろうな。

「ヴァンダリーフさんは、小さなレオナードに会ったことはあるんですか？」

僕の質問に小さく頷いてくれたヴァンダリーフさんは、苦笑しながら思い出話をしてくれた。

「俺がマティスの伴侶になった時、レオナードはまだ八歳だった。肩車してほしいとよくせがまれた」

「ヴァンはとびきり背が高いからね、教会のみんなからも人気だった。リアも一度だけ肩車したんじゃなかったっけ？」

「あの子はすでに十一歳だったからな。肩車よりも剣の鍛錬をつけてあげたな」

たしかリアは教会でダグやジョシュアと共に育ったんだっけ。レオナードがヴァンダリーフさんに肩車してもらっていたなんて、なんとも子供らしくて微笑ましいな。剣の稽古をつけてもらうのも、いかにもリアらしい。

いい思い出って心がぽかぽかするから好きだ。二人とも素敵な人たちに囲まれてまっすぐに育ったことが分かって、どこかホッとした。そういえばレオナードのご両親は、どこにいるんだろうか。レイル領内に住んでいるなら一度ご挨拶に行きたいな。僕がマティスさんにご両親のことを聞こうとしたその時、門のあたりから大声がした。

「兄上！」

ズンズンとこっちに向かってくるのは、レオナードだ。後ろには苦笑気味のリアと団員のみんなもいる。もうお城の用事を済ませてきたのかな。出発してから一時間くらいしか経ってないけど……

「あれ、レオナード。おかえりなさい。本当に早かったね」

「ああ、なんせ肝心の領主がいなかったんでな」

「へ？　ご不在だったの？」

僕の質問に頷いたレオナードは芝生に座って笑っているマティスさんに向かって、ずいっと顔を近づけた。

「兄上、なんのいたずらですこれは！」

「予想していたより戻るのが早いな。もう少しソウタと話していたかったんだけど」

「兄上が一度報告に来いと仰るから、わざわざ正装までして城に行ったんですよ」

「私はソウタを連れて報告に来なさいと言ったんだよ」

「くっ……」

さっきまでの勢いが嘘のようにレオナードが言い淀む。

「どうせ寮で留守番させるに違いないと思ったから、出し抜いてやったまでさ」

「兄上にソウタを会わせたら、ろくなことにならないじゃないですか。ヴァンダリーフ義兄上も、どうして兄のくだらない計画を止めてくださらないんですか」

レオナードに八つ当たり気味にそう言われたヴァンダリーフさんは苦笑するだけだ。うん、この反応が正解な気がする。何か言えば反撃されそうな勢いだもんね。

でもマティスさんはレオナードの態度が気に入らないとばかりに眉を顰《ひそ》めた。

「兄とその伴侶に向かってなんという口の聞き方だ。心配しなくても、おねしょをしてピーピー泣いていたことはソウタには言ってないよ」

「してねえわ！　泣いていたのは兄上でしょうが！」

「私がそんな理由で泣くはずがないだろう！」

男兄弟の喧嘩が始まってしまったようだけど、僕は別の理由でびっくりしていた。だって、レオナードが敬語を使ってるんだもん！

いつもは礼儀なんてどこかに置き忘れてきたような態度だけど、レオナードってばやればできる人なんだね。見直しちゃったよ。

それにしても、マティスさんと一緒にいるとレオナードがぐっと幼く見える。さっきまで聞いていた昔話のおかげか、なんだか可愛く見えてしまう。

「こら二人とも、いい歳をして兄弟喧嘩はやめなさい」

ギヨームさんが二人にぴしりと言い放つ。板についた叱り方だ。おそらく何百回もこうやって二人の喧嘩を止めてきたんだろう。ギヨームさんも苦労したんだな……

「うるせえよ、いつまでも保護者面すんじゃねえ」

レオナードの刺々しい言い方に、僕は思わずギョッとしてしまった。気心の知れた叔父さんとはいえ、兄のマティスさんとは態度が百八十度違う。

「まったく、お前はいつまで経ってもその態度を改めんな。だいたいその正装の着方はなんだ。もう少しちゃんと着なさい」

「お前に世話される筋合いはねえよ。俺に構うな」

「はあ。長い反抗期だな、レオナード」

「ふん」

レオナードの態度を見ていて思い出した。ギヨームさんって、僕がこの世界に来て寮長になる時に許可申請書を提出した相手だ。あの時もレオナードは関わりたくないといった様子で、リアを怒らせていたっけ。

なんというか、ギヨームさんの言う通り十代の反抗期みたいな態度だな。レオナードって興味ないことには見事なまでに無関心だから、これはこれで珍しい。それにしても……

「ちょっと待って、レオナード。マティスさんたちとレイル城の用事って、何か関係があるの？」

「あー、それはだな……」

レオナードがばつの悪そうな顔をしながら、頭をがしがしかいている。これは僕に言ってないことがありそうな……

「レイル領主なんだよ」

「は？」

「だから、この人があのレイル城に住んでる領主なんだ。ブリュエル家は代々レイル領を治めてるんだよ」

「いや――え、えええーっ!?　それじゃあレオナードは領主様の弟さん!?」

「俺は次男だから関係ねえけど、一応な」

「関係大ありでしょう！　……マティスさんは領主様なんですか、いや、マティス様とお呼びしたほうが……」

もう大パニックだよ！　レオナードったらなんでそんな大事なことを内緒にしていたの……

「ソウタ、驚かせて悪かったね。お願いだから様なんてつけないで、さっきまでと同じ態度で接してくれると嬉しい」

「はい……」

マティスさんはにこやかに笑顔を見せてくれるけど、よく考えたらこの人も、僕が領主だって知らないのを分かっていながら黙って面白がっていたわけだ。やはり兄弟、思考が似ている……

「ちょ、ちょっとレオナードこっち来て」

僕は立ち上がるとレオナードの腕を引っ張ってみんなから引き離した。

「一応聞いておくけど、もう僕に隠してることないよね？」

「ねえよ」

「絶対にない？」

「……ギヨーム叔父は、今は王立第一騎士団の団長をやってる」

「め、めちゃくちゃ偉い人じゃん！　すごい気さくに話しちゃったよ、僕！」

僕はレオナードの正装の襟を掴んでぐいぐい押した。まあ、びくともしなかったけど。そういう情報はもうちょっと早く教えてくれないとダメでしょう。

「もう、秘密はこれで全部？　他に隠してることはない？」

「……あー、ない」

絶対あるな、これ。もうすでに衝撃の連続なんだけど、これ以上の隠しごとって何だろう。リアが実は王子様でした、とかくらいしか思いつかない。

僕はちらっとリアのほうを窺ってみる。リアはマティスさんに丁寧なお辞儀をしたあとで、ヴァンダリーフさんと話をし始めた。

「ヴァンダリーフ叔父」

「リア」

二人は名前を呼び合ってから、がしりと両手を重ねて固い握手をしている。なんかこうやって並んでいると、どことなく二人って似て……え、叔父？

「ヴァンはリアの叔父さんなんだよ」

僕の視線がリアとヴァンダリーフさんに釘付けになっているのを見つけたマティスさんが、教えてくれる。なんと、リアにも血縁者がいたのか。もう驚くのも疲れてきたよ。それにしても、なんで教えてくれないの！

「それから、ヴァンとリアは王族の血を引いているよ」

「……はい？」

「ライン王国の王子なんだ、二人とも。とてもそうは見えないよね」

からからと笑うマティスさんの衝撃発言を聞いて、レオナードが盛大に頭を抱えている。リアはなんだか不機嫌そうだ。ふーん、そうですか、リアは王子様ですか。

……はあーっ⁉　まさかの予想が大当たりとは。ということは、僕の伴侶は一人がレイル領主の血筋で、一人はライン王国の王子ってこと？

「……ちょっと二人とも。こっち来て座ってくれる？」

「ん？　なんだよ、急に」

「どうしたソウタ、相談事かい」

「いいから、こっち来て座って！」

こんな大事なことを僕に秘密にしていたくせに何食わぬ顔をする二人に、僕はついにキレた。一度ビシッと言っておかないと、この後も絶対同じことが起こるに違いない。

頬を膨らませて二人をぎろりと睨む僕の態度に、さすがの二人も何かを感じたらしい。二人して顔を見合わせた後で、何も言わずに芝生に座った。ついでに、後ろに控えてギヨームさんと挨拶していた部隊長の面々まで座り始める。

いやいや、みなさんにお説教する気はないんです、どうか立ってください！　と思ったけれど、マティスさんの目が興味津々といった感じで輝いている。楽しんでるな、この状況を……なら、もういっか。みんなまとめてお説教だ。

「レオナード、リア。なんでそんな大事なことを僕に隠してたの？　領主の息子だったり王子だったり、ものすごく大事なことじゃない」

「別に隠してたわけじゃねえよ。ソウタが聞かないから言わなかっただけだろ」

いや「レオナードって領主の血縁だったりしないよよね？」なんて聞かないでしょうよ、普通。

「それはただの屁理屈でしょう！　レオナード、社会人に一番大事なの知ってる？　ホウ・レン・ソウだよ！」

「なんだ、それ」

「報告・連絡・相談！　僕は寮長なんだから、みんなのことを知っておく必要があるんだよ。レオナードとリアは完全な報告漏れをしているし、普段からものすごい連絡不足だし、相談に至っては全くないじゃん！」

僕の言い分に、レオナードは露骨に面倒くさそうな顔をする。

「なんだよ、何でもお前に言えってのか。ガキじゃあるまいし」

「子供だからそう言ってるんじゃないの。業務に支障が出るって言ってるの。現にさっき、マティスさんに来客用名簿に記名させちゃったんだよ？　領主様なのに！　それに、レオナードのお兄さんだってことも、ギヨームさんが叔父さんだってことも僕だけ知らなかったんだからね。僕はレオナードのことをちゃんと把握しておきたいんだよ。僕は寮長で伴侶なんだから……」

最後のほうは拗ねてるみたいな言い方になってしまって、ちょっと恥ずかしい。僕の変化を見逃さなかったレオナードがすかさず茶化してくる。

「はは、いいぜ。これからはソウタになんでも言うようにしてやるよ。それじゃ最初の報告だけど、俺は今すぐ恥ずかしがってるソウタの服をひん剥いて押し倒……」

「そ、そういう報告はいらないです！」

ご家族がいる前で何言ってるんだ、この人は！　僕はレオナードの口を全力で塞ぎにかかった。

レオナードの口に手を当ててると、レオナードがにやりと笑いながら僕の手をぺろりと舐めてきた。

ひゃあっ、そういうのやめて！

「レ、レオナードーっ！」

「顔が真っ赤だぜ、ソウタ。まあ、今みたいな顔が見られるんなら、今後は報告・連絡・相談ってやつを試してみてもいいかな」

「うう……、約束だからね」

趣旨が違うような気がしないでもないけど、とりあえずレオナードとの約束は取り付けた。次にリアだけど、どうかな。

ちらりと彼の顔を窺うと、真面目に聞いてはいるけどピンと来ていないって顔をしている。

「ソウタはそう言うが、私は君への報告を怠ったつもりはないんだよ。仕事のことはちゃんと報告しているし。ただ、個人的なことを話す必要はないと思っただけで」

自分が王子だってことを僕に話さなくてもいいと思うって、どんな思考回路だ……

たしかにリアは仕事の報告・連絡・相談はできている。でも個人的なこととなるとレオナード以上に何も言ってこない。リアには別の言い方でお願いしたほうがいいだろうか。

「リアは僕のことを大事な伴侶だって言っていたけど、僕のことをもっと知りたいとは思ってくれないの？」

「馬鹿な、それはもちろん思っているよ！　君のことならなんでも知りたいと思っている」

リアは慌てたように言った。うん、リアにはこっちからのアプローチのほうが効くな。

「それじゃあ僕がリアに何かを秘密にしていたら、悲しくならない？」

「それは、そうだが……」

「リアが訓練でいない時に僕が何をしていたか、いつも聞くでしょう？　もしも僕がそれを秘密にしていて、後で誰かから聞いたとしたら嫌じゃない？」

そう言うと、リアはぐっと眉間に皺《しわ》を寄せて鬼のような形相になった。あ、本当に僕が秘密にしているこ とがあると思ってるな。

「いや、物のたとえだってば。ちゃんとリアに全部伝えてるよ。でも僕は今、そんな気持ち。別にリアが王子かどうかなんて正直関係ないんだけど、ちゃんと知っておきたかった。リアの口から聞きたかったんだよ」

「ああ、なるほど……十分理解した。悲しい思いをさせてしまって申し訳ない。ソウタは私を許してくれるだろうか」

「うん、もちろんだよ！　で、僕にまだ話していないこと、他にはない？」

僕は芝生に座るリアの瞳を覗き込んだ。リアが心に何かを溜めていることは分かってる。ひょっとしたら何か言ってくれるかなと思ったけれど、目を逸らされてしまった。

まだ話してくれる気にはなっていないみたいだけど、それならリアが話したくなるまで待つから。

「さて、レオナードはどう？」

再びレオナードのほうを覗き込んでみる。

「何が？」

「隠し事、他にない？　あるなら今、全部言ってほしい」

「……」

何、この沈黙は。秘密があるってこと？

「もしもまだ何かあるなら二人きりの時でもいいから教えてくれると嬉しいんだけど……」

「ねえよ」

レオナードは僕の瞳をまっすぐに見てそう言ってくれるけど、どこか引っかかる。まだ何か、隠し事しているような気がしてならなかった。

「ひょっとしてあれかな」

マティスさんがいきなり会話に割って入ってきた。

「十代の頃に娼館に入り浸って大変だったこと？」

「はあっ？　ちょっとお願いですから、兄上は横から口を挟まないでください！」

「リアと一緒に、何日も入り浸っていたじゃないか」

「わ、私は別に……」

マティスさんのまさかの暴露にレオナードとリアが慌てている。

ということは、この話は本当なんだね。まあ二人ともモテそうだし経験人数がゼロだとはこれっぽっちも思ってないけど……なんかものすっごく嫌だ！

入り浸っていたってことは、その娼館に本命の子でもいたのかな。もっと大事な話をしていたはずなのに、マティスさんの話で僕は完全にむくれてしまって、他の話はどこかに吹っ飛んでいった。

なんだかマティスさんに話をすり替えられたような気もしたけれど、今はそれどころじゃない。

伴侶でありながら二人を好きかどうかまだ分からない僕が嫉妬するなんて、ものすごく自分勝手なことだって分かってる。でも、元彼の話なんて少しも聞きたくない。

「待て、ソウタ！　あれは単純に遊んでただけだ、そんな顔すんな」

「ああ、あの時はなんというか色々と持て余していて……決して付き合っていたわけではないよ」

レオナードとリアが慌てながら僕に色々言ってくるけど、二人に言われれば言われるほど、嫉妬しちゃう。もう耐えられないから、この話はおしまい！

「はいはいっ！　ソウタ！」

本格的に拗ね始めた僕に、後ろに座っていたセレスティーノが勢いよく手を挙げた。

「はい、セレスティーノ。どうしたの？」

「団長と副団長だけでなく、ソウタは俺たちの寮長でもあるわけでしょ。これからは俺たちも報告とかこまめにしたほうがいい？」

「うん、もちろんだよ！　訓練の報告だけじゃなくてみんなが思っていることとか相談事とか、なんでも僕に教えてほしいな」

「なるほどね。それじゃあ早速相談なんだけど。この間ちょーっと揉めちゃってさぁ。酒場の店員やってるテリーと花屋のディノが俺を巡って大喧嘩始めちゃってー」

いやだから、そういう報告はいりませんって……。あ、でも問題がこじれたりしたら二人がこの寮に乗り込んでくる可能性もあるのか。一応話くらいは聞いておこうかな。

「セレスティーノ、その話は後で詳しく教えてもらうね」

「お、いいよ。いやあ最初はそれぞれ一晩だけ楽しむって話だったんだよ。それなのに俺と付き合ってるって勘違いされちゃってさぁ」

「あの、ちょっとここでは……。内容が内容っていうか。マティスさんたちもいるから」

「ああ、お三方は気にしませんよね、俺だいたいいつもこんな調子だし」

セレスティーノの言葉に、マティスさんとギヨームさんだけでなくヴァンダリーフさんまで頷いている。

「セレスはいい歳をしてまだ遊び歩いているのか。もう三十歳だろう」

「懲りないね、君も。私が以前仲裁してやった時にすっかり懲りたと思ったら」

「性格だな、これは」

第一騎士団団長なんていったら、第一って言うくらいだし、国の騎士の中で一番偉い人なんじゃないの？　それにマティスさんなんて領主様なんだから、本当だったら平伏するような人だろうに。身分の垣根もないくらいに親しげな様子は、まるで親戚の集まりみたいだ。

僕もその輪の中に入れてもらっている気がして、ちょっと嬉しくなった。元の世界では、親戚の顔なんて一人も知らなかった。本当に母さんと二人きりだったんだ。それが今は、見渡せば隣には二人の伴侶、伴侶の兄に叔父が二人。部隊長のみんなは親戚のお兄さんとかおじさんみたいだ。

青空のもと芝生に座った僕たちは、野外訓練から団員たちが帰ってくるまで、部隊長たちの他愛のない報告を聞いては笑って過ごした。


その夜、僕はふいに起きてしまった。日中にマティスさんたちからレオナードやリアのことを教えてもらったせいで、興奮しているんだろうか。そっと目を開けてみると、一緒に寝ていたはずのレオナードとリアの姿は寝台になかった。

「二人とも、どこ行っちゃったんだろう……」

三人で寝ていると、時々こういうことがある。三人で一緒に寝台に入って朝になっても一緒なんだけど、時々夜中に目が覚めるとどちらかがいなかったりするんだ。

僕は寝台から起き上がってあたりを見回してみた。寮長部屋の左側にある扉から、うっすらと光が漏れている。あれはリアの執務室に通じている扉だ。僕は寝台を下りるとそっと近づいてノックしてみた。

「リア、そこにいるの？」

「……ソウタ？」

リアの声がしたので扉を開けてみると、リアが執務室の机で書類を作成していた。リアの執務室は四方の壁が書棚でびっしり覆われていて、机や床にまで書類が高く積まれている。

「こんな時間に仕事してるの？　もう真夜中だよ」

「申請書類が溜まってしまってね。もう少しで終わるから」

「それならいいけど……。ねえ、明日から僕も申請書類手伝うよ。武具関係は分からないけど、日用品とか備品関係なら大丈夫だから」

「ありがとう、気持ちだけもらっておくよ」

「リア……。僕に手伝わせて、お願いだから」

僕はもう一度真剣にお願いしてみた。リアは仕事を抱えすぎだってずっと思っていた。まるでわざと自分を酷使しているように見えて、少し怖いくらいだ。僕の気持ちが通じたのか、リアは少し笑うと首を縦に振ってくれた。

「分かった。それじゃあ、ソウタには備品関係をお願いしようかな。明日改めて相談しよう」

「うん！　あの、ところでレオナードがいないんだけど、どこにいるか知ってる？」

「ああ、レオナードなら……」

そう言いかけて、リアは少し考えるように口をつぐんでしまった。また、僕に内緒のこと？

……僕ってそんなに信用ないんだろうか。一生懸命誠実にやっているつもりなんだけど。

「レオナードなら、屋上だよ。おそらく一人で訓練しているはずだ」

「え、この寮には屋上があるの？」

「うん。案内してあげよう」

そう言ってリアは机の上にあるランタンを手に取り、寮長室の反対側にあるレオナードの執務室の扉を開けた。レオナードの執務室はリアの部屋と正反対で、何もなかった。

机と椅子と空っぽの棚。おそらくほとんど使っていないのだろう。それでもあまりの私物のなさに、少しだけ恐ろしい気持ちになる。

いや、それはリアも同じだ。あるのは書類と本ばかりでリアの私物はどこにも見当たらなかった。

僕の内心の動揺に気づくこともなく、リアがレオナードの部屋の空の棚をゆっくりと押した。ぎいと音がして現れたのは、石造りの階段だ。階段は上へと伸びているように見えるけど、真っ暗でよくは分からなかった。

「この石段を上るとすぐに屋上への扉があるよ。レオナードはその先だ。真っ暗だから明かりを持って行ってね」

「ありがとう……。でも、僕が勝手に行っていいのかな」

「今日、秘密はなしって約束したばかりだからね」

リアが僕に優しくウインクしてそう言った。ああ、僕の気持ちはちゃんと届いていたんだね。

「リア、ありがとう」

僕はリアにぎゅっと抱きついた。嬉しいって気持ちが伝わるように。リアもしっかりと僕を抱きしめてくれる。力強くて優しい温もりが、僕をほっとさせた。リアは僕の頭のてっぺんに唇を押し当てると、行っておいでと背中を押してくれた。

僕はリアに貸してもらったランタンを掲げながら、石段を一段ずつ上っていく。やがて石段の先に木の扉が現れた。そっと開けてみると、そこは寮の屋上だった。十メートル四方ほどの平らなスペースがあって、たしかにこれなら一人で訓練するには問題なさそうだ。

上を向けば無数の星が輝いている。星の瞬きと月明かりの下で、レオナードが片手で倒立しながら体を上下に動かしていた。ここからは、レオナードの背中しか見えない。上半身に何も着ていないせいで、月に照らされたレオナードの筋肉が美しく隆起する様がはっきりと見てとれる。

彫刻みたいなその姿に、僕はしばらく声をかけるのも忘れてレオナードを見つめていた。

「……ソウタか？　いつまでも隠れてないでこっち来いよ」

レオナードが倒立をやめて、僕に声をかけた。いつの間に気づかれていたのかな。レオナードは身体の汗を拭きながら僕を手招きしてくれた。

「リアがこの場所を教えたのか？」

「うん。でも、リアは悪くないんだ。僕が聞いたから仕方なく教えてくれただけ」

「ああ、別にいいんだ。秘密はなしって約束だったからな」

「うん……」

「この場所からはレイルの街がよく見えるんだ。ま、今は暗闇だがな」

レオナードが腰を下ろしたので、僕も横に座った。たしかに、真夜中でよく見えない。それでも月の明かりで朧げに浮かび上がる街の影が、とても幻想的だ。

「レオナードは、いつも夜に一人で訓練してるの？」

「まあな。団員たちと一緒だと集中できないんだよ。それに、俺はぐうたらしてると思われていたほうが都合がいいんでな」

「え、どうして？」

「……お前が知りたいって言うなら、教えてやる」

「知りたい。僕に教えてよ、レオナードのこと」

「……この話は、受け止めるのに覚悟がいるぞ」

「うん」

「そうか。……簡単に言うと、俺とリアには打ち倒したい敵がいる」

真夜中のレイルの街を見据えたレオナードの横顔は、僕が知っている無気力なレオナードなんかじゃなかった。強い意志を持って決意を固めた彼の姿は精悍な騎士そのもので、僕はハッとした。

これが、レオナードの本来の姿なのかもしれない。

「レイルの街は十五年前、敵に襲われ焼け野原になった。敵は、ライン王国の北の国境と接する山に住むザカリ族という民族だ。俺とリアはそいつらを打ち倒すため、第二騎士団を結成して機会を狙っている」

「レイルの街が、焼けた……？」

僕は信じられない気持ちで暗闇の街を見つめた。美しくいつも活気があって、明るい人々が暮らすレイルの街にそんな過去があるとは、夢にも思わなかった。

「ザカリ族は今、ライン王国の中枢にまで勢力を伸ばしている。どこに敵の目があるか分かったもんじゃない。俺が派手に動けば奴らを倒す計画が知られちまうのさ」

「……だから、王都から視察の人が来た時にわざと遅刻したりしてるの？」

「半分はな。面倒くさがりなのは性分さ」

レオナードはそう言って笑ったが、それも偽りの姿だってことは明白だ。

僕はずっとレオナードを面倒くさがりで、すぐに昼寝する人だと思っていた。団員たちやリアが訓練している時もそこには加わらない。時々ふらっとやってきてはみんなに声をかけて、またどこかに行ってしまう。僕は最初、こんな人が団長で大丈夫かなって思ったんだ。

でも、あれは敵の目を欺くための仮面だったんだ。

「そんなわけで、俺たちはいつか戦いを挑むことになる。その時は、ソウタ。お前の力も借りるぞ」

――戦い。

僕はこれまでの人生で、誰かと戦ったことはない。戦争を経験したことも、命のやりとりをしたこともない。そんな僕がレオナードやリアの役に立つだろうか。

少し前だったら弱音を吐いて動揺したかもしれない。でも、今は違う。今は、その時が来たら僕に何ができるかを必死で考えている。

武力では到底役に立てそうもない。だとしたら、もっと別のことだ。そう、それはたとえばレオナードとリアを精神的に支えること。そして騎士団のみんなを支えることだ。

「うん、分かった。僕、今レオナードの本当の姿を知ることができてよかった。何かあれば、僕があなたをきっと支えられるもの」

「本当の姿っていっても、そんなたいそうなもんじゃないぜ」

「どっちのレオナードも、僕は好きだよ」

そう言うと、夜の街を見つめていたレオナードが僕をまっすぐに見た。美しい灰色の瞳が、僕の視線を搦め捕っていく。次第に僕たちの距離は近づいていって、唇が軽く触れた。

湿気を含んだ夜の空気に、レオナードの温かい吐息が混じってくすぐったい。レオナードは何度も啄むみたいにキスをしながら、ぺろりと僕の唇を舐めていく。

恥ずかしいとか、男同士なのにとか、いつもなら考える瑣末《さまつ》なことは、もう僕の頭には存在していなかった。今はただ、目の前のレオナードの唇と舌の熱を感じていたい。

僕もレオナードの唇を舐めてみてもいいだろうか。この人の赤い唇はどんな味がするのかな。僕はちろりと舌を出して、レオナードの下唇をちょんとつついてみた。

「ふふ、なんだよそれ」

「レオナードの唇ってどんな味がするのかなと思って」

「ふうん、好きなだけ食っていいぜ」

「うん……」

そう言われて、僕はレオナードがやるみたいにぺろりと彼の唇を舐めてみた。甘い。レオナードの唇は身体が痺れそうなほど甘くて不思議と興奮する。

僕はもう一度味わいたくて舌を出したけど、それは叶わなかった。レオナードが僕の舌に、自分の舌を絡めてきたからだ。ざらりとした舌とレオナードの唾液が僕の舌に絡まり、吸いついてくる。

「はあ、ん」

「お前の舌は甘いな……」

「ふう、レオナードのも、あまい」

「可愛い奴」

僕の舌はレオナードの舌に搦め捕られて、そのままバクリと食べられた。舌に吸い付かれ、押し付けられた唇が生き物みたいにうねっていく。

気持ちがよすぎて、おかしくなってしまいそう。このままいつまでもレオナードとくっついていたいけど、僕はそろそろ酸欠だ。なんとか息を吸おうともがくたび、再びレオナードに口を塞がれて快楽の渦に呑み込まれてしまう。

「ん、もう、無理……。息ができない！」

「ソウタ、鼻で息を吸え」

「はあ、はあ、うまくできないよ……」

「まあ、これから練習しないとな」

今までに感じたことのない温かさが、じんわりと僕の心に広がっていく。くすくす笑うレオナードが、僕の唇から離れていった。あ、ちょっと寂しいな。

「さてと、いつもならこのまま訓練を続けるんだが……。ソウタ、俺の両親に会いに行くか？」

レオナードの提案に僕はびっくりした。ご両親に紹介してもらえるのはすっごく嬉しい。でもそれは明日のほうがいいんじゃないかな。

「え、今から？　深夜だよ？　さすがに寝てるんじゃ……」

「平気だ。むしろ今のほうがゆっくりできる。ほら、チンタラしてると朝になっちまうぜ」

「う、うん……」

ご両親は夜型なんだろうか。どう考えても非常識な時間帯の訪問だけど、レオナードは行く気満々で上着を着ている。どうやら本気で今から会いに行くつもりみたいだ。手土産もなしでいいのかな。

「よし、リアに一声かけてから行こう」

「リア、まだ起きてるかなぁ」

「まだ起きてると思うぞ。あいつもほとんど寝ないからな」

石段を下りながら半信半疑だったけど、リアは本当に執務室で仕事を続けていた。

「やあ、ソウタ。レオナードの秘密は教えてもらえたかい」

「うん……。それよりリア、まだ仕事してるの？　倒れちゃうよ」

「あはは、大袈裟だなあ。このくらい大丈夫だよ」

リアが心配だ。せめてレオナードみたいに昼寝してくれればいいけど、日中も訓練ばかりしてるんだよね。

「リア、俺とソウタは両親に会ってくる」

「……そうか。よろしく伝えてくれ。またすぐに伺うから、と」

「ああ」

リアと別れて、僕とレオナードは手を繋ぎながら夜のレイルを歩いた。十分ほど歩くと目の前にレイル城が見えてくる。レオナードは躊躇することなく正面の立派な門の前で、門番に鍵を開けさせた。

こんな時間にお城に入ってしまって大丈夫なのかなと焦ったけれど、よく考えたらここはレオナードの実家なのか。どうやらご両親もお城に住んでいるようで、レオナードはずんずんと敷地を奥へと進んでいった。

「そういえば今はマティスさんがレイル領主だけど、ご両親は引退されたの？」

「まあ、そうだな」

寮を出てからレオナードはちょっと口数が減っている。どうにも嫌な予感がして、僕は気が進まなくなってきていた。レオナードはお城の脇の庭園のようなところを歩いていくと、垣根で囲まれた木の扉の前で立ち止まった。

「ここだ」

そう言って僕のほうを向いたレオナードの顔には、悲しみが影を落としてしまっている。

扉を開けたところには、美しく咲き誇る花々。夜のそよ風に葉音を鳴らす立派な樹木。そして、真ん中には二つのお墓があった。

ここに至る道で、なんとなくそんな気がしていた。こんな夜更けに会いに行くのも不自然だし、ご両親が健在ならばマティスさんが領主になるわけがない。目の前の光景は、悲しい現実だ。

レオナードは僕の手を引いて墓前に導くと、しゃがみ込んでお墓にかかる葉っぱを取り除いた。

「ソウタ、俺の両親だ。右が父上、左が母上。二人とも十五年前にザカリ族に殺された」

「ああ……、そうか、そうだったんだね」

僕はレオナードの隣にしゃがみ込むと、二人のお墓に手を合わせた。

「お父さんお母さん、初めまして。柏木蒼太といいます。会いに来るのが遅くなってしまって申し訳ありません……」

レオナードのご両親はどんな人だったんだろうか。レオナードとマティスさんの様子では、きっと優しい人だっただろうな。会ってみたかったな。会って色々話をしたかった。だって二人は僕の両親でもあるんだから。

「息子さんのレオナードには、とってもよくしてもらっています。僕、きっと立派に寮長を務めて息子さんのお手伝いをしますから、見守っていてください」

僕の瞳からこぼれた涙は、しばらくは止まりそうもない。隣でレオナードが僕の背中をさすってくれた。やがて空が白み太陽がその姿を現すまで、僕たちはご両親の墓前でこれまであったことを全部報告した。

僕は秘かに、レオナードのご両親に誓った。きっとレオナードとリアを僕が幸せにしてみせるって。

それが恋かどうかは分からないけど、彼らを見放すことは絶対にないと。どうかご両親の魂に僕の決意が届きますように。太陽の光で小さくなった星を見上げながら、強くそう願った。

◇◇◇

今日も王立第二騎士団寮の玄関には、団員さんたちの元気な声が響いている。

「ええー、そこをなんとか！　ね、寮長お願い！」

「こんな理由じゃ申請は通せないよ。どうしてもって言うなら、隊服を持ってきてくれる？」

「え、な、なんで？」

「ぼろぼろで着られないから新しいのが欲しいんでしょ？　どのくらいひどい状態なのか見せてね？」

「う、は、はい……」

今日は三ヶ月に一回やってくる、一斉備品点検の日だ。

備品と一口に言っても羽根ペンとかノートみたいな筆記用具の類から、団員に支給されている各種隊服、風呂場や炊事場で使うタオルや石鹸の類まで様々だ。寮生活に欠かせないありとあらゆる備品を一斉に点検して、不足があれば予算に応じて補充する……という日。

隊服は団員個人の管理で、酷い汚れや破損があれば、申請して契約している仕立て屋さんに新しく作ってもらうことになっている。

これまで備品管理はリアが行っていたのだけど、それだとあまりに負担がすごいので僕が引き継ぐ形にした。というか、リアは全然乗り気じゃなかったけど僕が無理やり彼から仕事を引っぺがしたっていうのが本当のところだ。

隊服を申請するには、専用の紙に氏名と所属部隊、申請の理由なんかを書くことになっている。申請書に僕と、レオナードかリアが署名すれば晴れて新しい隊服が作れるってわけ。

……なんだけど、どうにも団員たちの隊服申請の頻度が異様に高いんだよね。

しかも申請の理由がなんかおかしいっていうか、いつも同じっていうか。みんな必ず『隊服が傷んで修繕不可能なため』って書いてくる。

どうも怪しいなと思った僕は、申請に来た団員たちに隊服を見せてもらって確認することにした。

「……これのどこが、ぼろぼろなの？」

「よく見て寮長。裾のところが擦り切れちゃってるし、ボタンも取れちゃったんだよ」

「これまではこのほつれ具合で申請出してたの？」

「うん、副団長はいつもすぐに署名してくれたよ」

もったいないし、どう考えてもお金と布の無駄じゃない！

今後は二度とこんな無駄遣いはさせないからね！

今日、新たに滑り込みで申請に来たのは衛生部隊のディディだ。ちょっと天然でおっちょこちょいな性格で、みんなから可愛がられている。今も、僕に問い詰められているディディに、ソファに座っていた他の団員さんたちが茶々を入れてきた。

そうそう、この間から玄関にソファを置いたんだ。寮に来たお客さんにお待ちいただく時に、座ってもらう場所がなかったから。だけど今では団員みんなの談話スペースみたいになっちゃった。当初の目的とは違うけれど、僕の仕事机のすぐ前で団員たちとお喋りできるのは結構嬉しい。

そんなわけで、今も歩兵部隊のみんながソファでくつろぎながら、僕とディディのやりとりを観察中だ。

「ねえディディ、このくらいの裾のほつれはあっという間に直せるし、ボタンだってつければいいだけじゃない？」

「寮長はそう言うけれど、ぼく裁縫は苦手なんだよ。絶対変な風になっちゃう」

「まあ裁縫が苦手な人もいるだろうけど、この理由で新調するのはもったいなさすぎるね」

僕のため息に、歩兵部隊のカールが横やりを入れてきた。

「ディディ、そういう時は恋人に縫ってもらうんだよ。俺はいつもそうしてるぜ」

カールに続いて、こちらも歩兵部隊のフレッドがそうだそうだと声を上げる。

「恋人がいないなら、酒場の兄ちゃんに色目使っておねだりしてみろって」

なるほどそういう方法も……いや、それもどうなんだろう……

そういえば歩兵部隊は隊服の申請数が少ないけど、みんなよそでほつれを縫ってもらってるのか。

寮の予算節約っていう意味では素晴らしいけど、ディディにはそんな真似してほしくはないなぁ。

「よし、それじゃあ僕が直してあげるよ」

「え、寮長が？」

「うん、繕《つくろ》いは得意だしね」

「やったー！」

素直に喜んでくれるディディに、僕もなんだか嬉しくなっちゃう。

早速机の引き出しに入れておいた裁縫セットを取り出して、ボタンをつけ始める。裾のほつれもたいしたことないし、あっという間に作業は終了してしまった。

ディディに直し終わった隊服を渡してあげると、目を輝かせて喜んでくれている。僕が彼の喜びようにホクホクしていたら、ソファ組が文句を言ってきた。

「ずりーぞ、ディディ！　俺だって寮長にボタンつけてほしい！」

「そうだそうだ、一人だけ特別なんて駄目だろ！」

「二人は恋人とか酒場のお兄さんにやってもらうんじゃなかったの？」

「それとこれとは別っすよ！」

「あ、そう……僕でいいならみんなの分も直すけど」

「おっ、やったぜ！　……いってぇ！」

僕がほつれを直すってだけで大喜びする歩兵部隊のカールとフレッドの頭上に、いきなり拳骨《げんこつ》が降ってきた。拳骨《げんこつ》の主はリアだ。

「お前ら、ソウタの仕事を増やすんじゃない」

「痛えっすよ、副団長ー」

「非番だからといって騒ぎすぎだ。ちゃんと身体を休めなさい」

「副団長には言われたくない言葉っすね……」

カールがボソリと言った言葉に僕も大きく頷いたけど、リアの一睨みでそれ以上は何も言えなくなってしまった。

「リア、武具の備品点検は終わりそう？」

「今終わって、報告に来たんだ」

「もう終わったの？　相変わらず仕事が早いね」

リアには武具関係の備品点検をお願いしてある。僕は騎士の武具については全くの素人だから、これぱっかりはリアにお願いしなくちゃいけない。

「ソウタのほうはどうだい？」

「隊服の申請はもうすぐ締め切り。文房具と日用品の備品は終わってるよ。これであとは備品室の点検と買い出しだけだね」

「そうか。初めてなのにソウタは飲み込みが早いな」

「リアこそ、これを一人でやってたなんて信じられない！　今回からは僕も手伝えて嬉しいな」

「ソウタのおかげで仕事量が軽くなったよ」

笑いながら僕の頭を撫でてくれるリアの手が、温かくて気持ちいい。

「えへへ。僕、リアに頭撫でてもらうの結構好き」

「そんな可愛い顔をして……。ずっと撫でてあげたくなるよ」

リアが僕を見つめながら、優しく囁《ささや》く。リアの声と体温って不思議とホッとする。なんだか全てを預けたくなっちゃう。これが包容力ってやつなのかもしれない。

「すんませーん、公衆の面前で熱く見つめ合うのはどうかと思いまーす」

「そうだそうだ！」

カールとフレッドが茶化してきて、僕は慌ててリアから目を逸らした。危ない、今完全にリアに見惚れてた……。リアは僕から離れると、満面の笑みを浮かべて二人のほうに向き直る。

「さっき騒ぐなと言ったばかりなのに……。どうやらお前たちは、暇で仕方ないらしいな」

笑顔とは裏腹の、低い唸り声のようなリアの声に玄関が瞬時に凍りついた。

「それなら、後で二人とも私とソウタの買い出しに付き合ってもらうとしよう」

「げえっ！」

「荷物持ちが欲しかったところなんだ。体力も有り余っているようだし、ちょうどいいだろう？」

「そ、そんなー！　今日はこの後遊びに行く予定が……」

「なんだ、私たちの手伝いをするのは不満か」

リアの一言に、カールとフレッドの背筋がビシッと伸びた。

「い、いえ！　喜んでお供させていただきます！」

声こそ元気がいいが、二人とも半泣き状態だ。ちょっとだけ可哀想な気が……

「うん、分かればいい。準備をしておきなさい」

二人はしおしおと玄関を後にして二階の部屋へと戻っていった。

「二人の背中の哀愁がすごい……。そんなに今日の遊びを楽しみにしてたのかなぁ」

「あいつらは非番になると息抜きに街に出るのが常だからね。なに、少し手伝ってもらったら解放してやるさ」

「なんだ、リアったら最初からそのつもりだったんだ」

「一応二人は非番だからね。ソウタの仕事を邪魔していたから、お灸を据えたのさ」

リアは僕にこっそり耳打ちすると、いたずらっ子のような顔をしてウインクした。ぐっ、格好いいな。リアのウインクは心臓に悪い……！

「さて、私たちは備品室の点検を始めるとしようか」

「うん！」

僕とリアは連れ立って武具庫にある備品室に向かった。今日は偵察・斥候部隊が点検を手伝ってくれる手筈になっている。僕たちが部屋に入ると、十人の団員がすでに準備を整えて待っていた。

「副団長、寮長殿。こちらの準備は整っております」

僕たちの前に出てきてそう報告するのは偵察・斥候部隊長のヘンリクさんだ。彼は五十歳を半ば過ぎた熟練の騎士で、本人は「ただの死に損ないの老兵ですよ」と屈託なく笑うけど、老兵などとは思えない立派な体格の人だ。

「ヘンリク、今日の備品点検はソウタに指揮をとってもらう。私は手伝いに徹するのでそのつもりで」

「承知いたしました。寮長殿、よろしくお願い申し上げます」

ヘンリクさんは、片膝をついて僕に挨拶をしてくれた。他の団員たちも隊長にならって同じように床に膝をつく。ヘンリクさんはとってもいい人で、いつも僕に親切にしてくれる。

……なんだけど、ちょっと仰々しいというかなんというか。自分が王様にでもなったような気がして少しだけ恥ずかしい。

「なにぶん初めての備品点検なので色々とご迷惑をかけるかと思いますが、よろしくお願いします！」

僕はバイトで散々使ってきた常套句を駆使して、なんとかこの場をやり過ごした。今日は備品点検のあとに買い出しにも行かなくてはいけないから、ここで時間を使っている場合じゃない。

挨拶を早々に切り上げて、僕は早速作ったばかりの備品一覧を広げた。

備品一覧は、備品室にある六個の棚ごとに分けて作ってある。リアに話を聞くと、前はリアがたった一人で黙々と備品の数を数えていたらしい。この量を一人で点検管理するなんて、やっぱりリアはすごいよ。

でも、そのやり方はあまりにもリアに負担がかかりすぎるし、時間もかかる。以前やっていたカフェのアルバイトで備品点検の経験がある僕は、今日のために新しい備品点検の方法を密かに計画していた。偵察・斥候部隊に来てもらったのも、そのためだ。

「それではソウタ、君の好きなやり方でいいから点検の指示をお願いできるかな」

「はい！　まずは二人一組になってください」

素直に二人組を作ってくれた団員たちに一枚ずつ備品一覧を渡す。

「各組一つの棚を担当してもらいます。ここに備品一覧があるので、お互いに声を出しながら備品の名前と数を数えて紙に記していってください」

「はい！」

団員のみんなは早速声を出しながら備品を数えていく。僕はリアと組んで、一番手前の棚を担当した。リアが名前と個数を言い、僕が繰り返しながら紙に書いていく。

「麻ひも七束、くぎ三袋、接着用のにかわ二瓶……。なるほど、これならあっという間に点検が終わりそうだ」

「でしょう？　それに声に出して言うと、数え間違いとか書き間違いが少なくなるんだよ」

「それは素晴らしい。それにしても備品室がこれほど騒がしいのは初めてだよ」

各棚の前で数を数える野太い声が響いている。僕はリアと顔を見合わせて笑い合った。

「僕思うんだけど……。リアはね、一人で色々と背負いすぎなんじゃないかな」

「……そうかな」

「リアのそういうところすごく尊敬するし、頼れる騎士って感じで格好いいけどね」

「君は私をそんな風に思ってくれていたのかい？」

「うん。リアは初めて会った時からずっと、騎士の中の騎士みたいな人だなって思ってる」

「……」

リアは急に黙り込むと目の前の備品棚をじっと見つめた。僕何か変なこと言っちゃったかな……

「騎士の中の騎士、か」

「リア？」

僕の言った言葉を心に刻むように繰り返すリアの瞳に、またあの不穏な影が差し始めている。

「……そうなれたなら、どれほどいいだろうか」

僕は無性に恐ろしくなって、リアの腕を思わず掴んでしまった。今のリアは僕にはひどく不安定に感じる。目を離したら、急に僕のそばからいなくなってしまうんじゃないか。

そんな恐怖が、僕の心をざわつかせた。

「ああ、すまない。点検の途中だったね。柄にもなく考え事をしてしまった」

僕に腕を掴まれたことで我に返ったのだろう。リアが苦笑しながら謝ってくる。

「さあ、続きをしよう。早く終わらせて買い出しに行かなくてはね」

リアは気を取り直したようにそう言うと、腕を掴んでいた僕の手をそっと引き離した。

このまま僕がリアの腕を掴んでいては、仕事の邪魔になる。だから、離されただけだ。頭の中ではそうだと分かっていても、僕は自分がリアに拒絶されたような気がして仕方がなかった。

備品点検は僕の計画通りあっという間に終わった。僕はずっと心がざわついたままで、せっかくヘンリクさんが僕のやり方を褒めてくれたのに、張り付けたような笑顔でお礼を言うことしかできなかった。

備品点検を無事に終わらせた僕とリアは偵察・斥候部隊と別れて、今度は補充する品の買い出しに市場へ向かう。さっき玄関でリアに荷物持ちを仰せつかったカールとフレッドも一緒だ。底抜けに明るい二人がいるおかげで、僕の気分も少しだけ上向きになる。

それでも不安が解消されたわけじゃないから、やっぱりどこか普段と違ったのだろう。

「ソウタ、ひょっとして疲れたかい？　朝から慣れない作業の連続で大変だっただろう。少しどこかで休もうか」

寮から市場へ向かう道すがら、リアが心配そうに顔を覗き込んできた。

「え……。うん、そういえば少し疲れたかも。でも、たいしたことないから大丈夫だよ」

「そうか。……実は私も朝から働き詰めで少し疲れてしまってね。ソウタは大丈夫そうだけど、もしよかったら私の休憩に付き合ってくれないかな」

リアったら、その言い方はずるい。本当は全然疲れてないくせに……

いつもは嬉しいリアの優しさが、今は無性に怖かった。

「うん、それじゃあ……」

「ありがとう、ソウタ。どこかゆっくり座れるようなお店に入ろうか」

「……そういえば僕、まだ街のお店に入ったことないかも」

お店どころか、寮長の仕事をこなすのに精一杯でろくに外出もしていないことに気がついた。

作業服を買うために市場に行った以外はほとんど寮にいたかも。レイルのお店ってどんな感じなんだろうか。おしゃれなカフェなんかがあったりするのかな。

「えっ寮長、まだ街で遊んだことないの？」

カールが目を丸くして驚いている。フレッドに至っては口をあんぐり開けて言葉もないって感じだ。

「うん、街には一回しか行ったことないよ。ねえ、二人がいつも行ってるお店ってどんなところ？」

「え、俺らの？」

「そう、二人とも詳しそうだし、もしおすすめのお店があるなら行ってみたいな」

「いやぁ、俺らの行きつけに寮長を連れていくのはちょっとまずいというか」

「え、ひょっとしていかがわしいお店とか……」

「ち、違いますって！　いやまあ、そういう店もありますけど……あっそうだ！　今レイルで流行《はや》りの焼き菓子を出す店が近くにあるんすよ！　そこ行きましょう」

カールとフレッドは僕の隣で二人を睨みつけるリアをちらちら見やりつつ、必死でその焼き菓子がどんなに美味しいか話し始めた。

「歯触りのいい生地の上に、ちょっと酸味のある果物とクリームがのっかってるんですけどね、さっぱりしていて美味いんすよ」

「へえ、ちょっと興味あるかも。リア、せっかくだからそのお店に行ってみない？」

僕の問いかけにリアもすぐに頷いた。流行《はや》りのお店に行けることになって、ちょっと元気が出てきたかも。我ながら現金だとは思うけど。

「それじゃあ、俺は一足先に席を用意してもらっておきます！」

フレッドがそう言うや否や、颯爽と道を駆けていった。ものすごいフットワークの軽さだ……

残された僕たちはカールの案内で、ゆっくりと店に向かう。中心街へ進むにつれ人通りも増えてきて、その活気に僕の心は明るさを取り戻していく。

お目当ての店は、市場のある中心街から五百メートルほど離れた場所にあった。店先にはケーキの絵が書かれた看板が大きく掲げられている。僕たちが扉を開けて中に入ると、店主と思しき人がすぐに奥のテーブルに案内してくれた。フレッドがテーブルの前で手を振っている。

「さ、寮長も副団長も座ってください。一応焼き菓子は全員分注文してありますから、飲み物だけ決めてください」

想像以上の手際のよさを発揮するフレッドに、僕もリアも苦笑気味だ。

「お前は、騎士より接客業のほうが向いているかもしれんな」

「さっきまでソファで寝転んでた人と同一人物とは思えないよ、僕」

僕とリアの言葉に、「ニ人ともひでえ」と泣き言を言いながらも僕たちの注文をまとめてくれるフレッドは妙に頼もしい。すると、それを見ていたカールがこっそり僕たちに真実を教えてくれた。

「フレッドはここの店員を狙ってるんですよ。ほら、あそこであいつと喋ってる美人がいるでしょ」

見ると、注文をしに行ったフレッドが店員さんと親しげに話している。

「なるほどね！　へえ、フレッドはああいう人が好みなんだ」

「私たちをダシに使うとは、いい根性をしているな」

「ふふ、でもフレッド嬉しそうだし、このお店にしてよかったね。店員さんも綺麗な人だし」

リアは店員さんを一瞥《いちべつ》したけど、興味なさそうにそっぽを向いてしまった。あれ、リアはああいう感じは好みじゃないんだ。線が細くて中性的で、独特の妖艶《ようえん》な雰囲気のある人だと思うけど。

僕たちが席に戻ってきたフレッドをからかっていると、注文していた焼き菓子と飲み物が運ばれてきた。

「んーっ、美味しい！　爽やかで甘すぎないから何個でも食べられそう」

「うん、美味いな」

普段あまり甘いものを食べないリアも、これなら食べられそうだと満足そうだ。僕とリアは目を合わせて美味しいねと言い合いながら、焼き菓子を食べ進めていく。

すると突然、リアにくすくす笑われた。

「ん、なあに？」

「ソウタ、口元に焼き菓子の欠片がついているよ」

「え、どこ？」

「……ここ」

リアの顔が近づいてきて、そのまま左の口の端をぺろりと舐められてしまった。

「ちょ、ちょっとリア！」

「大丈夫だよ、店の奥の席なんて、誰も見てやしないさ」

いや、いやいや、見てるって！　さっきから店員さんもお客さんも、なんでかチラチラこっち見てるんだよ！　ほら、店中の目が僕たちに釘付けじゃないの！

「は、恥ずかしいから、次からみんなのいるところではやめて……」

「ふふ、いいよ。それじゃあ二人きりの時に思う存分味わうとしよう」

そういうことじゃなくて……でも、まあ、二人きりの時なら別にいいんだけど、さ……

「ああ、お願いだからそんなに真っ赤にならないで。実はあんまり店の者たちが君に釘付けになっているものだから、つい牽制したくなって、ね」

「……牽制なんかしなくたって、僕は他の人のことを好きになったりしないと思うよ」

「君は困った子だね……。こんなに私を狂わせるんだから」

も、もうだめ……、リアの色気攻撃がすごい。もう、さっきまでの不穏な雰囲気はどこに行っちゃったんだよー。やっぱり僕の気のせいだったかなぁ。

「はあーあ、もうやってらんねえっすよ」

「俺もフレッドに同感。なんで非番の日にまで見せつけられなきゃいけないんだよー」

カールとフレッドがテーブルに突っ伏してしまった。そうだよね、二人とも本当なら遊ぶつもりだったんだもんね……なんかごめん。でも、おかげでさっきまでの心のざわつきはすっかりなくなった。やっぱり僕の気のせいだったみたいだ。リアもすっかりいつも通りだ。

というわけで、気を取り直して備品の買い出しに行こう！　変なところを見られちゃって、さすがにこのお店にはいづらいというのもあるけど。

僕たちは会計を済ませると、再び市場に向かって歩き出す。

「そういえば備品って、買うお店が決まっているの？」

「衛生用品や武具、隊服なんかは決まった専門店に発注して寮に送ってもらっている。文房具、日用品の類は決まっていないから、その都度買い出しだな」

「ふうん、それならなるべく安い店で買ったほうがいいよね」

「え……。ソウタ、まさか作業着を買った時みたいに店を回るつもりかい？」

「もちろん！　寮の予算なんだからなるべく節約しないと。いざという時のために少しでも貯金しておいたほうがいいでしょ？」

「あ、あはは……そう、だね……」

リアの顔色が心なしか悪いけど、大丈夫かな。カールもフレッドも、リアの異変に気がついたみたいだ。

「副団長、大丈夫っすか？　体調でも悪いとか？」

「いや、大丈夫だ。ちょっと古傷が……。お前たちもそのうち分かる」

「はあ……」

三人が僕に隠れてこそこそ喋っているけど、なんだろうな。まあいいか。とにかく久しぶりの市場だ！　今日も激安の掘り出し物を探し当てよう！

市場に着いてすぐ、僕たちは銀行に向かった。備品を買うお金を下ろすためだ。銀行といっても僕の知る銀行とはちょっと勝手が違っている。

口座があるわけではなくて、国で発行された小切手みたいな紙を見せると、そこに書かれた金額を現金に変えてくれるんだ。寮長の給料もこの小切手で支払われている。

リアによると、今回の予算は文房具と日用品だけでだいたい三万デールらしい。

……使いすぎじゃない？

絶対無駄遣いしてるなと確信した僕は、事前に去年の備品補充報告書をリアに見せてもらった。

それを見ると購入数はおかしくない。でも、いくつか明らかに法外な値段の商品を買っていた。

僕だって何も全てを安価な商品にしろって言うつもりはない。何しろ王立と名のつく騎士団の寮だ。多少の見栄えはものによっては必要だと思う。

……でもさ、外履きの泥を落とすための布に五十デール——五千円もかける必要ある？

それからずっと思っていたんだけど、羽根ペンの値段が異様に高い。しかも書き心地の問題とかではなく単に羽根の形の違いだけ。綺麗に整った羽根や、光沢のある羽根だと値段が上がるらしい。

ちょこっとメモするだけの羽根ペンは別に最高級品じゃなくたっていいはずだ。

「さて、そしたらまずは外靴を拭く布だけど、これはもう雑巾《ぞうきん》でいいんじゃない？　この市場で一番安くて、ちゃんと泥を落とせる素材の布を探します」

「ああ、まあたしかに布自体は高級である必要はないが……。探すのはかなり手間だよ？」

「手間を惜しんでちゃ、節約なんてできません！」

リアは僕の気合いに押され気味だったけど、最後はちゃんと承知してくれた。

「……分かった。予算をきっちり管理したい気持ちがあるのはとてもいいことだと思う。私も弱音を吐かずに最後まで手伝おう」

「ありがとう、リア！」

若干大袈裟に気合いを込めてそう宣言したリアに、カールとフレッドは不思議な顔をしている。

「え、そんな大変じゃなくないっすか？　安い布を探しゃいいんすよね」

「非番のところ申し訳ないんだけど、二人もちょっとだけ手伝ってくれる？」

「もちろん、四人で手分けすれば速攻で終わるっしょ」

「うん！　それじゃあ早速調査に行こう！」

僕は張り切って、三人を連れて市場の入り口付近にある雑貨屋の屋台を見に行った。

いくつかの屋台を調査して、それぞれの値段と布の品質を確認する。

「うーん、ここの布は安いけど薄いからすぐに穴が開いちゃいそうだな。同じ値段で厚みのある布がいいんだけど」

「いや、寮長、薄いっすけど使い勝手はよさそうじゃない？　これにしようよ！」

「ダメだよカール。寮の六十人が毎日靴を拭くんだよ？　厚みがないと絶対すぐダメになっちゃう。安いからって安易に買ったら絶対に後悔するんだから」

「まじかよ……。まだ探すんすか？」

「まだ始まったばっかりだよ？　弱音を吐かないで頑張ろう！」

「うへぇ……」

おかしな返事をするカールはもうギブアップ寸前のようだ。

報告書に使う紙とか、高級羽根ペン、トイレットペーパーとかティッシュペーパー代わりの柔らかな紙。そういった類のお金が多少かかっても仕方ない備品は、市場を歩き回るついでに着々と買い揃えている。

だから買い出しは布と消耗品用の羽根ペンさえ見つかればほとんど終わりだ。

フレッドは店の外で、すでに買った備品のたっぷり入った袋を担いで無言で待ってくれている。心なしか頬がげっそりしているけど大丈夫かな。

「ソウタ、あっちに布を扱う店がありそうだよ」

僕が布を物色している間に、リアは先回りして他の店を確認してくれている。さすがはリア、本当に頼りになるなあ。カールとフレッドも、さっきの元気を取り戻して頑張ってほしい！

「ありがとうリア、じゃあそっちも見てみよう！」

「ああ。ところでカールとフレッドは大丈夫か？」

リアの問いかけに、二人はすかさずリアに縋《すが》りついた。

「も、もう無理っす！」

「あとどれだけ探し回ればいいんですかぁ。俺、もう目の前が霞《かす》んできた……」

二人の弱音にリアもさすがに動揺したようだ。

「ちょっとお灸を据えるつもりだったんだが……。二人にはソウタとの買い物はちょっと過酷すぎたかな」

力なく頷く二人は、先に寮に帰ってもらうことにした。買ってある備品の袋も一緒に持って帰ってもらう。四人で市場中央にある大きな噴水のところまで出た。

幅の広い通りには荷馬車が頻繁に行き交い、市場でも最も人通りが多い場所だ。北に進む道を歩けば五分ほどで寮に着く。

「この袋、かなり重いけど大丈夫っすか？」

「荷物を運ぶくらい大丈夫っす。永遠に市場をさまよう地獄に比べたらなんてことないっすよ」

「そんなに大変だった？　二人とも付き合わせちゃってごめんね」

「いやいや、寮長とこうやって一緒にいるのは楽しかったよ。今度は買い物抜きで遊ぼうよ！」

「うん、そうだね！」

「それじゃあ副団長、俺らは先に失礼します」

二人がリアに挨拶をしたというのに、リアは無言で二人とは別の方向に目を向けていた。

顔つきが険しい。カールとフレッドも気がついたのか、さっきまでののんびりした態度は途端になりを潜めて真面目な顔つきになる。

「副団長、何かありましたか」

「先ほどから不穏な気配がする」

「賊が検問をくぐり抜けましたかね」

レイルの街には東西南北にそれぞれ検問所が置かれている。犯罪者や素行の悪い商人などは検問を抜けることができないが、時折すり抜ける輩もいると、前にも教えてもらっていた。

「ソウタ、悪いが備品の買い出しは中止しよう。二人と寮に戻ってくれ」

「うん。リアはどうするの？」

「気配を追って賊を捕まえる。大丈夫、相手はおそらく一人だ」

「分かった。でも、気をつけて……」

僕がリアから離れてカールとフレッドのほうに行きかけた瞬間、すぐ横の通りで馬のいななきが聞こえた。続いて突然鳴り響いた異様な音にびっくりして通りを振り返った僕の前に、荷馬車の荷台が迫ってくる。

「え……？」

頑丈な木製の荷台に山のように積まれていた何十個もの木箱が、荷台もろとも僕を目がけて崩れ落ちてくるのを、どこか他人事のように眺めていた。

「ソウタ!!」

リアが僕の名前を叫ぶ。逃げなくちゃと頭では分かっているのに、なぜだか足はびくとも動かない。

ようやく命の危険を感じた時には、もう荷馬車から逃げられない状況だった。僕は目をつぶりながら、腕で自分の頭をなんとか守ろうとした。

――数秒後、荷馬車が地面に叩きつけられる音――しかし身体のどこも痛くなかった。温かくて柔らかなものに身体ごとすっぽりと守られている。誰かの鼓動が、どくどくとやけに近くで聞こえてきた。

はっと目を開けると、目の前には鍛え上げられたリアの胸がある。リアが間一髪で僕に飛びついて、自らを盾にして荷馬車から守ってくれたことはすぐに分かった。そのおかげで、僕は無傷だ。

……でも、リアは——

「リア！」

叫びながらリアの顔を仰ぎ見ると、彼は少し苦しげに眉を顰《ひそ》めていたが僕を見て安堵したようだった。

「……無事か、ソウタ」

「僕なんかよりリアが！」

「このくらい、大丈夫だよ」

リアは僕を抱えながら勢いよく起き上がった。

僕たちの周辺には、馬車の荷台が地面に当たった衝撃で粉々になった木片が散乱している。荷馬車を引いていた馬は横に倒れたまま、興奮して暴れていた。御者の人が近くに座り込んでいたが、見た感じ命に別状はなさそうだ。

カールとフレッドが御者の人を介抱しながら、僕たちの様子を窺っている。僕は大丈夫と伝えるために、リアに抱えられながら彼らに向かって手を上げた。二人に僕の意図が伝わったようで、二人は大きく頷くと御者の介抱を続ける。

「……リア、身体は本当に大丈夫？」

僕がそう問いかけたもののリアは返事をせずに、ずっと北側の通りのあたりを凝視していた。通りを見つめるリアの顔つきは険しい。しばらくして御者の介抱を終えたカールとフレッドが、僕たちのところに駆けてきた。

「副団長、寮長、お怪我は？」

「僕は大丈夫。でも、リアは……」

二人が合流しても、リアはずっと北の通りを見つめたままだ。二人も不審に思ったのかリアの視線を追っていたが、しばらくしてはっとした顔をした。

「あそこでこちらを見つめる男、何者でしょう」

「副団長、追いますか？」

「……いや、この距離では間に合わん」

三人はどうやら、北側の通りで誰かを見つけたみたいだ。

「カール、フレッド。お前たちにソウタを預けていいか？」

「はい、もちろんです。副団長はどうなさいますか。背中のお怪我は……」

「たいしたことはない。私はここの後始末をする」

カールとフレッドに指示を出すリアの顔に、再びあの暗い影がまとわりついていた。

だめだ、僕は今リアと離れてはいけない。僕を抱えているこの腕に必死でしがみついて、僕もここに残らなくっちゃ。

でも、リアは僕の身体を引き剥がして、カールに預けてしまった。あの時と同じだ。備品室で手を優しく払われた時と同じように、リアは僕がそばにいることを拒否していた。

「リア！　僕は平気だ！　リアと一緒にここに残る！」

カールに抱えられた腕を払いのけようともがきながら、リアに必死で訴えた。

……それなのに、リアは僕を見ようともしない。

「カール、フレッド、全速力で寮に戻れ。ソウタを一人にしてはいけない」

「はい！」

カールとフレッドは一礼すると、ものすごい速さでその場を離れていく。僕は何度も嫌だと叫びながらリアの名前を呼んだが、結局リアが振り返ることはなかった。

◇◇◇

ソウタと備品室で一斉点検を終わらせてから、市場に不足している備品の買い出しに行くことにした。どうやらソウタは備品についても、最安値の掘り出し物を見つけて購入する気らしい。作業着の時も、付き合うのはかなり大変だったんだが……。それでもソウタが満足するなら、それでいい。この子が屈託なく笑ってくれるなら、それだけで私も幸せだ。

カールとフレッドは最初こそ余裕の表情だったが、すでにぐったりとしてしまっている。非番のところを付き合わせたので、そろそろ解放してやることにした。これに懲りて、あまりソウタをからかいすぎないようにしてくれればいいのだが。歩兵部隊に関しては隊長のセレスティーノがあの調子だから、すぐには難しいかもしれない。

私とソウタは、荷物を持って先に帰る二人を市場中央の噴水まで見送りに来た。その時、どこからか異様な雰囲気を感知して、身体が自然と戦闘態勢に入る。人通りの多いこの場所で、誰かの視線が私の全身に突き刺さる感覚がした。

どこからかよからぬ者が紛れ込んでしまったようだ。私は神経を集中して通りの反対側、北側付近を凝視した。さすがに気がついたのか、カールとフレッドも緊張感を携えてあたりに気を配り始める。私はすぐにソウタの安全を考えて、買い出しを中止することにした。万が一にも、巻き込まれるようなことがあってはいけない。

「ソウタ、悪いが備品の買い出しは中止しよう。今から二人と寮に戻ってくれ」

「うん。リアはどうするの？」

「気配を追って賊を捕まえる。大丈夫、相手はおそらく一人だ」

ソウタは心配そうだったが、素直に私の提案を受け入れてくれた。気をつけて、と気遣うような顔で私を見つめるソウタに、私の心がかき乱される。

そんな顔をされると、つい身体を引き寄せて口付けをしたくなってしまう。本当は私だって、ソウタのそばにいたい。だが、賊がいる以上そうするわけには……。いや、それともこの場はカールとフレッドに任せて私がソウタを守ろうか。

そんな考えが、私の頭を駆け巡る。これまでの自分だったら、どんなことがあろうとも賊を捉えるという任務を遂行したはずだ。それなのに、少しでもソウタが絡むと、私の心はこれまでにない選択肢を選びたがってしまう。

私はひょっとして頭がおかしくなってしまったのではないか――

ふと考えたその瞬間、私は気を抜いてしまった。ソウタのことばかりを考えていて、ソウタ自身に危険が迫っていることを事前に察知できなかったのだ。気がついた時には、ソウタのすぐ目の前で荷馬車が横転していた。このままだと、彼が荷台の下敷きになってしまう。

「ソウタ‼」

私は慌ててソウタの名前を叫んだが、彼は恐怖で身体が動かないようだった。必死で名前を呼びながらソウタに抱きつき、荷馬車から彼を守った。

私は自分の愚かさに絶望した。なんと愚かなのだろうか。一瞬とはいえ、自分がソウタと共にいたいという欲望を叶えようとしてしまった。その緩みが、危うくソウタに傷を負わせるところだったのだ。

だが次の瞬間、別の恐怖が私を襲うことになる。荷馬車からソウタを救い出した後、私はまたしても自分に向けられた鋭い視線を、その身に感じて振り返った。目を凝らすと、北側の通りの奥で、帽子をまぶかに被った男がこちらをじっと見つめている。少しして、その男がゆっくりと帽子を取ってこちらににやりと笑ってみせた。

遠くからでも容易に判別できる、青い髪。間違いない、あれはザカリ族だ。

私の父とも言える司教を目の前で殺し、レオナードの両親を手にかけた憎き相手。ザカリ族の男は再び帽子を被ると、口元に小さな筒を当てた。……吹き矢か！

案の定、小さな針が私の喉元目がけて飛んでくる。すぐさま右手で掴み、男を睨み返す。これは私への警告だ。いつでも命を狙えるという、奴らからの挑戦状だと受け取った。

同時に、私の周囲の者たちにも危険が迫っていることを示している。レオナードや団員たちは日頃から訓練を受けているので大丈夫だ。だが、ソウタは……

私の腹の底から恐怖が込み上がってくる。

私はすぐにカールとフレッドに、ソウタを連れて寮に駆け戻るよう指示を出した。ソウタは何かを叫んでいたが、今の私の耳には入ってこない。荷馬車を引いていた馬に近づき首元を覗き込むと、さっき私めがけて飛んできたのと同じ針が刺さっていた。やはり、この荷馬車の横転は先ほどのザカリ族が仕掛けたことは明らかだ。

「ソウタを狙ったのか……」

その事実に、私の目の前が真っ暗になる。暗闇の先で、十五年前の悪夢が蘇っていた。私は一度、自分のせいで大切な人たちを目の前で失った。もしも、この先ソウタを失うようなことがあれば、もはや私は生きてはいけない。ソウタが私のそばにいては、今日のように危険が及んでしまう。

それを防ぐには、あの子から離れるのが一番だろう。だが、今の私に果たしてそれができるだろうか。ソウタがそばにいない生活など、考えただけで発狂しそうだ。だが、やらなければ駄目だ。

——己を律して、感情を抑え込むんだ。全ては、ソウタのために……

第四章　嵐の夜

このところ、レイルは霧雨が続いている。はじめは地面をしっとりと濡らす程度だったけれど、さすがに何日も続けば敷地内のそこかしこに小さな水たまりができてしまっていた。

僕はいつもの通り玄関に設けた作業用の机で、団員さんたちの隊服のほつれを直している。この時間の玄関は静かで、机の前でうたた寝するミュカの呼吸音が、小さく聞こえるだけ。

しばらくして玄関の扉のほうから複数の足音が聞こえてきた。そろそろ午後の訓練が終わったのだろうか。ミュカも足音に気がついたのか、目を開けて玄関のほうに頭を向けている。

「ミュカ、団員のみんなにお帰りなさいを言いに行こうか」

「ギューーッ」

二人で玄関扉を開けに行く。玄関前ではちょうど騎馬部隊のみんなが汚れた靴裏を布で拭いているところだった。

「お帰りなさい！」

僕が声をかけても無言で頷くばかりで返事はないけど、はにかんだように笑ってくれるから無視されているわけじゃない。ジョシュアだけが僕にただいま、と声をかけてくれた。

「おかえり、ジョシュア。あれ、リアは一緒じゃないの？」

「……一緒だったけど、どっか行っちゃった」

「そっか……」

ジョシュアに改めてお疲れ様と言って別れてから、僕はミュカの首に顔を埋めながら大きなため息をついた。

「ねえミュカ、やっぱりリアは僕を避けてるよね」

「キュイキュイ」

ミュカが心配そうに僕をつついてくれるけど、心の傷が深すぎて簡単には立ち直れそうにない。

先日の備品調達の際に、荷馬車が横転する事故に巻き込まれた僕をリアが助けてくれた。その後から、僕はリアとろくに顔を合わせていない。

もともと朝から晩まで訓練をすることが多いリアだけど、それでもいつもは合間に声をかけに来てくれた。食事だって一緒に取ったし、夜だって僕が寝付くまでレオナードと一緒に寝台にいてくれた。

それなのに、もう三週間も会話もしていなければ顔も見ていない。僕が訓練場に顔を出しても、リアはいつの間にか姿を消してしまうし、執務室にも姿がない。

そもそもリアが僕を避けるようになる前から、彼の態度は少し変だった。どこか思い詰めたような顔を見せていたし、僕にはよく分からないことを呟く時もあった。

もしも悩みがあるなら、きっといつか打ち明けてくれるだろうと、どこかで楽観視していたのも事実だ。だって、僕はリアの伴侶なんだ。誰にも言えないような悩みでも、僕は特別だろうって根拠もない自信があった。

「……もしかしたら僕はリアにとっての特別なんかじゃなかったのかな」

自分でそう言って、さらに傷口が広がってしまった。もう、頭の中がぐちゃぐちゃだ。ミュカが大人しくしていてくれるのをいいことに、僕はミュカのふかふかの羽に顔を埋めて心の傷に耐えた。

その日は食欲も湧かなくて、夕飯はパスしてしまった。早々にお風呂を済ませて寝台の中に潜り込む。寝台の脇でミュカが気遣わしげに顔を近づけてくれるけど、今はあんまりうまく笑えないや。

布団の中からミュカの頭を撫でていたら、レオナードが寮長室に戻ってきた。

「おい、体調でも悪いのか？」

怖い顔をしながらズンズンと寝台に近づくと、僕の顔を覗き込む。

「レオナード」

「熱があるのか？」

「ううん、大丈夫。ちょっと疲れちゃっただけだよ」

レオナードは僕の言葉を全然信じてないみたいで、怪訝《けげん》な顔をしている。

「ミュカ、ソウタはずっとこんな感じか？」

「ギュイギュイ」

「そうか……よし、ちょっと風呂に入ってくる。このままだと夜中に腹が減るぞ」

レオナードが僕に何かを投げてくる。慌てて受け取ると、投げて寄越したのは小さな袋だった。

「レオナード、これなあに？」

「炒った豆」

「お豆？」

「ちょっとでも食べれば腹の足しにはなる。俺が風呂から出てくるまでに十粒は食えよ」

レオナードはそれだけ言うと、洗面室に消えていった。

「お豆だって、ミュカ……。これ美味しいのかなぁ」

「ギギ」

身体を起こして恐る恐る袋を開けると、大豆みたいな豆がたくさん入っていた。香ばしい香りがする。節分の時に投げるお豆みたいだ。いい香りに釣られて、お腹が控えめに鳴った。

「……せっかくレオナードがくれたんだもんね。一粒だけ」

袋から一粒取り出して口に入れる。お豆を炒っただけだと思っていたけれど、塩味がついていた。おつまみみたいで美味しい。

僕はレオナードに言われるまでもなく、お豆をポリポリかじった。ミュカはお豆には興味がないみたいで、窓際まで移動するとそのまま羽根を閉じて寝る体勢に入っている。外が雨だからか、ミュカは最近、ずっと寮長室で寝ている。

しばらくしてお風呂から上がってきたレオナードが、お豆をもぐもぐしている僕を見て満足げに笑った。

「ちょっとは元気出たか？」

「レオナード、このお豆美味しいね！」

「美味いだろう？　長期遠征に出る時はこの豆を携帯するんだ。日持ちも腹持ちもするからな」

「僕でも作れるかな」

「俺に作れるんだ、お前も作れるさ」

「えっ！　これレオナードが作ったの？」

「なんだよ、このくらいの料理なら俺だって作れるぜ」

レオナードは寝台に腰掛けると、僕の手からお豆を一粒取ってポイッと口に入れた。

「やっぱり出来立ては美味いな」

「……ひょっとして僕のために作ってくれた？」

「当たり前だろう。食欲がなくてもこの豆を少し食べておけばなんとかなる」

レオナードは僕が夕飯をパスしたのを知って、わざわざお豆を炒ってくれたようだ。さっきまでの悶々としていた心が、ふんわりと軽くなった。

「で、何があったんだ？　体調不良ってわけじゃないだろ」

「うん……実は」

僕は、リアに避けられてる、という話をレオナードに相談した。本当はこの件はレオナードには秘密にしておくつもりだった。ただでさえ忙しいのに僕のことで煩わせちゃいけないから。

それに、多分レオナードも気づいてると思うんだよね、リアの様子がおかしいことに。

「多分、備品点検のあたりからリアの様子がちょっとおかしくて。でも、なんでリアが僕を避けるのか理由がさっぱり分からないんだ」

「……まあ、あいつは考え込む癖があるからな。自分のせいじゃねえのに、自分を無駄に責めたりするんだよ。多分、荷馬車が倒れたのだって自分のせいだって思ってるんじゃねえのか」

「僕はリアに助けてもらって無傷だし。あれは偶然の事故だよね……」

リアが僕を助けた後で、北側の通りにいる誰かをじっと見つめていたのを思い出したけど、それと荷馬車の横転に関係があるか分からない。

もし関係があるならリアの口からレオナードに言っているだろうから、僕がそのことを口にするのはやめた。おかしなことを言って、事態をこじらせてはいけない。

「もし心配だっていうなら俺がリアに聞いてやってもいいぜ」

レオナードにそう言われて、僕は即座に首を横に振った。レオナードには相談に乗ってもらいたいけど、行動してほしいわけじゃない。

「ううん。僕、自分の力で解決したいんだ。リアにも何か理由があるんだろうし」

レオナードはちょっと意外そうな顔をしたけれど、クスクス笑いながら頷いてくれた。

「てっきり奴と話をしてくれと言われるのかと思ったが……いいぜ。俺はこの件には口出ししない。ソウタ、お前自身で解決してみせろ」

「うん」

「お前は見かけによらず強いな」

レオナードが僕の髪をくしゃりと撫でる。

「ただし、困ったら必ず相談しろ。悩みを聞いてやるのも、伴侶の役目だからな」

「うん、そうする！　……えへへ」

「ん？　何笑ってんだよ」

「ずっと思ってたんだけどさ、レオナードって口は悪いけど優しいよね」

「んー？　ソウタは優しい男が好きか？」

あ、レオナードの顔がニヤニヤしてる。これは変なスイッチが入っちゃった時の顔です！

「え、い、いや、そりゃあ優しいに越したことはないっていうか」

「ふうん。それじゃあ、今からもっと優しくしてやろうか」

レオナードが僕の上にのしかかってきた。ていうかこの人、お風呂上がりで裸なんですけどぉ！

ちょ、近い近い！　レオナードの綺麗な灰色の瞳が目の前だ。

「ふ、ふえぇ」

「ぶっ、なんつう声出してんだよ。冗談だから安心しろ」

レオナードは笑いながら僕の鼻の先にチュッと軽くキスしてから、身体を離して隣に潜り込んだ。

「よし、今日はもう寝ようぜ」

「うん。……ねえレオナード、寝巻き着ないの？」

「んあ？　面倒くせえよ」

「あのさ……。寝るまでぎゅってしててもいい？」

「……いいぜ」

下着一枚のままのレオナードが僕を抱き寄せておやすみ、と耳元で囁《ささや》いてくる。レオナードからは石鹸のいい香りがしている。しっとりとした肌の感触に、どういうわけか胸が詰まる。

少し前までは、三人で一緒に寝ていたのに、リアが僕を避け始めてからは彼がこの寝台に来ることは一度もなかった。いつまでも冷たいままの寝台の左側が、悲しくてたまらない。

レオナードが僕の頭を優しく撫でてくれた。泣いているのを悟られないように、僕はレオナードの胸に顔を押し付けて眠った。


「団長！」

数日後。今日も小雨のちらつく午後、朝からレイル城に用事で出かけていたダグとジョシュアが帰寮早々大きな声を出しながら寮長室の扉を開けた。二人とも、ものすごい取り乱している。

ダグはともかく、ジョシュアの取り乱した姿は珍しい。僕と一緒に寮長室でお茶を飲んでいたレオナードも何事かと目を瞠《みは》っている。

「どうしたお前ら、えらい慌てっぷりだな」

「嵐です、団長！　昨晩レイル城に報告が届いたそうです。すでに南方湾岸がかなりの被害を受けているみたいで。数日のうちにこっちに来ます」

「予測はいつだ」

「レイル城の見立てだと三日後です」

ダグの報告に、レオナードも真剣な表情で指示を出す。

「ジョシュア、寮にいる団員を至急食堂に集めてくれ。部隊長にはすぐに寮に来るよう使いを立てろ」

「……了解」

ジョシュアが部屋を去った後、レオナードはリアの執務室に勝手に入り書類を手にばたばたと戻ってきた。

「南方の被害状況は？」

「風により失われた住宅は五百世帯強。雨による浸水被害は三千世帯。作物の被害はまだ分かりませんが、甚大だと推測されます」

「かなり強い嵐だな」

「南方からの報告書には、近年稀にみる強さだと書いてありました」

「そうか……。よし、人員配置について部隊長たちと話し合おう」

二人の会話から緊迫した状態が見て取れる。

嵐って、台風みたいなものかな？　だとしたら僕にも少しくらいは役に立てることがあるかもしれない。なんといってもボロボロのアパートで何度も台風をしのいできたんだから！

「ソウタ、時間がないから食堂に行きながら説明する。この国では毎年小雨のちらつく時期に嵐が来る。南の海で発生する嵐だ。例年、南方の被害状況から規模を推測して備えをする。領民の安全確保も騎士団の務めだ」

「はい！　僕のいたところにも同じような現象があったから、なんとなく状況は分かった」

「よし、なら話は早いな。ヴァンダリーフ義兄上率いるレイル城専任護衛団、中央区の区長や青年

団と連携を取って街を守る。騎士団寮が指揮系統をまとめる中枢になる。今年からは指揮の補佐を

ソウタに任せる」

「分かった！」

「もちろん俺とリアもいるから心配はいらない。頼んだぜ」

「はい！」

本格的に騎士団の実務補佐を任されるのはこれが初めてだ。掃除とか備品管理は得意だけど、補佐が務まるか不安はある。でも、せっかくレオナードが任せてくれたんだ。ちゃんとやり遂げたい。寮のみんなを助けるって意味では普段と変わらないはず。

それにしても、嵐の話をするみんなはかなり緊迫していた。どれほどの威力なのか少し心配だ。

報告を受けた翌日から、徐々に風が強くなってきた。小雨は時折大粒に変わり降ったり止んだりを繰り返している。寮の玄関の真ん中には昨日の夜から大きな机が置かれて、レイルの街の地図が広げられていた。

リアは備品室と武具庫を行き来しながら嵐対策に必要なものを片っ端から用意していて、玄関には顔を見せていない。僕は今日もまたリアには会えずじまいだ。こんな非常事態でも、僕と会わないようにしているのかと思うと、もう本当に、号泣してしまいそうだ。

僕は出かかった涙を引っ込めようとお腹に力を入れる。今は僕自身の心配をしている場合じゃない。まずはちゃんと任務を果たして、リアとのことはそれからだ。

「歩兵部隊は三人の班で配置する。中央区第一から第十区画に第一班、班長はコリン。第十一から

第二十区画は第二班、班長ジェイビス……」

僕はレオナードの班分けをメモして、地図の上に置いていく。頭上には鳩を少し大きくしたような鳥が無数に飛び交っていて、各地からの報告文書を足にくくりつけてやってきては、こちらからのメモを持って飛び出していく。車も自転車もないこの世界では、早く手紙を渡したいなら一番いいのは鳥なのだ。ミュカもレイル城にいる護衛団との連絡で何度も城と寮を往復していた。

「ソウタ、備品の不足について各区画から報告はあるか？」

レオナードに聞かれて、僕は鳥たちから集めた報告書を読み上げた。

「えっと、南地区で三十世帯分の板とくぎが不足。北地区は食料備蓄が百二十世帯分の不足。さらに北地区では高齢者避難が遅れていて約五十人が自宅待機……」

「なるほど。各班に備品を持たせてくれ。高齢者の避難はヴァンダリーフ義兄上にお願いするか……。ソウタ、至急レイル城に鳥を飛ばすぞ」

レオナードは次から次へとやってくる報告に、すぐさま指示を出していく。こんな非常事態の最中だけど、僕は改めてレオナードの団長としての手腕に舌を巻いた。

この人はやっぱり、人の上に立つ人なんだなと改めて思う。

「ソウタ、まだまだこれからが本番だ。頑張れそうか？」

「うん、大丈夫！」

勢い込んでレオナードに頷いたものの、実際には目が回りそうなほどの忙しさだった。

嵐に備えて次々に各方面へと送られる指示。レイルの街のあちこちから飛んで来る報告。僕は必死にそれらをメモにまとめてレオナードに渡していく。騎士団と連携しているレイル城の護衛団や、有志で結成される青年団とも連絡を密に取っていた。

しばらくして高齢者の避難をお願いしていたヴァンダリーフさんが直接、寮に確認にやってきた。領主で伴侶のマティスさんも一緒だ。

「レオナード、状況をすり合わせしたい」

「義兄上、仰っていただければ俺のほうから伺ったのに……」

「いや、ここが指揮系統の中心だ。お前は動いてはならん」

ヴァンダリーフさんとレオナードが早速話し合う中、マティスさんが僕に声をかけてくれた。

「私は君のことが心配で様子を見に来たんだけど……大丈夫そうかい？」

「えっ、そんな僕なんかのためにわざわざ……」

「当たり前だろう、君は私たちの家族なんだよ？　嵐も初めてだろうし、何か困ったことがあればレオナードとリアに甘えなさい。いいね？」

「はい！」

「ところで、リアはどこだい？」

僕はぎくっと、肩を震わせた。

「あ……、リアなら武具庫にいます」

僕の異変に気づいたかどうかは分からないけれど、マティスさんが僕に微笑んだ。

「そう……。ソウタ、ちょっとリアを呼んできてくれるかい？」

「僕が、ですか?」

「うん、みんな忙しいから。お願いね」

マティスさんにそう言われてしまっては、従うほかはない。僕は重い足取りで、リアのいる武具庫の前までやってきた。一応、扉をノックして、外から声をかけてみる。

「あの、リア……。今ちょっといい?」

僕の声が届いているのかいないのか、部屋から返事はない。

「リア! 今ちょっと中に入ってもいい?」

「……悪いが、今は忙しい」

少し大きめの声でもう一度そう言ったら、中から、リアの声が返ってきた。忙しいから無理だと言われても、こっちには伝えなくちゃいけない用事がある。

「でも、あの……伝言があって」

「……」

無言だ。もう、話すつもりもないということだろうか。

僕、もう泣いてもいいかな。でも泣いたって事態は変わらないのも分かってる。

僕は大きく息を吸うと、力いっぱい武具庫の扉を開けた。中ではリアが一人、整然と並べられた武具の前に立ちながら、こちらを見つめていた。

……いや、リアは僕の顔を見ていない。

顔はこちらを向いているけど、視線は僕の足元だった。普段は精悍な顔つきだが、頬はややこけていて、どういうわけか悲愴感のようなものが滲み出ている。

「はあ……。今、忙しいから今度にしてくれ」

僕の顔を見もせずに、ため息まじりに呟くリアに、僕の心臓は押し潰されそうだ。どうしてここまで僕を邪険にするんだろうか。

僕はグッと両手に握り拳を作ってから、大声でマティスさんからの伝言を伝えた。

「マティスさんが玄関で待ってるからすぐ来てって！　それだけ！」

扉をバタンと閉めて、走って玄関に帰った。

リアなんて……、リアなんてもう知らないんだから！

僕は玄関に戻ると、マティスさんに伝えた旨を報告してから玄関奥に置いてある自分の仕事机に座った。しばらくしてリアが玄関に姿を現したけど、僕は自分から見つめることもしなければ、みんなのいる中央の机にも近づかなかった。

僕はさも仕事中ですみたいな顔をしてノートを取り出してページをめくる。

リアはどうやらマティスさんに言われて、そのまま玄関に残るみたいだった。マティスさんとヴァンダリーフさんが寮を後にしても、武具庫に戻る気配がない。レオナードと何か話をした後で、玄関の隅にいる騎馬部隊と何やら話をしていた。

気がついたらすでに日はとっぷりと暮れて、あたりには幕を張ったような暗闇が訪れている。寮の外では風が扉をガタガタと揺らし、時折ものすごい勢いで雨が打ち付けた。すでに僕が日本で体験してきた台風と同じか、それ以上の風と雨だ。それにもかかわらず、嵐のピークは明日夜半だというのだから、その威力は計り知れない。

明日は本格的に団員全員が先ほど指示された場所に赴《おもむ》き、嵐から街を守ることになる。部隊長や班長以外の団員はすでに明日に向けて眠りについていた。

と言っても、自分の部屋ではない。玄関で雑魚寝だ。すでにほとんどの団員が冷たい床に座って、簡単な毛布をかけて寝ている。いつでも出動できるよう、隊服の上に雨具を着て、靴も履いたままだ。リアもまた、玄関の隅で眠りについているようだった。

「あんな状態でみんなちゃんと眠れるのかな……」

僕の小さな呟きに、隣で僕の書いたメモを確認していたレオナードが頼もしく頷いた。

「あいつらはこういう時のために毎日訓練してるんだ、このくらいなんてことないさ」

「そっか」

「実地訓練の時なんかは三日くらいほとんど寝ないで森の中をさまようからな。平らな場所で朝まで寝られるなんて幸せだ」

「騎士団のみんなってやっぱりすごいんだなぁ。毎日訓練頑張ってるもんね。僕ももっと頑張らなくっちゃ」

「お前は十分頑張ってるだろ？　この文書だってよくまとまってるぜ。明日と明後日はもっと忙しくなるぞ。お前は部屋に戻ってゆっくり休め」

「レオナードは？」

「俺はここで最終確認だ」

「じゃあ、僕もここにいるよ」

「でも疲れただろ」

「そりゃあ正直に言っちゃえば疲れてるけど、みんなのほうが疲れてるでしょう？　僕だけ部屋でぐっすり寝るなんてことしたくないよ。それに、みんなの仕事を間近で見ていて思ったんだ」

「うん？」

「みんなレイルの人たちのために一生懸命頑張っているでしょ？　でも、自分のことは全然考えてないんじゃないかな。ご飯だってろくに食べてないし、全然休憩だって取ってない。夜だってこんなところで寝なくちゃいけないし」

「まあ、これが災害時の騎士団の役目だからな。ソウタ、騎士には騎士のあるべき姿ってものがある。〝実直〟〝謙虚〟〝自己犠牲〟だ。騎士として所属している以上、自己を犠牲にすることは納得済みさ」

そうだよね、僕もそう思う。みんな分かってて騎士として毎日を過ごしてるんだって。

一方、僕は騎士じゃない。騎士じゃないけど、騎士団寮の寮長だ。だとしたら、寮長としてのあるべき姿ってなんだと思う？

「ねえレオナード、みんなは騎士として自分を犠牲にしてでも、王国に住むみんなのために尽くすんだよね」

「まあ、それが役目だな」

「じゃあ、寮長の僕は、そうやって頑張る騎士のみんなを守りたい。自分を犠牲にしてでもみんなを守るよ、だってみんなのための寮長だもん」

今日初めてレイル領民のために働くみんなを見ていて、寮長としての覚悟ができた。

僕ができる全てで、この王立第二騎士団のみんなを守りたい。

寮長として騎士団員のみんなに、そしてレオナードとリアに、僕が寮長でよかったって言ってもらえるような立派な寮長になりたいんだ。

突風が嵐の前触れを知らせる最中、僕は寮長として生きる目標を見つけた。

「ソウタ……」

「と言っても、全然たいしたことはできないんだけどね」

僕はちょっと照れくさくて、えへへと笑ってごまかした。

「あ、だけどもし許可してくれるなら、明日の朝食用にスープを作ってもいいかな。明日からはきっと冷たい風と雨の中で大変だろうから、出発前に温かいものを食べてもらいたい」

「もちろん、あいつらみんな喜ぶぜ。寮にある材料は好きに使ってくれて構わない」

「ありがとう！」

よしっ、それじゃあ明日は早起きして美味しいスープを作ろう。

「レオナード、僕にも毛布を一枚貸してもらえる？　僕もここで寝る」

「ああ、風邪だけは引くなよ」

「うん」

玄関の隅っこに移動して、レオナードが貸してくれた毛布にくるまった。

玄関の中央の机の上では大きな蝋燭《ろうそく》が五本、ゆらゆら揺れて向こうの壁に巨大な影を作っていた。

そこかしこから、眠る団員たちの寝息が聞こえてくる。寝るつもりのなさそうなレオナードと各部隊長、班長たちが地図を囲んでひそひそと明日の作戦を立てていた。

蝋燭《ろうそく》の炎に照らされたレオナードの彫刻のような横顔を見つめながら、僕はいつの間にか眠りについた。

◇◇◇

「……ソウタは寝たか？」

俺の問いかけに、歩兵部隊長のセレスティーノが微笑んだ。

「どうやら寝た様ですね。ねえねえ団長、ソウタの先ほどの宣言聞きました？　俺あやうくソウタに抱きつくところでしたよ」

「ソウタに指一本でも触れてみろ。殺すぞ、セレス」

「えー、抱きつくくらい良くないですか？　なんと言っても俺らの寮長なんですし。嫉妬深い伴侶は嫌われますよ？」

「お前という奴は……リアがあんな状態じゃなければ今頃お前の首が床に転がってるぜ」

俺は玄関の隅で膝を抱えて寝たふりをしているリアを指差した。

「げえっ、冗談に聞こえないところが怖いですって」

セレスティーノは各部隊長の中では若いほうだが、それでも三十歳。いつまで経っても伴侶を迎えず遊び歩いている彼に、以前は呆れていたものだ。

しかし、いつ死ぬか分からない歩兵部隊の隊長という立場の彼は、そもそも所帯を持つつもりがないのだと知ってからはあまり口を出さないことにしている。

他の部隊長たちが俺とセレスティーノの会話にクスクス笑った。嵐への対策準備も一段落し、各部隊長も気を休めたいのだろう。自然と話の中心は寮長であるソウタへと移っていった。

「しかし、セレスほど命知らずではありませんが、私も気持ちは同じですな。先ほどのソウタ殿のお話には大変感銘を受けました」

大きく頷きながら、セレスティーノの横に立っている偵察・斥候部隊長ヘンリクが涙ぐんだ。

彼は十五年前に長年連れ添った伴侶を亡くしている。子供もいなかったため今は街で一人暮らしだ。歳のせいか最近はどうも涙もろい。

「初めてお目にかかった際には、あの細腕で大丈夫かと気を揉んでいたが……」

「泣くんじゃないよ、ヘンリク」

そう言ってやれやれとため息をつくムントは補給部隊隊長。ヘンリクとは幼なじみの腐れ縁で、年の離れた若い伴侶との間に二人の子供をもうけている。

「しかしだな、ムント。偵察・斥候部隊は歩兵部隊同様に前線で戦う身。我が命を預けるのであれば、願わくば団長、副団長と同じように強いお人であってほしいと常々考えていたのだが……ソウタ殿のご決意を聞いて私は確信した。あのお方は見た目に反して大変強い。ソウタ殿のためであればこの命、見事投げ出してみせよう」

「まったく、ヘンリクはそうやっていつも死に急ぐ」

「私はもう長いこと死に場所を探しているのだ。ソウタ殿のおかげで、いずれ願いが叶うであろう。しかし、あの子供のようなお姿で寮長という大役を……」

「やれやれ、昔はこんなじゃなかったっていうのに。歳はとりたくないねえ」

「そういえば、お前の部隊のダグはソウタ殿と親しいようだな。私の部隊はこのところ任務続きでソウタ殿とは挨拶程度しか交流がない。彼は普段どのようなお人なのだ」

「ダグから聞いた話だと、明るくて前向きで、何事にも一生懸命な子みたいだよ。ただ、世間知らずで目を離すと何をするか分からないから、気がついたら世話を焼いてるってさ」

ヘンリクとムントの会話にセレスティーノがああ、そういえばと口を挟む。

「寮にいるうちの部隊員がこの間ソウタにシモの話を吹っかけたら、顔真っ赤にして恥ずかしがってたって言ってたなぁ。あの細腰でスレてないとか最高――いてっ、ちょっと団長、冗談だってば」

俺に頭を叩かれるセレスティーノにみな笑い声を上げた。俺は玄関の隅で丸くなっているリアをちらりと見る。さっきからソウタの名が出るたびに、あいつの身体がピクリと反応している。

……まったく、どうにも頑固な男だ。

「おい、リア！　寝てねえでこっち来て会議に参加しやがれ」

俺の呼びかけに静かに目を開けたリアが、のっそりとこちらにやってくる。普段は任務に忠実な男だが、ここ最近のリアはソウタの言うようにどこかおかしい。それはここにいる部隊長たちも感じていたらしく、皆一様に心配そうにリアのことを見守っていた。

「お前、最近ソウタのことを避けてるじゃねえか」

俺はリアにズバリと聞いた。俺はどうにも回りくどいことが嫌いな性分だ。それに俺とリアの間にはいつだって隠し事などないんだから、どう聞いたところで問題はなかった。

「……」

「本人からは固く口止めされているが、お前との関係を悩んで、泣いていたぞ。お前に嫌われたってな」

「嫌う？　まさか、そんな馬鹿なことは……」

リアが言い淀むと、他の部隊長がまさかという顔をして一気に不満を口にし始めた。

「副団長！　まさか本当に嫌ってるんですか？　あの世界で最も可憐で可愛らしい生き物を!?」

「ま、待てセレスティーノ。そうじゃない」

「なんと……まさかソウタ殿にそのような厳しい顔で接しているのではあるまいな。上司とはいえ私のほうが騎士歴は長い、ことと次第によってはお前と一騎打ちする覚悟だぞ」

「ソウタ殿を嫌う人間がこの世に存在するとはね。補給部隊も返答次第でヘンリクに加勢するよ」

「ヘンリク、ムント、落ち着いてくれ……」

各部隊長たちに詰め寄られて圧倒的に不利な状況に追い込まれたリアは、ついに本音を話さざるを得なくなっていた。

「私はソウタを変わらず愛している。ただ、そばには置いておけない」

「なんでだ」

思わぬ返事に全員がリアに詰めよった。

「……ここだけの話に留めておいてくれるか」

「いいだろう。口外はしないと誓うぜ」

「……感情が乱されるんだ」

「感情が？　お前が？」

「ソウタの近くにいると、私は騎士の精神をかなぐり捨てて彼を何よりも優先してしまう」

「それじゃ駄目なのか？　愛する人を守るというのは立派な騎士の精神ではないか」

ヘンリクの言葉に、リアは首を振った。どうやら事態はそう簡単ではないらしい。

「任務全てを放棄してでも、ソウタのそばにいたくなるんだ……」

俺の盟友はどうやらとんでもない感情を持て余していたらしい。

「だからあえて距離を取ったっていうのか？」

「まあ、そうだ」

部隊長たちは顔を見合わせて、なるほどなぁ、と頷き合っている。

「あの可愛さだもんなあ、副団長が溺愛したくなるのも無理はない」

「まあ、それは耐えるほかないでしょ。あんまり束縛しすぎると嫌われちゃいますよ」

リアは苦笑しながら、そうだな、などと当たり障りのない返事を繰り返している。

まあ、もちろんそれも理由の一つなんだろうが。もっと深いところで、リアが思い詰めているのは明白だった。おそらく、自分の血統のことで悩んでいるのだろう。

俺はとりあえず部隊長たちに話を合わせてリアを茶化して、その場は終わりにした。リアの苦悩は、俺にしか理解できないだろう。嵐が過ぎ去った後でゆっくり話をしようと決めた。

「ソウタに心を乱されているのはお前だけじゃないぜ」

「レオナード、お前もか……」

「ああ、今になってソウタに旗を持たせたくない気持ちが膨らんでいる」

リアをはじめ部隊長のみんなが、俺の言葉に何も言えなくなっていた。全員が黙って、玄関の隅で毛布にくるまって小さく寝息を立てるソウタを眺める。

誰もが今や同じ気持ちを抱き始めていることは明白だった。誰もソウタを巻き込みたくない。

でも、そうしなければ自分たちの大義は成し得ない。

「感情というのは、厄介なものだな」

ソウタを見つめていると、俺の心臓が苦しそうに軋《きし》む。リアが俺の肩にそっと手を置いたので、俺も奴の背中をぽんと叩いた。

いつか、近い未来に、選択する時がやってくる。俺たちの選択がどうなるにしろ、愛おしいソウタを傷つけることになるのは間違いない。なぜ俺は、こんなにもソウタを愛してしまったのだろうか。愛さなければ、これほど苦しむこともなかったのに……

ソウタ、俺はお前に生きていてほしい。

俺とリアがお前のそばからいなくなっても、どうか幸せでいてくれ。そしてお前を愛した俺たちのことを、いつまでも忘れないでくれ。

俺はソウタの愛らしい寝顔を見つめながら、心の中で懇願した。

◇◇◇

翌朝、僕はまだ日が昇らないうちに毛布から這い出した。

今日から嵐の中を働くことになる騎士団のみんなのために、スープを作ろうと思っているんだ。

寮の広い玄関には、まだ騎士団のみんなの寝息が響いている。レオナードと部隊長たちは夜通し起きていたみたいで、机の地図を見ながら相談していた。

起き出した僕に気がついたみんなが、小声でおはようと挨拶をしてくれる。僕も寝ている団員のみんなを起こさないように挨拶を返すと、忍び足で食堂に向かった。

さて、ここから一人でみんなの朝食を作らないといけないんだけど、困ったことが一つだけ。僕、ここの厨房使ったことがないんだよね。

正確に言うと、厨房でご飯の準備や後片付けを手伝ったことはある。でも、そういう時はだいたい団員の誰かがいて、すでに火が起こしてあったんだよね。

実は僕、火の付け方が分かんないんだ。

「いやぁー、盲点だよねぇ、あははは……」

一人廊下を歩きながら、やらかしてしまった自分に笑うしかない。

「いや、頑張れ僕！　多分あれだ、薪か何かをお鍋の下にセットしてどこかから火種をもらってくれば……」

最悪、蝋燭《ろうそく》の火を薪に移せば燃えるでしょ。うんうん、なんとかなる。やっと気持ちが前向きになったところで、僕は食堂の扉を開けた。

誰もいないはずの食堂は、すでに明かりが付いていて部屋も暖かい。食堂の奥にある厨房にはダグと何人かの団員さんが立っていた。

「やあソウタ。おはよう」

「ダグ？　それにみなさんも。えっと僕、温かい朝ご飯をみんなに用意したくて……」

「うん、昨日の深夜に団長とうちの部隊長に叩き起こされ……じゃなくて二人から詳細は聞いた。火は起こしてあるし、大鍋も準備は万全！　僕たちも手伝うよ」

「えっ、ほんとに!?　ありがとう！　ダグ大好き！」

「あはは、お礼なら僕をここに寄越した団長とうちの部隊長に言わないとね」

「うん、二人にも後でお礼する！　それにお手伝いに来てくれたみんなもありがとう！」

助かったー！　これで火起こし問題は解決だよ。僕は嬉しくなってダグとみんな一人ひとりに抱きついてお礼を言った。

「よし、それじゃあ早速美味しいスープを作ろうっと」

「それじゃあソウタ、僕たちに指示を出してくれる？」

「うん！　よろしくお願いします！」

強力な助っ人を得て、僕のやる気も急上昇だ。

「さてと、それじゃあまずは出汁から用意しよう」

ダグたちにお願いして大鍋にたっぷりと水を入れてもらった。僕は厨房の隅にある瓶から乾燥させた野菜の皮と乾燥きのこを取り出して、皮を布の袋に入れていく。

実はこの野菜の皮は、前に厨房を手伝った時に仕込んでおいたものなんだ。ここのみんなは調理用に剥いた野菜の皮をポンポン捨てていくから、僕が引き取って乾燥させておいた。きのこは森での訓練の時についでに取ってきてもらったものだ。これも乾燥させて保存してある。

今日はこの野菜の皮と乾燥きのこに加えて、昨日の夕飯に出していたチキンレッグみたいなお肉の残りを使って出汁を作るつもりだ。

「じゃあ、この布袋と乾燥きのこをお鍋に入れて弱火でしばらく煮ていこう。それから、このお肉の骨を真っ二つに砕いていってもらってもいいかな」

「了解」

「あとは出汁ができる間に具材を切って……それから天火《てんぴ》を使ってもう一品作りたいんだけど」

「もちろんいいとも。何が必要かな」

「小麦粉と膨らし粉、バター、卵、お砂糖、あと干しぶどうがあったよね」

補給部隊のみんなが材料を持ってきてくれた。さて、これで今朝はスコーンを作りたいと思います。団員の中には先行して現場に行っている人たちもいるから、外で頑張るみんなにも食べてもらいたくて。

僕たちが鍋をかき回したり小麦粉と格闘している間にも、風は威力をどんどん増している。

「風、強くなってきたね」

「うん、明日の夜が山場だろうって」

「みんな大丈夫かな……」

「あはは、みんな鍛えているからね。どんな嵐でもビクともしないよ」

「うん、そうだよね」

ダグが僕の心配を笑い飛ばしてくれるけど、頑丈な建物の中にいても不安になるほどの雨風だ。

「僕が作ったスコーンでちょっとでも元気が出るといいな」

ぽつんと呟く僕に、ダグをはじめ補給部隊のみんなが頷いてくれる。

「寮長が作った料理を食べればみんなもきっと喜びますよ！」

「これを食べればもう無敵です！」

「ありがとう、みんな……みんなが最後まで無事でありますように」

うん……きっと大丈夫。騎士団のみんなもレイルに住むみんなも、きっと大丈夫だって信じよう。

僕は完成しつつあるスープとスコーンに、ありったけの思いを込めた。


「う、うめえ……」

「はぁぁ、冷えた身体に染みるなぁ」

「この干しぶどうのパンみたいなやつ食ったか？　最高に美味いぞ」

「寮長が僕たちのために朝から食事を……尊すぎて食べるのが惜しいな」

起床時間と共に一斉に起き出した団員さんたちで、食堂はあっという間に満員になった。

いつもはだだっ広い食堂だなぁって思っていたけど、全員が集合するにはこのくらいの広さがないとだめなんだね。

「おかわりはあるので欲しい方はどうぞ」

「おかわり！」

「はい、これであったまって今日の任務頑張ってくださいね」

「ありがとうございますっ！　寮長のスープもパンも生きてきた中で一番美味いっす」

「わあ、ありがとう！　いっぱい食べてね」

「はいっ！」

ものすごい勢いでスープがなくなっていく。みんな喜んでくれたみたいでよかった！

「ソウタ、朝から疲れただろう。一緒に休憩しろ」

「え、でも……」

「お前が倒れたらここの奴ら全員発狂するぞ」

レオナードの言葉に、四方八方から団員さんが休んでください、と言ってくれる。

「じゃあ、ちょっとだけ」

僕はレオナードに手招きされて、彼の横の椅子に座った。

「スープ、口に合った？」

「ああ、うめえよ」

「ふふ、よかった」

「ソウタは食ったのか？」

「ううん、僕はお茶だけで十分だから」

レオナードは自分のスープをひとさじすくうと、ずいっと僕の前にスプーンを差し出した。

「一口だけでも食っておけ。明日まで忙しくなる」

「う、うん……」

レオナードはスプーンを差し出しながら、僕がスープを飲むまでじっと待ってる。

でもこれって、いわゆる〝あーん〟じゃない？　僕とレオナードの周りでは部隊長さんたちがニヤニヤしてるし……

「おい、手が疲れる」

「じゃ、じゃあ一口だけ……」

こういうのは勢いが大事だよね！　僕はパクッとスプーンを口にくわえた。

「んんっ、うん、美味しい！」

「……」

「え、なに？」

レオナードがもう一回スープをすくって無言で差し出してくる。

無言は怖いって、レオナード！

だけど拒否できる雰囲気でもなくなって、僕は結構な量のスープを飲むことになってしまった。

「はむっ、ん、レオナード、もう僕お腹いっぱい！」

「……すげえ餌付けしてる気分」

「餌付けって……」

「いいなこれ。またやろう」

なぜかご機嫌のレオナードだけど、僕のお腹はパンパンです……

ところで、リアは食べてくれただろうか。食堂を見渡して団員さんたちの中からリアの姿を捜したけれど、彼の姿はどこにもなかった。

そっか、わざと席を外したんだね。嵐を乗り切って無事に戻ってくるようにって願いを込めて作ったスープだったけど、食べてもらえないんじゃ意味がない。

僕は残り少なくなった鍋の中のスープをぼんやり見つめながら、唇を噛み締めた。

「いや、実に美味い朝食でした！　我ら偵察・斥候部隊一同、務めを果たしてまいります」

朝食を食べ終えた偵察・斥候部隊長のヘンリクさんが、出発を前に挨拶をしてくれる。

ヘンリクさんはずいぶんと年上だし部隊長なのに、ちょっと大袈裟なくらい丁寧に接してくれるものだからちょっと照れちゃうな。偵察・斥候部隊のみんなっていつも礼儀正しいんだ。

僕は玄関まで偵察・斥候部隊を見送ることにした。

「では、行ってまいります」

ヘンリクさんたちは南方面の警備にあたることになっている。南の地域は畑が多く、村も点在しているうえ、嵐の影響をもろに受けてしまう地域だ。所々獣道のような箇所があるので、他の部隊より早めに出発するように計画していた。ただでさえ足元の悪い道が続くのに、この風と雨。どうか何事もなく任務を終えてほしいと願うしかない。

「はい、どうか無理だけはなさらずに。美味しいご飯を用意して待っていますから」

「おお、それはなんとも嬉しいご褒美ですな。寮長殿の花びらのごとき小さなお手から紡ぎ出される料理は全身から元気が湧き出るような美味しさでございました」

僕の心配をよそに、ヘンリクさんたちは穏やかに笑みを浮かべて普段と変わらない様子だ。

ええー、僕の手って花びらみたいに小さいかな……。両手をそっと見つめた僕を見て、ヘンリクさんがそっと僕の手を握りしめてくれた。ヘンリクさんの手は大きくてゴツゴツしていて、とにかく大きい。たしかに、これでは僕の手は花びらレベルだ。

「小さなお手の立派な我らが寮長殿。あなた様もどうかご無理なさらぬよう」

「はい！」

ヘンリクさんの偵察・斥候部隊は、防災用品や大工道具などをぎっしりと詰めた大きなリュックを背負って寮の玄関扉を開けた。

途端にとんでもないほど強烈な風が玄関を通り、四方八方に吹き荒れた。

どこから巻き上げてきたのか、葉をつけた枝や台車の一部であろう木製の車輪、割れた板の欠片などが寮内に侵入してくる。猛烈な風は僕の身体ごと吹き飛ばしそうな勢いだ。

……いや、比喩じゃなくて本当に吹き飛ばされちゃう！

「ソウタ、俺の後ろに回れ」

「レオナード……！」

レオナードが僕を背中で風から庇ってくれた。僕はレオナードの大きな背中にすっぽりと隠れる形になって、風は当たらなくなった。でもこれじゃあレオナードが……

「では団長、行ってまいります」

「ああ、足元がだいぶ悪くなっている。気をつけて行動しろよ。何かあれば連絡を寄越すように」

「承知しました」

あ、大丈夫そうですね……騎士団すごすぎじゃない？

この大嵐の中レオナードもヘンリクさんも普通に会話をしている。

その後すぐにヘンリクさんが扉を閉めたので、玄関は静寂を取り戻した。

その後も偵察・斥候部隊に続いて次々とみんな出発していく。歩兵部隊の人たちなんかは嵐に逆にテンションが上がってしまったのか、部隊長のセレスティーノさんが中心になって歌いながら寮を出て行った。

彼らが怖いもの知らずにも見える態度なのは、自分たちの強さに自信があるからだと思う。いつも陽気な部隊だけど、僕の知る限り日々の訓練はかなり厳しい。そういう毎日の鍛錬が、嵐をものともしない精神状態を支えているんだね。

ちなみにセレスティーノさんは、出がけに僕を抱きしめてきてレオナードに頭を叩かれてた。

みんなが計画通りに配置場所に出発して、寮には僕とレオナードとリア、それに騎馬部隊が残った。今朝まで団員のみんながぎゅうぎゅう詰めに雑魚寝していた玄関は、閑散としている。

みんなと入れ替わりに侵入してきた枝や葉っぱ、板の破片が散乱していた。

レオナードは机の地図と睨めっこしながら、何か考え事をしているようだ。騎馬部隊のみんなは、一様に無言で馬の鞍の手入れをしている。

リアはというと、黙々と自分の靴を磨いていた。レオナードの横にいる僕から一番離れた、玄関奥の階段の隅で……。そんなことを考えている場合じゃないのは分かっているけど、こんな非常事態の時でさえ避けられるって悲しい。

いや、落ち込んでいる場合じゃない！　今は災害に備えよう。とりあえず玄関に散乱したごみを綺麗にしないとね。

「レオナード、僕、ここのごみ拾ってるから何か用事があったら声をかけてね」

「おう、分かった。危なそうなものがあったらリアに拾ってもらえ」

「う……はい」

僕がちらっとリアを見ると、リアは一瞬こちらを向いて、すぐに手元の靴に視線を戻してしまった。僕、やっぱりリアに嫌われてる。話をする機会も与えてもらえず、僕を嫌いな理由も分からないまま、リアとはもう二度と触れ合うこともないのかな……

僕が目尻に溜まった涙を拭おうと横を向いたら、僕を見つめるレオナードと目が合った。レオナードはふわりと笑うと、声に出さずに口だけで〝がんばれ〟って言ってくれた。

……うん、そうだね、頑張る。でも僕余計に泣きそうだよ、レオナード。

レオナードが僕の瞳に溜まった涙を拭ってくれる。リアは急に立ち上がると、玄関を離れて武具庫のほうへ行ってしまった。

「ソウタ、あいつのところに行ってこいよ。この後、嵐は激しくなる。時間に余裕があるのは今だけだぜ」

「レオナード……。うん、分かった！　ありがとう！」

「嵐が終わったら、この褒美はちゃんともらうつもりだからな。覚えておけよ」

「ふふ、うん！」

軽口を叩いて僕の背中を押してくれるレオナードに、僕はぎゅっと抱きついてお礼を言ってからリアの後を追いかけた。

リアを捜して廊下に出ると、廊下の突き当たりにある勝手口の扉にもたれかかって座るリアの姿があった。声をかけようとしたけれど、なんて声をかけていいのか分からない。

「……あ、そうだ。スープを持っていこう」

僕は食堂に向かうと、鍋に残っていたスープを器に盛った。まだほんのりと温かい。果たしてリアは飲んでくれるかな。拒否された時のことを考えると怖い。でも、何もしないよりはマシだ。

「よし、頑張れ、僕！」

小声で気合を入れて、勝手口に続く廊下を歩いていった。

リアは左足を投げ出して、右足だけ折り曲げた状態で扉にもたれかかって座っている。うなだれていて、僕が近くに来たことが分かっているはずなのにピクリとも動かなかった。

「リア……」

呼びかけてみたけど、返事はない。

「ねえ、リア。スープを作ったんだ。リアも食べてよ」

リアはうなだれたまま、無言で頭を小さく横に振った。完全な拒絶。

拒否されるんじゃないかなとは思っていた。僕の知っているリアは案外頑固だ。一度決めたことはやり通す力がある。だから一度僕を拒絶するって決めたら、きっと何があってもその態度を貫き通すだろう。

そうなった時、とても悲しかったし、辛くて泣いてしまった。

だけど、ここまで取り合ってもらえないと、僕の心には別の感情が湧き上がる。

この感情は悲しみよりも、怒りだ。そう、僕は今、リアにムカついている。

だってわけも分からずに勝手に僕を避けて、拒絶して、話にも応じないんだよ？　この前まで自分から僕のこと好きだって言ってたくせに！

僕は持っていたスープを床に置くとリアのすぐそばまで近寄っていって、うなだれている彼の頭をペシッと叩いた。

リアはまさか僕に頭を叩かれるなんて思ってもみなかったんだろう。がばりと顔を上げると、びっくりしたように目を見開いてこっちを見た。リアの綺麗な紫の瞳に、僕だけが映っている。それだけでこんなにも、幸せだ。

でももちろん、こんな程度じゃ僕の怒りは収まらない。僕は勢いそのままにリアの片膝に乗っかると、彼の肩のあたりをばしばし叩く。

「リアのばかっ！」

「ソウタ、一体どうし……」

「一体どうしただって？　それをリアが聞くの？　リアが僕を遠ざけて無視するからでしょう！」

僕はそう叫びながら今度はリアの胸板を何度も押した。

「リアが僕を好きだって言ったくせに！　近くにいるなら僕を守る自信があるとかいったくせに！　自分のほうから逃げないでよ！」

「ソウタ……」

「そんなに僕が嫌い？　なんで嫌いになっちゃったの？　教えてくれないと分かんないよ！」

「ソウタの嫌いなところなんて一つもないよ……」

「じゃあなんで避けるんだよ！　リアのバカ！　嘘つき！　僕、リアなんてもう……、もう……！」

リアなんて嫌いだって叫んでやりたかった。でも、それは本心じゃない。だって僕はリアが大好きなんだ。温かい手のひらも、優しい眼差しも、僕を守ってくれる逞《たくま》しい背中も。好きだから、そばにいてくれないのが辛くて悲しくて、何より腹が立ってたまらないんだ。

「……私のことが嫌い？」

「大好きなの！　だからこの状況が嫌なの！」

「……君が、私を嫌いになってくれればよかったのに」

「……え？」

思いがけない返事に、僕のリアを叩く手が一瞬で止まってしまった。すかさずリアが僕をがばりと抱き込んでくる。大きな身体が覆いかぶさるように僕を包んで、強い力で抱きしめた。

「リア、一体どうしちゃったの？」

「私といると、君を危険に巻き込むことになる……。いっそ嫌われれば……」

ぎゅうぎゅうと僕を抱きしめながら、リアがそう耳元で呟いた。

「この間だって、私は君を目の前で失うところだった……」

「この間って横転した荷馬車のこと？　だってあれはリアのせいじゃないよ」

リアは僕の肩に顔を埋めながら、すぐさま首を横に振った。リアの柔らかな金髪が頬に触れてくすぐったい。

「私なんだ、ソウタ。私は……」

そう言うと、リアはゆっくりと僕を抱きしめていた腕を解いていった。

「もしも君を失うようなことになったら、今度こそ私は生きていけない……だから――」

悲痛な面持ちのリアが、再び僕から距離を取ろうとしていた。でも、それを聞いてしまったからには、もう簡単に離れるつもりなんてない。

「リアの言い分は分かった。だから今度は僕の話を聞いて……リア、僕は死なないよ」

「……」

「こっちに来た時だって高い木の上から落ちたけど死ななかったし、路頭に迷わずに済んだ。騎士団寮で危ない目に遭ったこともない。それに……」

　僕は苦しげな表情のリアに笑いかける。こんな表情のリアは見たくない。いつでも優しく笑ってほしかった。

「何かあったら、リアが助けてくれるでしょ？　もし僕に危険が迫っているなら、やっぱりリアがそばにいて僕を助けてくれなくちゃ」

「いや……。私は君の隣にいていいのかどうか……」

「いいに決まってる！　リアは悩みすぎて、すごく大事なことをすっかり忘れてるよ。僕はリアの伴侶でしょ？　それなら、ちゃんと守ってよ」

　リアは返事の代わりに僕を引き寄せると、再びきつく抱きしめた。

「ふふ、リアってなんだか大きな犬みたい」

「……そんなことを言うのは君だけだ」

「僕だけの特権だ」

　くすくす笑いながらそう言ったら、リアが首筋を舐めてきた。それこそ、大型犬みたいに。リアの舌の熱さとぬめりに、僕の身体がざわめき出す。

「ちょ、ちょっと、リアったら！」

「私を犬だなんて言ってからかうから、ご主人様にお仕置きしただけだよ」

　リアがおかしそうに目を細めた。ああよかった、いつものリアが戻ってきた！

「もう僕から勝手に離れたりしちゃダメだよ？」

「ああ、悲しい思いをさせて悪かった」

僕たちはどちらからともなく顔を近づけると、お互いの唇を重ね合わせた。リアの唇は少しだけひんやりとして、気持ちがいい。僕は嬉しくて、リアの下唇を優しく食《は》んだ。

「こらこら、君はいたずらっ子だな……。ソウタ、舌を出して」

「ん……」

僕の小さな舌に、リアの分厚い舌が絡みつく。そのまま二人でお互いの舌を絡め合った。くちゅりと唾液の混じる音が、激しい雨音に消えていった。

どのくらいそうしていただろうか。僕の頭はだんだん朦朧《もうろう》とし始めて、身体がじんじんと熱くなる。ちょっとこれは、そろそろまずいかも……。そろりと閉じていた目を開けてみると、すぐそこで、リアの紫の瞳が僕を凝視していた。

美しい瞳に見つめられて、僕の心臓がどきりと跳ね上がった、その時だった。

突然、外が光って、抱き合う僕たちを一瞬まばゆく照らしていった。すぐに、鼓膜が破れるのではと思うほどの爆音が、バリバリと鳴り響く。雷だ。とてつもなく大きな雷が、寮の近くに落ちた。

「か、雷っ⁉」

あまりの衝撃音に驚く僕をしっかりと抱きとめながら、リアがいつになく厳しい顔をする。

「……ソウタ、すぐにレオナードのところへ行こう。かなり近くに落ちたようだ」

「うん。分かった」

リアが僕を抱き上げながら、立ち上がる。

「ソウタは私のそばを離れないで」

「ふふ、うん」

僕たちは二人で玄関に戻ると、すでにレオナードが指示を出し始めていた。

「今の落雷は近いな。アドラー、至急現場を確認してきてくれ」

「はっ」

「各班三名編成。全四班を組んで東地区方面の状況を探ってこい」

「はい」

レオナードがアドラー騎馬部隊長に指示している間にも、落雷はずしんずしん、とお腹の底から震えるような轟音で地面に打ち付けている。

「ソウタ、大丈夫か？」

僕とリアのほうを振り向いたレオナードが心配そうな顔をしていた。

「うん、だいじょう、ぶ……うわっ」

どおん、と雷が僕を驚かすように鳴り響く。雷がこんなに怖いものだなんて。知識としては持っていたけど実際はとんでもない恐怖だった。ここには避雷針なんてものはない。この寮はそこまで高い建物ではないけれど、近くの建物よりは背が高い。

「こ、この寮に落ちたりするかな」

「いや、近くにはナラの木が多く植えられている。この建物に落ちる可能性は低い。ただ……」

「もし、ナラの木に落ちていたら火事になってるかも……」

「ああ、そういうことだ」

レオナードの顔に苦悩が広がっている。

「団長、各班準備が整いました。行ってまいります」

「よし、深追いはするなよ。あくまで確認だ。いいな」

「はっ」

アドラーさんをリーダーとした騎馬部隊の一部が強風と大雨、さらには落雷の中を駆け足で出発していく。

「みなさん、気をつけて！」

僕は風に負けないようありったけの声でみんなに叫んだ。みんなは無言で頷き、ジョシュアは手を挙げて微笑んでくれる。どうか火事になっていませんように……。そう祈ることしか僕にはできなかった。

「……で、そっちはちゃんと話し合えたのか？」

騎馬部隊が出払った後で、レオナードがにやりとした。

「うん、おかげさまで仲直りできたよ！」

「そうか……、まあ別に仲違いじゃねえんだろ。なあ、リア」

レオナードがリアにそう言うと、リアはばつが悪そうに頷いた。

「お前にもソウタにも、ずいぶんと迷惑をかけてしまったようだ。すまないな」

「全くだぜ……。いいか、俺たちは三人で一つなんだ。互いに何かあったら溜め込まないで吐き出せよ」

「ああ、そうだな」

レオナードの力強い言葉に、僕とリアはしっかりと頷いた。

しばらくして帰ってきた騎馬部隊のみんなの報告は最悪なものだった。

「東地区十七区画、落雷により出火！　住民避難を開始しています」

「二十二区画も同様に火災発生、近隣に火が移る可能性あり」

「九区画でも落雷が原因とみられる火災。三棟がすでに倒壊。住民の安否は確認中です」

確認から戻ってきた騎馬部隊が、次々と報告を上げてくる。やっぱりさっきの大きな雷が建物に落ちてしまったみたいだ。それも、何ヶ所も。

東地区には王都ヒュースタッドから派遣された役人やレイルの検問官、遠方からやって来た商人相手の宿屋などが軒《のき》を連《つら》ねているはずだ。

「宿屋に火が付いいちゃったら大変だ……。今日もいっぱい人が泊まってるんでしょ？」

「ああ。それに検問所と火元が近い。検問で使用する書類が焼けるのはまずいな。城の護衛団とは合流できたか？」

レオナードに聞かれて、報告に走って帰ってきた騎馬部隊員が息を弾ませつつ頷く。

「はい、護衛団からも偵察隊が状況確認に来ていました。何人か東地区に派遣できそうだとのことです。詳細は今城にいるミュカに手紙を持たせると。ただ、現場指示ができる上官が全員出払ってしまっているようです。我々から上の人間を派遣できないか、とのことでした」

「そうか……アドラー騎馬部隊長が戻り次第、検問所付近の指揮をとってもらうか。ご苦労だったな。お前は休憩ののち出動に備えろ」

「はっ」

しばらくして、寮の屋根付近にある鳥用の連絡通路を使ってミュカが帰ってきた。

「ギーッ！」

「あ、ミュカ」

「お、城からの連絡を持って帰ってきたか」

ミュカは全身びしょびしょに濡れているかと思ったけれど、羽根が雨を弾くのか思ったほど濡れてはいないし元気そうだ。

「ミュカ、お疲れ様！　嵐の中大変だったね」

「ギュッ」

「報告書を見せてくれ」

レオナードの言葉に、ミュカが片足を上げて返した。足にくくり付けられた筒からメモを取り出して読むレオナードの顔が険しい。

「護衛団はあまり多くを派遣できないようだ。青年団はすでに現場に向かっているらしいが……」

玄関にいる騎馬部隊も全員レオナードの近くに集まって、事態の深刻さを肌で感じているようだった。どこもかしこも非常事態で、人数が足りない。

その時、勢いよく玄関の扉が開きアドラー部隊長が引き連れて行った団員さんの一人が戻ってきた。

「ご報告です。落雷の被害はありませんでしたが、アドラー部隊長以下二名は東地区で発生しつつあるドゥレイン川の氾濫《はんらん》に備えております。このまま川に待機するとのこと」

「川の氾濫《はんらん》規模は」

「なんとか持ち堪えていますが水位は限界寸前です。青年団数十名と共に土嚢《どのう》設置と避難の指示を出しております。それと……」

団員は少しの間、言葉を切った。深刻な表情から、よくない報告だということが窺える。

「西地区のグレンジャー川も同様に氾濫《はんらん》の恐れがあるそうです。こちらはかなり手薄になっておりまして、至急手配をしてほしいと護衛団から要請がありました」

「そうか……。くそ、手が足りないな」

東地区の火災に川の氾濫《はんらん》、西地区も川が氾濫《はんらん》しかけているとなると、優先順位は付けづらい。三ケ所同時に、誰か指揮をとれる人を手配しないといけなくなる。

「よし、ひとまずドゥレイン川はアドラーに任せよう。アドラーはそっちにかかりきりか……」

「レオナード、西のグレンジャー川へは私が行こう」

「……そうだな、俺かお前が行くしかない。リアはグレンジャー川を頼む。しかしあまり団員は割けないぞ」

「いや、団員はここで待機するか東地区のほうに割いてくれ。川に行きがてら近くで警備についているものを、数名引っ張っていく」

レオナードは少し考え込んでいたが、最後には首を縦に振った。

「よし、ではそうしてくれ。気をつけろよ」

「ああ、もちろんだ。東のほうは任せたぞ」

リアはさっさと荷物を整えると、玄関の扉に手をかけた。

「リア、気をつけてね。絶対に無理はしないでね」

「ああ、約束するよ。ソウタこそ十分に気をつけて。さあ、外は強風だから扉から離れて」

リアは散歩にでも行くような気軽さで、ものすごい暴風と豪雨の中をグレンジャー川に向かって去っていった。

「さてと。となると、検問所周辺の火災の指揮は俺がとることになるな」

アドラー部隊長が川の氾濫《はんらん》を堰き止めている以上、火災現場で騎士団と青年団に指示をできるのはレオナードしかいないっていうのは僕にも分かる。火災現場は相当危険そうで不安だけど、レオナードがいればきっと現場は混乱しないで済むだろう。

今寮に残っている団員さんは報告に戻ってきた五人と指示を待っている十二人の合計十七人だ。

全員が各現場に行けば、きっと大丈夫。なんと言っても第二騎士団は強いんだから！

「四人は残ってソウタを保護しろ。それ以外は全員準備を整えて俺と来い。現地で半分はアドラーを手伝うように」

「はっ」

えっ、僕の保護に四人残すの？　そんな馬鹿な！

「待って、レオナード！　ダメだよ、騎馬部隊の人には全員で火事を食い止めてもらわなくっちゃ」

「この風に雨じゃお前を連れて外には出られない。一人にさせるわけにはいかないだろう」

「大丈夫だよ！　寮は頑丈だから風や雨でもびくともしないし、雷だって外のナラの木に落ちるんでしょう？」

「……お前を一人にしろってのか？」

「うん！　だって僕寮長だもん。寮のことは僕が守るよ！」

「む……」

レオナードは色々考えているみたいだ。そうだよね、こんな細っこい僕が一人で寮を守るなんて心許ないのは分かってる。騎士団のみんなみたいに鍛えてないし。でも、足手まといにだけはなりたくないんだ。

「……ソウタ」

「はい」

「寮のことはお前に任せる」

「……！　はいっ」

「ただし、ミュカは残していく。何かあればミュカを俺のもとに寄越すように。すぐに俺が駆けつける。絶対に無理はしないと誓え」

「はいっ、誓います！」

「よし。全員準備ができ次第出発する。東門地区の火災を食い止めるぞ」

「はっ」

レオナードが僕を信用してくれた。どうしよう、すっごく嬉しい！

「レオナード、ありがとう。僕のこと信用してくれて」

「お前のことは信用してる。ただ、俺が心配なだけだ。絶対に無理するなよ」

「しないよ、大人しく待ってる」

「どうだかなぁ、お前は向こう見ずだからな」

レオナードは苦笑しながら僕をギュッと抱きしめてきた。いつもなら恥ずかしくってやめてほしいって思うのに、今日はレオナードの温もりが嬉しい。多分、心の底で僕も不安だからだ。一人で大丈夫かなってことと、レオナードが無事に戻ってこられるかどうかってことが。

「さっきのスープを作って待ってろ。みんな明日にはずぶ濡れで帰ってくるぞ」

「うん、分かった。レオナードとリアと、それから騎士団のみんなの分も作って待ってる」

「ああ、楽しみにしてる」

「待ってるからね、レオナード」

僕は何度もレオナードに待ってるよって伝えた。

「待ってるから、絶対、戻ってきてね」

「ああ、すぐに戻る」

レオナードの顔が近づいてきて、唇が僕のそれに触れた。いつもは触れ合うだけのキスだけど、今日はちょっと違う。厚い唇が深く覆いかぶさってきた。びっくりしたけど、心地いい。

この感触をいつまでも感じていたい。感じていたいのに、手放さなくてはいけなくて、心臓が苦しい。少しして名残惜しそうにお互いの唇を食《は》みながら、離れた。

「行ってくる」

「うん、気をつけて」

笑顔で手を振って暴風の中を出発したレオナードたちを、窓越しに見送った。馬に乗ったみんなの姿は叩きつけられる大粒の雨のせいで、すぐに見えなくなる。

「ふう……二人っきりになっちゃったね、ミュカ」

「ギュウ」

みんなが出て行った寮の玄関は嘘みたいに静かだった。窓や扉が、悲鳴を上げるようにがたがたと軋《きし》んでいる。さっきほどではないにしても、雷が落ちて僕の心臓を縮こまらせた。

正直言って、心細い。隣にいてくれるミュカの温もりがなかったら泣いてたかも……

さっきまではレオナードとリアが隣にいてくれたから平気だったっていうのもあるし。そう思ってからすぐに考えを改めた。

この世界に来てから今まで、僕はずっとレオナードとリアに頼りっぱなしだ。最初は仕方なかったかもしれないけれど、そろそろ自立しなくちゃだめだ。二人が優しすぎるから、つい寄りかかっちゃう。頼れる誰かがそばにいる状態って母さんが死んでからなかったから、気が抜けていたのかも。

だから、僕はこの嵐をきっかけに変わろうと思う。みんなに頼ってばかりの僕から、みんなに頼ってもらう寮長になるんだ。

「よし！　じゃあ玄関に落ちてるごみを掃除してから、スープを作ろっか。きっとこの雨じゃみんな凍えて帰ってくるからね」

「ギュッ」

寮長として、まずは玄関の掃除の続きだ。何度も扉を開け閉めしたから、玄関の床にはかなりのごみが散乱してしまっている。大きな枝を集めて、ぼろ布を割いて作った紐でまとめた。

「この枝をうまいこと組み合わせて、野菜くずを乾燥させるザルみたいなの作れないかなぁ」

試しにちょっとだけ枝を組んでみたけど、頑張れば作れそうだ。風で飛んできた板の破片も何かに使えるかもしれないし、取っておこうっと。床に散らばった砂を濡らしたお茶殻をまいてから掃き、雑巾《ぞうきん》で水拭きした。

ミユカも僕の仕草を真似しながら、葉っぱを嘴《くちばし》で摘《つま》んで袋に捨ててくれる。

「これで掃除はおしまいっと。ミユカお手伝いありがとうね。次はスープだ。食堂に行こっか」

「ギュイギュイ」

ミユカと一緒に食堂でパンスープを作った。スープは一から作り直して、根菜類を具材に足す。このほうが身体があったまるもんね。パンは今入れちゃうとドロドロになっちゃうから、みんなが食べる直前に入れる。

「スープも完成。あとは何か、お腹が膨れるようなものでも……」

――ガタンッ！　バタバタッ！

何にしよっかなと考えていたら、廊下の奥で大きな物音がした。びゅうびゅうと強い風が寮内に入ってくる音がする。

「なんだろう……。勝手口の扉が風で開いちゃったのかな」

「ギュ……ギャッ！　ギュイギュイッ！」

「え、な、何どうしたのミュカ!?」

突然、ミュカが大声を出して激しく鳴き出した。

「ミュカ落ち着いて。多分扉に打ち付けてた板が飛ばされて扉が開いちゃったんだよ」

「ギュガッ」

「見に行ってみよう。扉が開けっ放しだと廊下が汚れちゃうからね」

ミュカにはそう言ったものの、実のところちょっと怖い。僕は恐る恐る食堂の扉を開けて、そっと廊下を覗いてみた。さっきまで蝋燭《ろうそく》がついていた廊下は、勝手口から吹き込む風のせいで火が消えてしまって真っ暗だ。食堂から手持ちの蝋燭《ろうそく》を持ってきて、勝手口に向けてかざしてみた。

勝手口の扉は開いていた。風に煽られた扉がバタバタと壁に打ち付けられている。陽の光が厚い雲に隠されているせいで、外は暗く、豪雨と風が吹き荒れる音が暗闇から不気味に響いていた。

「や、やっぱり風で扉が開いた音だったね……」

扉を閉めるために、僕は勝手口に近づく。うわっ、こ、怖い……

よくホラー映画の予告編とかでこういうシーン見るよね。物音がして見に行ったら、そこに殺人鬼がいて……みたいなやつがさ！

突然、雷の光が空を昼間のように照らし出した。

光に照らされて、勝手口に男のシルエットが浮かび上がる。逆光で顔は見えない。でも騎士団のみんなじゃない。みんなとは、出入りは正面玄関だけって取り決めてあるからだ。男は手に何か長いものを持っていて、息切れしているのか肩を大きく上下させている。

もしかして——さ、さささささ殺人鬼ーっ⁉

「ぎゃーっっ！」

「ギュエーッ」

僕とミュカの叫び声が重なった瞬間、雷がドカンと落ちた。バリバリと音を立てながら雷の光が消えていくと、男はどさりとその場に倒れ込んだ。

「あ、あれ？」

「ギュ？」

「倒れちゃった……？　殺人鬼じゃない？」

「ギュイギュイ」

「うん、そうだね。ちょっと近づいてみよう」

僕とミュカはそっと男に近づいて、蝋燭《ろうそく》の明かりを照らした。男は全身びしょ濡れだった。この嵐の中、外に出て何をしていたのだろう。雨具も着ずに普段着のままで、なんとなく動きやすそうな格好をしている。

僕は恐る恐る顔を覗き込んでみた。二十代半ばくらいだろうか。暗めの金髪を肩まで伸ばして、右側を細かい三つ編みに編み込んである。耳には大きめのピアスが何個もはめられていて、よく見たら首のあたりに刺青があった。顔は苦しげに歪んでいる。近づいて初めて、小さく呻《うめ》き声を上げていることに気がついた。

「あの、大丈夫ですか？」

僕とミュカは思わず顔を見合わせる。ひょっとして、どこか怪我でもしているのかな。

「うっ……うぅ」

「どこか痛むんですか？」

「ぐっ……腹が……」

「お腹？　うわっ」

蝋燭《ろうそく》を近づけてみると、服のお腹あたりに血がついていた。

「大変だ！　玄関まで移動しましょう。あっちに手当ての道具がありますから」

「ふぅ……ああ、助かる」

ぐっと身体に力を入れて、男が起き上がった。手に持っていた大振りの枝を杖代わりにして、身体を支えている。さっき見たシルエットはこの枝だったのか。長い剣か何かかと思っちゃった。

ちょっとした罪悪感に苛《さいな》まれながら、勝手口の扉を閉めると玄関へと急いだ。

「すみません、ちょっとだけ染みますよ」

「うっ」

玄関の左側に、怪我人が運び込まれた場合に備えて応急処置用の敷布が敷いてある。消毒や包帯も置いてあるので、簡単な傷なら僕でも止血くらいはできそうだ。ちなみに、嵐の前に、衛生部隊から簡単な応急処置の仕方は教えてもらっている。

ずぶ濡れの服の一部を切らせてもらって傷口を確認した。幸いにも傷は浅いみたいでよかった。傷を水で洗い消毒液を塗って、ガーゼのような布で覆う。包帯を巻いて布を固定したので、そのうち痛みも和らぐだろう。

よく身体を見ると、傷口の他にも打ち身やすり傷が何ヶ所もある。さっき呻《うめ》いていたのは、鳩尾《みぞおち》あたりにある打ち身の痕のせいかもしれない。

濃い紫色になっていて、ずきずきと痛みそうだ。とりあえず、打ち身には痛みを和らげる薬を塗っておいた。

「ふう……だいぶ楽になった。ありがとうな。あんた、噂の寮長さんだろ？」

「あの、あなたは……」

「いやいや、名乗るほどの者じゃねえよ。しかし噂通り可愛い顔してんなぁ。ははっ、いやいや、そんな警戒すんなよ。怪しいもんじゃねえって。真面目に仕事してたんだけどさ、ちょっとヘマしちまってこのざまさ」

「はあ……」

「それより、騎士団の連中はいねえのか？」

「みんなは外で任務にあたってますけど、団長と騎馬部隊はもうすぐ帰ってきます」

名乗らないで話を逸らす人は、信用できない。それに自分で怪しくないって言う人ほど怪しさは増すばかりだ。今は僕一人だって分かったら危害を加えられるかもしれない。嘘をついてレオナードたちがすぐに戻るってことにした。

「ふーん。嘘っぽいけど、まあいっか。もともと長居するつもりもないし。でもなぁ、土産なしじゃお頭にしかられちまうしなぁ」

傷の痛みが和らいで余裕が出てきたのか、男は玄関をキョロキョロと見回す。あ、そういえば机の上に、地図と指示を書いたメモが広げたままだ。慌てて机に走って地図をメモごと丸めると、階段脇にある掃除道具をしまっておく小さな納戸《なんど》に放り込んだ。

「別に機密を盗もうとか思ってねえって。そもそもこの寮のことは依頼内容には入ってないんだからよ。ここに来たのはたまたまさ」

「……」

怪しいよ、この人。僕は人生経験が豊富なわけじゃないけど、そんな僕から見てもものすごく怪しい。一体どこの誰なんだろう。

助けるべきじゃなかったかもしれない。でも怪我してたし……。長居するつもりもないみたいだし、もう帰ってもらおうかな。

ああ、でもまだ嵐の真っ只中。こんな中出て行ってもらうのはちょっと気が引ける……

「ぶはっ！　あんた隠し事苦手だろ。考えてること全部顔に出てるぜ」

うんうん考えていたら、男に笑われてしまった。

「あれだろ？　俺の正体が分かんねえから早く出てってもらいたいんだけど、嵐の中帰すのはなあ……とか思ってんだろ。こんな奴助けなきゃよかったぁーって」

「うっ……」

「安心しな。敵じゃねえよ」

「……でも、味方ってわけでもないでしょう」

「おっと、ボヤッとした奴かと思ってたが案外鋭いな。そうだなぁ、味方になってやってもいいぜ。金次第だ」

「お金？」

「考えときな。手当てしてくれたお礼にちっとは安くするぜ」

「はあ……」

お金次第……余計に分からない。目の前の男は杖を支えに身体を起こし、立ち上がった。

「よし、だいぶ動けそうだ。それじゃ、そろそろお暇するぜ。ありがとな」

「え、でも外は嵐ですよ」

「なんだよ、早く追い出したかったんじゃねえのか？」

「そ、それはそうですけど……。でも嵐が去った後で倒れたあなたを発見するのも嫌です」

「慈悲深い寮長さんだねぇ。でも、俺をいつまでも寮内に留めておくのは賢明な判断じゃねえぜ」

「え、それはどういう……」

男が再び口を開きかけた時、どこかでバタンと扉が開く音がした。また勝手口が風で開いてしまったんだろうか。確認しに行こうとすると、男に強い力で腕を掴まれた。

「いたっ、何するんですか」

「まずい、追いつかれちまった」

「え？」

「今すぐどこかに隠れろ。お前じゃすぐに殺されちまう。……納戸《なんど》だ、納戸《なんど》に隠れろ。早く！」

「……！」

僕の耳に、コツコツと誰かの足音が響く。誰かがこっちに向かって歩いてくる。廊下から滲み出る空気が妙に冷たく感じた。ものすごく、嫌な感じだ。僕は階段の下にいるミュカのもとに急いだ。さっき男が来た時は鳴いて騒いでいたミュカが、今はじっと廊下を静かに見つめている。ミュカも異様な雰囲気を感じ取っているようだった。

「ミュカ、嵐の中悪いんだけどレオナードに知らせに行ってくれる？」

「ギュイ」

小さく鳴くと、ミュカはそのまま翼を大きく広げて天井へと飛び立って行った。本当は火事の対応で忙しいレオナードを頼りたくはない。でも、明らかに僕だけで対処できる状況ではなくなっている。

だんだんと、もう一人の侵入者の足音が近づいてきた。

杖代わりの枝を構えている男に無言で促されて、僕は納戸《なんど》の扉を開けっぱなしにしてその陰に身を隠した。扉からそっと玄関の様子を見守る。万が一寮が荒らされたら大変だ。戦うことは無理だけど、この寮だけは何があっても守り抜く。だって僕は寮長なんだから。

コツコツと乾いた音を響かせて玄関に現れたのは、全身真っ黒な服を纏った男だった。顔を布で巻いて隠し、青い目だけが異様に輝いている。手には剣を持って、僕が手当てをした男に静かに近づいていく。

「よう、ここまで追ってくるとはあんたも怖いもの知らずだなあ。ここは王立第二騎士団の寮なんだぜ。あんたにとっちゃ敵の中枢だ」

そう話しかけられても黒ずくめの男は動揺した様子もなく、無言で剣を構えていた。

代わりに動揺したのは僕だ。第二騎士団に敵がいるの？　一体どういう事態なんだろう。僕は納《なん》戸《ど》の陰から男の話にじっと耳を傾けた。

「なるほど、どうあっても俺を始末したいらしいな。そうだよなぁ、見ちまったもんな。あんたが東地区の検問所に爆弾を仕掛けるところをさ」

爆弾だって⁉

それじゃあ、さっきレオナードと騎馬部隊のみんなが駆けつけた火災は、落雷が原因じゃないってこと？

「その分じゃあ、西地区にも何か仕掛けをしやがっただろう。嫌な野郎だぜ、嵐に乗じてレイル領を破壊する気かい？」

西地区は、リアが川の氾濫《はんらん》を防ぎに行っている場所だ

何を聞かれたところで、黒ずくめの男は無言のままだ。

「あんた、誰に雇われた？　それさえ分かりゃあ、あんたのことは見逃してやってもいい」

「……」

「そうかよ、俺もこのままじゃお頭に報告のしようがないんでね。あんたがだんまりなら、俺が代わりに答えてやろうか」

負傷した男がにやりと挑発するように笑みを見せた。

「王都の連中だろう。お前に指示を下したのは近衛部隊の幹部あたりかな。だが、もっと上がいるはずだ。あの間抜けな王様か？　だとすると実際に計画を立てたのはおそらく王宮の――おっと」

黒ずくめの男の剣が、空気を切り裂くように襲いかかる。

ギリギリで攻撃を避けた男の髪が、いくつか斬られてはらりと床に落ちた。

「図星だな」

「……お前には死んでもらう」

「へえ、さっきは仕留め損ねたみたいだが。今度はうまくいくってか」

黒ずくめの男がものすごい速さで攻撃を繰り出し、負傷したほうの男が必死に避ける。

素人の僕でも分かるほど、二人は強かった。でも、片方は深くはないとはいえ怪我をしている。どっちも味方じゃないけど、負傷しているほうは少なくとも敵じゃない。

万が一の時には僕が飛び出して行って、怪我している人を助けなくっちゃ！

僕はそろりと動いて、納戸《なんど》の横に立てかけてある板を手に取った。玄関を掃除した時に片付けておいたものだ。いざとなったらこれでなんとか……で、できるかなぁ！

僕が納戸《なんど》の隅で板を握りしめている間も、二人の男は攻防を繰り返していた。一人は無言で剣を振るい、もう一人はお喋りしながら剣をかわしていく。

「お前の任務は嵐に乗じてレイルの街を焼き払うことだった。でも、それが最終目的じゃねえだろ？　大物の名前が揃ってる割には計画が小せえ」

「黙れ……」

「何を狙ってる？　ブリュエル家の滅亡か？　……それとも、実は王は計画に関与していない？」

「……っ！」

ものすごい一閃が黒ずくめの男から放たれた。負傷した男はなんとか避けたものの、少しずつ息が切れてきている。さっきからお腹を押さえるような仕草をしているから、もしかしたら動いたせいで傷が悪化したのかもしれない。

「ははっ。あんた密命向いてねえよ、無言でも態度が素直すぎるぜ。……はあ、くそっ。俺の体力もそろそろ限界なんでね。お前の相手はここまで……ぐっ」

「あっ！」

無言の男が不意に剣を突いて、もう一人の太ももに刺した。深手は負わなかったようだけど、動けないのかその場にうずくまっている。

このままだと、僕が助けた男は黒ずくめにやられてしまうかもしれない。

……でも、ピンチを迎えたのは僕も同じだった。男が刺された時にうっかり大声を上げてしまったせいで、黒ずくめの男が青く光る両目で僕を認識してしまった。布で見えないはずの男の口元がにやりと笑ったのが分かる。まずい。男はそのまま僕のほうを向いて剣を握り直す。

「ソウタ、逃げろ！」

足を刺されて動けない男が、知らないはずの僕の名前を呼んだ。

逃げたい。本当は僕だって逃げたいよ。無理せず納戸《なんど》に閉じこもってやり過ごせばよかったって、ものすごく後悔してる。でも、寮の中で人が襲われてるのに見過ごすことなんてできない。

殺されちゃうかもしれない人を置いて僕だけ逃げるなんて……

「そんなの、王立第二騎士団の寮長のやることじゃない……うわあああっ！」

僕は手に持っていた板をぎゅっと握りしめると、叫びながら黒ずくめの男目がけて突進した。板を持ち上げて、そのまま男の頭に目がけて振り下ろす。

僕が反撃に出るとは思ってなかったのだろう、黒ずくめの男は僕の行動に驚いて動くのが遅れたみたいだ。見事に板は男の頭に命中して、二つに割れた。隙を見て、刺されて怪我をしていた男が相手のすねを何かで切りつける。小刀か何かを隠し持っていたのだろうか。今なら、きっと男の人だけでも逃げられる。

「あなたこそ早くここから逃げて！　街に行けば騎士団がいるから早く手当てを……うっ」

「ソウタ！　ぐはっ……」

反撃に遭っていた黒ずくめが、いきなり僕の鳩尾《みぞおち》を蹴り上げた。僕はそのまま飛ばされて、玄関の扉に背中をぶつけた。僕の名前を呼ぶ男に剣を突き刺した後で、ゆっくりと近づいてくる真っ黒な影のような男。僕の攻撃は全然効いてないみたいだ。

それどころか男を怒らせたかもしれない。背中を玄関の扉に預けながらなんとか立ち上がったけれど、蹴られたお腹が痛くてうまく呼吸ができない。

男が右手に握っている剣からはポタリと赤黒い液体が床に滴り落ちている。刺された男の人は無事だろうか。

僕は、どうしたらいい……逃げたほうがいい？　でも逃げるってどこに？

男が僕に向かって剣を振り上げる。必死の思いで屈んで避けた。玄関の扉はその一撃で破壊され、強風が僕の身体を外に引っ張った。もんどり打って外に出た僕の身体は、地面に叩きつけられて何度も転がった。大粒の雨が、僕をあっという間にずぶ濡れにしていく。

玄関からのっそりと出てきた男は嵐が生み出した暗闇に同化して、何かがゆらゆらと揺れているようにしか見えない。雲の中から雷が光を放つ瞬間、男が僕に向かって剣先を突きつけているのが見えた。

——終わりだ。僕、死んじゃう。死んじゃうよ。

その時、脳裏に騎士団のみんなの顔が浮かんできた。団員のみんなだって嵐の中、恐怖と戦いながら頑張ってるはずだ。誰か一人でも怖いって言った？　命に変えても領民を守ります、って言いながらみんな嵐の中に突き進んで行った。

そんなみんなのために、立派に寮長を務めたいって思ったはずなのに、自分だけ弱音を吐くの？目の前の男は、レイルの街や騎士団に危害を加えようとしている。だとしたら、逃しちゃだめでしょ。こんなところでうずくまってちゃ、だめだ。

なんとしても捕まえなくちゃ。もし、それで死んじゃったとしても、それはもうしょうがない！

怖いけど……めちゃめちゃ怖いけど、恐怖に打ち勝て、蒼太！

僕は、身体を前のめりにしてなんとか立ち上がった。

「行かせない……」

「……」

「あなたを、寮の外には行かせない！」

「……ふん」

武器も何も持ってないけど、僕は両手を広げて男の前に立ちはだかった。膝がガクガク震えてる。奥歯が恐怖でガチガチ鳴った。血の気が引いて耳鳴りがすると、あたりの音は何も聞こえなくなった。奇妙な静寂の中で、レオナードの言葉が蘇る。

『寮のことはお前に任せる』

レオナードが僕に任せてくれたんだ。守ってみせる。寮のことも、レイルの街も、騎士団のみんなのことも。心の中で、僕の決意にレオナードが微笑んでくれた気がした。

レオナード……。本当は僕、怖い。頑張るけど、怖いよ。レオナード、僕、レオナードにだけ弱音を吐いてもいい？　レオナード、怖い！　怖いよ！　助けてレオナード！

「レオナード!!」

強風に負けないくらいの大声で、僕は腕を広げたままレオナードの名前を叫んだ。

次の瞬間、聞こえてきたのは地鳴りのような低い音。どかどかと土を蹴り上げる馬の蹄の音だ。いななく馬の声も、風に乗ってたしかに僕の耳に届いた。両手を広げて男と対峙する僕の両脇を、怒涛のごとき速さで何頭もの馬が駆け抜けていく。あっという間に黒ずくめの男を囲んでいるのは、騎馬部隊のみんなだった。

騎馬部隊に囲まれた男の足元に、僕の後方からものすごい速さで剣が飛んできてぶすりと刺さった。

轟々と雨風が吹き荒れる中、ゆっくりとこちらに近づく人影を、僕は見間違えたりしない。鍛え抜かれた逞《たくま》しい身体、燃えるような赤い髪に灰色の瞳の男。一瞬でこの場を支配する、圧倒的な存在感を放つ男。

「レオナード……」

レオナードはゆっくりと僕の横を歩き、僕と黒ずくめの男の間に立ちはだかった。目の前に、レオナードの大きな背中。それだけで、もう大丈夫だって安心できた。

「我が王立第二騎士団の寮内で暴れるとは、よほど命が惜しくないらしいな」

レオナードが男にかけた声は、低く、地を這うような声色だった。聞くだけで肌がビリビリとする。威厳と恐怖に満ちている。レオナードの声に合わせて、周りを取り囲む騎馬部隊の馬たちがブルブルと低く唸った。レオナードの怒りに同調して、興奮しているようだ。

「俺の伴侶に刃を向けたのだ。貴様、簡単には死ねんぞ」

「……っ」

男は青い瞳を眇《すが》めると、突然レオナードに向けて突進してきた。レオナードは男を避けるそぶりもなく、山のように動かない。周りを騎馬部隊が取り囲んでいるとはいえ、さっきの男の戦いぶりを見ている僕は気が気じゃなかった。

もしかしたらレオナードに斬りかかりつつ、隙を見て騎馬部隊の一角を崩してくるかもしれない。あたりは暗闇。崩れたところから抜け出されたら、取り逃してしまう可能性だってある。

男はレオナードに向かって剣を斜めに振り下ろしてきた。男の剣はレオナードの身体を、肩から斜めに切り裂く……つもりだったのだろう。

男の身体は突然自由を奪われた。

レオナードが剣を手で払い退けつつ手首を掴んだからだ。いとも簡単に手首を掴まれた男は、なんとかレオナードの手から逃れようともがく。レオナードは涼しい顔だ。一つため息をついて、そのまま男を自分のほうに引き寄せると鳩尾《みぞおち》に拳を入れた。男は唸ったきり、そのまま意識を失ってどさりと地面に倒れ込んだ。

——強い。

レオナードはとんでもなく強かった。あれだけ強かったはずの男がレオナードの前ではまるで子供のようだ。

「弱い……」

レオナードは一言吐き捨てるように呟くと、いつの間にか座り込んでしまっていた僕に向き直る。

「レオナード？」

無言で僕の前にしゃがみ込むと、そのままぎゅっと抱きしめられた。

「……」

レオナードは何も言わないまま、両腕に力を入れて僕の肩に顔を埋めている。何も言わないけど、レオナードの気持ちが全身から伝わってきた。僕のこと心配してくれたんだよね。

それで、こうなったのは僕を寮に一人にしたからだって責めてるんでしょう。

「レオナード、顔見せて」

「……」

ゆっくりと腕の力を緩めて顔を見せてくれたレオナードの両の頬を、僕の両手でそっと包んだ。雨で濡れた冷たいレオナードの頬に、真っ赤な髪が張り付いている。雨と風でめちゃくちゃになってるはずなのに、柔らかくて美しくて、ずっと触っていたい。僕は指で髪を整えてあげた。

「髪、濡れちゃったね。ほっぺたも冷たくなっちゃってるし、早く寮に入ろう？」

「ソウタ、悪かった。俺がお前を一人にしたせいでこんな目に……」

月夜に照らされた雪みたいな、澄んだ灰色の瞳が悲しげに揺れている。僕の心臓がどくん、と跳ねた。湧き上がる愛しさで息が苦しい。

ああ、僕はレオナードが好きだ。強くて優しい、僕の団長。

「助けに来てくれてありがとう、レオナード」

僕は自分から、レオナードの唇にキスをした。

キスって言っても、唇と唇をちょんと合わせたくらいの軽いものだけど。それだけなのに、心臓がギュンギュン鳴って高揚している。

好きな人にキスするのって、幸せな気持ちになるんだね。鼻がくっつきそうなくらい近くにいるレオナードは、僕からのキスにちょっとびっくりしたみたいだった。

「ソウタからの口付けは初めてだな」

そう言ってふっと笑うレオナード。んんっ？　あれっ？　知ってはいたけど、レオナードってめちゃめちゃかっこいいな！　綺麗な顔を見てるだけで心臓が破裂しそうになる。

「そ、そうですね……」

「いきなりだから味わう余裕がなかったな。もう一回してくれよ」

「え、む、無理だよ恥ずかしい！」

「チッ、まあいいか。とにかくお前が無事でよかった」

「うわっ」

レオナードはひょいっと僕を抱き上げると、周りの騎馬部隊に指示を出していく。

「その賊は地下牢にぶち込んでおけ。明日、レイル城へ移送する」

「はっ」

僕たちがお互いの無事を確かめている間に、騎馬部隊は気絶した男を縛り上げていた。しまった、騎馬部隊のみんなの前でレオナードにキスしちゃったよ。めちゃくちゃ恥ずかしいな……。でも、騎馬部隊のみんなが来てくれて、僕がどれだけホッとしたか。それだけはちゃんと伝えたい。

「騎馬部隊のみんな、助けに来てくれてありがとう！　僕、本当に嬉しかったよ」

レオナードに抱きかかえられたままで言うのはちょっと格好悪いけど、言わないよりはマシだよね。僕がみんなにお礼を伝えると、何を思ったのか騎馬部隊のみんなが馬から降りて僕の前に一列に並んだ。

「え、な、何？」

みんなが一斉に地面に片膝をついた。地面はいまだ降り止まない雨のせいで、泥の水たまりが一面にできてしまっている。

「みんな、どうしちゃったの？　服が汚れちゃうよ！」

「王立第二騎士団騎馬部隊、副隊長のギークと申します。不在の部隊長アドラーに代わり、我ら一同これからも変わらぬ忠誠を寮長殿にお誓いします。一同、礼！」

騎馬部隊のみんなは右手を左胸に当てると、僕に向かって頭を下げた。

「みんな……」

僕の知識では、これがなんの儀式なのかは分からない。でも、彼らの熱い気持ちが伝わってきた。

「お前が寮を守ったことに対する、騎馬部隊からの感謝さ」

レオナードが囁《ささや》いて教えてくれた。

「レオナード、下ろしてもらってもいい？」

「ああ」

レオナードが優しく僕を地面に下ろす。まだ頭を下げ続けている騎馬部隊のみんなのところに近寄って、副隊長のギークさんの前に僕もしゃがんだ。

「どうか頭を上げてください。みんなは全員無事だった？　みなさんこそ嵐の中お疲れ様でした」

「はっ、ありがとうございます」

「新しくスープを作ったから、着替えを済ませたら食べて身体を温めてね」

そう伝えると、ギークさんが僕の手をガバッと握ってきた。普段から寡黙で実直な騎馬部隊からしたら、ものすごく珍しい行動だ。

「騎馬部隊一同、今後どのようなことがあろうとも寮長殿のおそばを片時も離れることはございません。我々の命に代えましてもお守りする所存です！」

「ギークさん……みんな、ありがとう！　とっても心強いです！　改めてよろしくお願いします！」

「はいっ！」

騎馬部隊のみんなの気持ちが、今の僕にはすごく嬉しい。寮を守れてよかった！　まあ、実際に寮を守ったのはレオナードと騎馬部隊のみんなだけどね。

「おい、もういいだろ。手を離せ、ギーク」

レオナードが呆れたようにバシッとギークさんの手をはたく。

「いつまでも俺のもんに触ってんじゃねえよ。ほら、感動の誓いも済んだことだし、改めて事態を整理するぞ」

「はっ」

ギークさんをはじめ騎馬部隊のみんながきびきびと動き始める。馬を厩舎に連れて行く者。気を失っている男を寮の地下牢に運ぶ者。いまだ止まない雨の中、寮周辺の警備に向かう者。みんなが戻ってきて、あっという間に寮はいつもの機能を取り戻した。

僕はレオナードにまた抱きかかえられながら、建物に向かって歩いていく。レオナードの温もりに、やっと僕も身体の強張りがとけていった。

……んんー？　なーんか大事な事を忘れてる気がするなぁ、僕。

「どうした？　どこか痛むか？」

「あ、うん。さっきあの男の人にお腹蹴られちゃって。ちょっと痛いかも」

「あのくそ野郎が……。切り刻んでも飽きたらねえぜ」

「うーん、でも僕、何か忘れてる気が……。ああっ！」

「なんだ、まだ何かあるのか？」

「まだもう一人、変な人が寮の中にいるの！」

「なんだと!?」

そうだよ、忘れてた！

僕が傷の手当てをした人が中にいるはず。僕の話を聞いていた騎馬部隊が三人、とんでもない速さで寮の中に駆けていった。

「賊の仲間か？」

「ううん、その人も追われてたみたい。怪我してたから、傷の手当てをしたんだ。そしたらさっき捕まえた人が追いかけてきて。その人刺されちゃってた……。大丈夫かな」

「この事態の原因はそいつか。瀕死だろうがただじゃおかねえ。ソウタを巻き込みやがって」

レオナードの顔が剣呑《けんのん》なものになってしまった。今までなら〝あーあレオナード怒らせちゃった〟くらいで済ませてたけど、さっきのレオナードの強さを見ちゃったらもう軽くは考えられない。

あの人、本当にただじゃ済まなくなっちゃう……

「あの、あのねレオナード、その人僕に隠れるように言ってくれたんだよ。逃げろって叫んでたし、悪い人じゃないかも」

「そいつがどんな聖人だろうと、俺が許すなんてことはねえな」

「お、穏便に……ね」

「野郎の態度次第だな」

いやぁ、あの人レオナード並みに口が悪かったからなぁ。なんとなく二人は気が合わなそうな気がする。新たな火種の予感が……。レオナードの前では神妙になってくれるのを祈るばかりだ。でも、僕の祈りは別の意味で叶うことはなかった。

「団長、玄関には誰もいません。他の階も確認していますが、おそらく寮内にはいないかと」

僕が最後に見た時は、机のあたりにうずくまっていた。けれどたしかに玄関内には誰もいないみたいだ。

「逃げたか……」

「そうかもしれない。もともと追われていたみたいだったし。でも、逃げたということは死んでないってことだよね。よかったぁ」

「よかったかどうかは、その野郎が何者かによるな」

「本人は敵でも味方でもないって言ってたけど……名前も教えてもらえなかったんだ。あ、でもなんでか僕の名前は知ってたな」

「お前はここの寮長としてレイルでは有名だからな。そいつが知っていても不思議はない」

「え、そうなの？」

いつの間に有名人になってたんだ、僕。

「敵でも味方でもない、か。まあいいだろう、地下牢に放り込んだ男に吐かせれば分かることだ。後で逃げた男の特徴を教えてくれ」

「うん。あ、ここのあたりだよ。僕が最後にあの人を見たのは。黒ずくめの男に刺されてうずくまってたんだ」

「ああ、ここに血痕があるな。この量ならたいした傷じゃなさそうだ」

レオナードは寮内を確認していた騎馬部隊に、勝手口から外を探るよう指示を出した。

「この嵐じゃ寮外の痕跡はすっかり消えちまってるな。運のいい野郎だぜ。……ん、これは？」

机の上を確認していたレオナードが、何かを摘《つま》み上げた。

「これは、耳飾りか」

「あ、それ逃げた人が耳につけてたやつかも。逃げる時に落としたのかな」

「……ふうん」

レオナードが耳飾りを見つめながらにやりと笑みを浮かべている。

「こいつは面白いことになってきたな」

面白いこと？　何か手がかりでも見つけたのかな。僕はレオナードの手元を覗き込んで、耳飾りをじっくり眺めてみた。

耳飾りはピアスのように、耳に穴を開けて通す仕様になっている。かなり古びた印象の耳飾りだ。金具には金色の小さな丸い装飾がついていて、何かの模様が精密に彫られていた。

「なんだろう、この模様。鳥の羽かな？」

「こいつは『自由の羽』だ」

「自由の羽？」

「ああ。その羽の紋様は〝なにものにも囚われない自由〟を意味している。この紋様を掲げて戦った古《いにしえ》の傭兵団に因んで名付けられたのさ。傭兵団は千年以上前のライン王国建国に力を貸したとされている。以降、秘密裏に活動を続け、歴史の裏舞台で暗躍した。これは一部の者しか知らない話だが、今もなお傭兵団は存在している」

「傭兵団……じゃあ、僕が会ったあの人もその傭兵団の一員？」

「だろうな。この耳飾りは落としたんじゃない。お前に預けたのさ、ソウタ」

「僕に？」

「あいつらは貸し借りに敏感だ。そいつはお前に助けられたんだろう？　であれば、借りが一つできたことになる。いつかこの耳飾りと引き換えに無償でお前を助けるつもりなんだろう」

「そっかぁ。そんなつもりで助けたわけじゃなかったんだけど……」

「もらっておけよ。何かの役には立つだろう。それに、そいつとは再び会うことになると思うぜ」

「えっ？」

「傭兵団の親玉は、俺とリアの顔見知りだからな。お前のことを聞いたら興味津々で探りに来るはずだ」

なんだか思わぬ展開になってしまった。でもいつか、僕が大ピンチになった時に助けてもらえるならありがたいよね。今のところ、そんな状況にはなりそうにないけど。

だって僕にはレオナードにリア、騎士団のみんながいてくれるからね。それにしても、これはいつか返してあげないと。きっと大事な耳飾りだろうから。僕はレオナードが手渡してくれた耳飾りをなくさないようにポケットにしまった。

「ねえレオナード、その傭兵団の人が言ってたんだけど……」

「ん？」

「さっき捕まえた黒ずくめの男が東門に爆弾を仕掛けて爆破させたって。リアが行ってる西門にも何かを仕掛けてるみたい」

「なるほどな……東門の火災は落雷にしちゃ燃え方が不自然だった。レイルの街を焼くつもりだったか」

「傭兵団の人もそう言ってた。それと、黒幕は王都の誰かだろうって……」

そう伝えた僕の言葉に、レオナードは驚くどころかニヤリと笑った。

「ふん、だろうな……。ついに実力行使で潰しに来たってわけか」

「え？」

「ソウタ、この件は俺が引き受ける。他言無用だぜ」

「う、うん……」

ひょっとしてレオナードは一連の出来事を予想していたのだろうか。

一体どういうことなのか聞こうと思ったけれど、レオナードはこれ以上話すつもりはないようだった。

「さてと、ソウタも俺もびしょ濡れだ。さっさと風呂に入ろうぜ」

面倒そうにそう言って階段を登るレオナードに、僕は黙って従うことにした。


翌朝。夜明けに嵐が去って久しぶりの太陽の光が寮長室の窓から差し込み、僕の身体を暖かく照らす。そろそろ起きなくちゃいけないのは分かっているけど、昨日の疲れのせいかまぶたが重い。やっぱり寝台で寝るのって気持ちがいいね。昨日は床の上だったたから、いつにも増してふかふかのお布団が一層ありがたい。

「うーん……。もうちょっとこうしてたいけど、そろそろ起きなくちゃね」

伸びをしながら目を開けると、寝台脇にはミュカがいた。僕が起きるのを待ってたみたいだ。

「ミュカおはよう！　昨日はレオナードと騎馬部隊のみんなを呼んできてくれてありがとう！」

「ギュイギュイ」

「ミュカは本当に賢いね。雨と風の中を飛ぶの大変だったでしょ。ちゃんと休めた？」

「ギッ」

僕はミュカの首に抱きつきながら頭を撫でた。あの時、ミュカがいなかったら僕は殺されてたかもしれないよね。ミュカがいてくれて本当によかった！

「よし、そろそろ起きよう。ミュカはもう朝ご飯食べた？　昨日のお礼に美味しいものあげるよ。何がいいかな。お魚？」

「ギュギュッ」

「あはは、ミュカお魚大好きだねー。着替えるからちょっと待っててね。……レオナードはもう起きて下にいるのかな」

昨日一緒に寝たはずのレオナードは、すでに寝台にはいなかった。僕が真ん中に寝て、右側がレオナードの定位置だ。彼がいたはずの場所に触れてみたけど、布団はひんやりとしている。結構前に起きたみたい。

僕は左側もそっと触った。いつもリアが寝ているところだ。リアは西地区一帯の警備からまだ戻っていないみたい。

「……朝寝台に一人って変な感じ」

誰もいない広い寝台の上で一人ぽつんと取り残された気がして、なんか嫌だ。早くみんなに会いたいな。レオナードにも、リアにも、騎士団のみんなにも。僕は急いで支度をすると、ミュカと一緒に一階まで駆け下りていった。

階段を下りて正面にある寮の玄関には、各地で警備にあたっていた団員さんたちが次々と帰ってきている。みんな僕とミュカを見つけて声をかけてくれた。

「あっ寮長！　ただいま戻りました！」

「おかえりなさい！　怪我はない？」

「はい、問題なしです」

びちょびちょの泥だらけになった隊服を脱ぎながら爽やかに答えてくれるのは、偵察・斥候部隊のヴィートゥスだ。

「寮長のほうが大変だったっしょ？　もう起きていいんすか」

ヴィートゥスの横で同じように隊服を脱ぎながら、人懐っこい雰囲気で声をかけてきたのは歩兵部隊のオッタ―。二人はたしかまだ十七歳で、同じタイミングで寮に来たらしい。所属部隊は違うけど、寮内ではよく一緒にいる仲良し二人組だ。

「うん、もう大丈夫。オッタ―も問題はなし？」

「うっす。ただ俺がいた地区は農家が多いんで、畑の被害は相当ありそうっすね」

「そっか……ヴィートゥスは南地区だったよね」

「はい！　あの付近は山があるので土砂崩れに気をつける必要があります」

「そうだね。そういう情報も報告書にまとめるかなあ。レオナードを手伝ったほうがいいかも」

レオナードはとにかく忙しい。それに事務作業が苦手みたいだし（リアに言わせると面倒くさがってるだけらしいけど）、僕にできることがあるかもしれない。

「団長なら食堂に部隊長たちといるっすよ」

「僕たちも部隊長に報告に行きくところですから、一緒に行きましょう！」

ヴィートゥスが誘ってくれたので、僕は二人と一緒に食堂に行くことにした。

「んじゃ速攻で着替えるんで、ちょっと待っててください」

ヴィートゥスとオッターは下着だけになると肌についた汚れを簡単に落として、清潔な服に着替える。二人の体つきは、レオナードやリアに比べるとかなり細身だ。あれだけ厳しい訓練を積んでも、まだ足りないということなのかな。

となると、レオナードとリアは一体どれくらい訓練を積んで、あんなに強靭な肉体を手に入れたんだろうか。きっと僕には想像つかないくらいの苦労をしたんだと思う。突然二人の逞《たくま》しい裸の姿を思い出して、僕の心臓がびくんと跳ねた。まずい、なんか変な気分になっちゃった！

「お待たせしました！　あれ、寮長、顔が赤いけど大丈夫ですか？」

「あはっ、ホントだ。ひょっとしてやらしいこと考えてたんすか？」

「そ、そんなわけないでしょ！　もう、ほら早く行こう！」

オッターに図星を指されて、僕は慌てて二人の背中を押しながら食堂に向かった。食堂では真ん中の机を囲むようにして、レオナードと部隊長たちが食事をとりながら何やら話をしている。

「おう、ソウタ起きたのか」

「うん、おはよう」

さっきレオナードの裸を思い出しちゃったせいで、本人を目の前に後ろめたい気分だ。

「腹減っただろ、こっちで何か食え。ヴィートゥスとオッターは報告か？」

「はっ」

「よし、聞こう」

僕はレオナードの隣に座って、ヴィートゥスとオッターはそれぞれ持ち場の報告をした。

「そうか。やはり北地区は警戒が必要だな。農作物の被害については把握するまで時間がかかりそうだ。歩兵部隊と偵察・斥候部隊はこれで全員無事を確認したか」

「はい、うちは全員問題なしです」

「偵察・斥候部隊も問題ありません」

「そうか……となると、あとはリアと補給部隊の奴らだな」

レオナードの顔色があまりよくない。それを見て、なんだか嫌な予感がした。

「リアはまだ寮に戻ってないの？」

「ああ。リアたち以外は全員帰ってきたんだが」

「リア、どうしたんだろう……」

「あいつのことなら大丈夫だ。ぴんぴんしてるぜ」

「えっ？」

リアがここにいないのに、レオナードは確信を持ってそう答えた。

「俺とあいつは『盟友の誓い』を結んだと言っただろ。あいつが死んでたら、俺も死んでる」

「あっ！　そっか！」

そうだ、二人の命は繋がっているんだった。だとしたら、待っていればそのうち帰ってくるのかな。

「ただ、ちょっと引っかかることがあってな。使いをやって西地区の現状を把握しとくか」

「引っかかること？」

僕がレオナードに質問した時、にわかに玄関が慌ただしくなった。その後すぐに食堂に飛び込んできたのは、補給部隊のダグ。食堂にいる全員が、ダグの慌てた様子を見て何事かと緊張した。

「ダグ、何があった」

レオナードの問いかけにダグが息を切らしながら答えた。

「副団長が……副団長が行方不明なんです！」

第五章　本当の伴侶に

ダグの報告に、レオナードをはじめ部隊長全員が椅子から立ち上がった。

「ダグ、落ち着いて順を追って報告しろ。何が起きた」

「はい。昨日西地区に着いた我々は、問題なく任務に就いていました。グレンジャー川の氾濫《はんらん》に備えてエルン橋に本陣を置きました。土嚢《どのう》の準備と住民の避難誘導をしていたところ……エルン橋が突然崩落しました」

「崩落？　氾濫《はんらん》によってか？」

「いえ、違います。我々の目の前で轟音と共に崩落したんです。エルン橋は、何者かによって爆破されたように見受けられました」

ダグは、ここまで一息で言うと言葉を切って肩で息をしている。

ダグの言葉を聞いて、昨日の自由の羽傭兵団と黒尽くめの男との会話が蘇る。

やっぱり、西門にも爆弾を仕掛けていたんだ……

もう少し話を聞こうと隣にいるダグを見ると、顔色も悪く、とても辛そうだ。よく見ると、ダグの身体にはところどころ切り傷があった。

「ダグ！　怪我してるじゃないか！」

「ああ、たいしたことないよ。それより君が無事で本当によかった。副団長も君のことを心配していたよ」

ダグはそう言って笑ってくれたけれど、表情が硬い。多分、僕に気を使わせまいとしているんだろう。それどころじゃないっていうのに……

「ダグ、座って報告を続けろ」

レオナードが辛そうにしているダグに椅子を勧めた。

「しかし、団長。報告は直立して行うものとの規定が……」

「構わない。いいから座れ」

「……はい、申し訳ありません」

「ソウタ、何か飲み物をダグに」

「はい！」

僕は厨房に走って、棚の上からレモンに似た果物の皮の砂糖漬けが入った瓶を取り出した。この果物は寮の勝手口横に自生しているものだ。普通は食べないらしく、もっぱら垣根の役割で植えられている。そのままだと酸っぱいので誰も手をつけていないのを、僕が収穫したんだ。

ハチミツがあればハチミツレモンにするんだけど、ハチミツにはまだお目にかかっていないのでフラームっていう木の蜜を代わりにする。

沸騰したお湯に砂糖漬けとフラームの蜜をたっぷり入れて、ダグに渡した。疲れと寒さには、温かくて甘い飲み物がいい。

ダグはホットハチミツレモン（もどき）をごくりと一口飲む。

「あ、美味しい……！」

と、顔を輝かせてから報告の続きを力強く始めた。

「エルン橋の上には補給部隊のココとリュドミールの二人が、川の状況を確認するために立っていました。二人は崩落の巻き添えにならずに済みましたが、橋のたもとあたりから黒い服を着た男たちが突然這い出てきまして……」

「黒い服だと？」

ダグの話を聞いたレオナードの顔が厳しさを増す。レオナードも僕も、同じ男を思い描いているはずだ。昨日、捕まえた男もまた黒い服を着ていた。仲間だろうか。

「はい。顔を布で隠していたので、人相は分かりません。橋のたもとから上がって来たのは十人です。おそらく奴らが橋を爆破した犯人だと思います。ココとリュドミールは男たちを取り押さえようとしましたが、逆に川に投げ込まれまして。副団長は一人で十人を薙ぎ倒すと川に飛び込んで二人を救出したのですが、川の流れが速く……」

「そのまま流されたのか？」

「はい、しかも副団長を追って黒服の男が複数人、川に入っていきました。副団長と男たちはもつれあいながら川下へ……。それ以降は確認できていません。残された僕たちのもとにも、別に隠れていた男たちが襲ってきました」

「お前以外の五人はどうした？」

「無事ですが重傷者三名、軽傷者二名です。僕たちを襲ってきた者どもには逃げられました。副団長が倒した十人は全員死亡。遺体は全て茂みに隠し、軽傷者を見張りに立たせています。重傷者は近くの区長宅へ避難させました」

ダグの報告を聞いたレオナードの判断は早かった。

「分かった。ムント、至急補給部隊を率いて区長宅へ向かい重傷者を搬送。アドラーは馬車で遺体を収容しろ。セレスティーノ、歩兵部隊はエルン橋で状況を確認。部隊長はなるべくこの寮から離れず、部下を差し向けるように」

「はっ」

「俺はリアを追う。ダグは俺について来い。アドラー、ジョシュアを借りるぞ。それから……ヴィートゥス、オッター、お前たちも来い。いい経験になるだろう」

「はいっ！」

レオナードはリアの捜索に向かうつもりだ。僕もリアを捜しに行きたい……川に流されるなんて、大丈夫なんだろうか。僕が行ったら足手まといだよね。迷惑をかけることは分かりきってる。でも、リアは僕の伴侶なんだ。このまま寮で無事を祈るだけなんて無理だよ。

「ソウタ」

「レオナード、僕……」

「お前も連れて行く」

「えっ」

本当に？　僕もついて行っていいの!?

「リア捜索は危険を伴う。それでも、お前をここに残す選択肢はもはや俺にはない」

「レオナード……」

「どんな状況になったとしても、お前は俺たちのそばに置くと決めた。いかなる時も俺とリアの隣にいろ」

「……はいっ！」

僕が勢いよく返事をしたので、レオナードは満足げに頷いた。

「よし、それじゃ、リアを捜しに行くぞ」

「うん！」

レオナードと僕たちはすぐに支度を済ませると、寮を出発した。一緒に捜索に参加するのはダグにジョシュア、それから若手のヴィートゥス、オッターだ。みんなそれぞれ馬に乗っている。僕は馬に乗れないから、レオナードの馬に同乗させてもらうことになった。

「ソウタ、この手綱を握ってろ。引いたりするなよ、馬が暴れるからな」

「うん、分かった」

レオナードは僕を後ろから抱きかかえるように乗ると、寮の正門に集まった各部隊長に向き直る。

「では行ってくる。俺が不在の間は偵察・斥候部隊長のヘンリクに団長代理を命じる」

「はっ。ご不在の間、この老いぼれの命に代えましても臨時団長の任務を必ずや全ういたします」

「頼んだぞ。他の者はこの老体が誤って命を落とさないよう補佐しろよ」

「はっ」

部隊長さんたちに見送られながら、僕たち六人は寮を出発した。

「では、まずは崩壊したエルン橋に向かうぞ。ソウタ、少し馬を飛ばす。舌を噛まないように注意しろ。行くぞ！」

レオナードが馬の腹を軽く足で蹴ると、馬は猛然と走り出した。

西門に近づくにつれて、だんだんと状況が明らかになっていく。僕たちが馬で疾走している道と平行して流れるグレンジャー川は、轟々と音を立てていた。時折、山から流れてきたのか大きな木が横を通り過ぎていく。

リアはここに自ら飛び込んだってダグは言っていた。こんな状態の川なんかに入ってしまって、無事に岸に上がれるんだろうか。

レオナードは大丈夫だって言うけど……。ひょっとしてとんでもない大怪我をして、どこかで苦しい思いをしてるんじゃない？　謎の敵に追いかけられて、息も絶え絶えに逃げ回ってるかも……

先に川に落ちてしまった補給部隊のココとリュドミールの二人は、リアと一緒にちゃんと元気で帰ってくる？　頭の中にとめどなく浮かんでくる悪い想像に、息が詰まる。

「リア、大丈夫かな……」

「ソウタ、落ち着け。お前があいつを信じてやらないと駄目だ」

「……レオナード」

「あいつはこんなことじゃ死なねえよ。昔っから悪運が強いからな」

「うん」

「信じてやれ、リアを。そんで無事に再会したら、心配させた詫びに一発殴ってやりゃいい」

「うん！」

レオナードの言う通りだ。悪い想像ばかりしていたら、運命は悪いほうに傾いていく。今はリアを無事に見つけ出す事だけ考えよう。僕はまっすぐ前を向いて、道の先にあるエルン橋を見据えた。


エルン橋は今から百二十年前、氾濫《はんらん》が頻発していたグレンジャー川の河川工事を請け負った天才技師・エルンの名をとって架けられたらしい。煉瓦作りの重厚な橋で、エルン氏が整備した土手を跨いで対岸を繋いでいる。グレンジャー川にかけられたエルン橋のそばには、畑が見渡す限りに広がっていて南地区とあわせてライン王国の食を支えている。

グレンジャー川の氾濫《はんらん》は、農作物への甚大な被害をもたらしていて、長らく大きな悩みの種だったようだ。だから、氾濫《はんらん》を抑えることに成功したエルン氏は英雄として尊敬されている。

その象徴がこのエルン橋だ。毎年のように訪れる嵐に百二十年にもわたって耐え続けるこの橋は、レイル領民の誇りなんだと、レオナードが道すがらに教えてくれた。

僕はまだ西地区に行ったことがない。だから、レオナードが教えてくれたエルン橋を頭の中で想像してみた。僕の脳内で、朝日に煌めく赤茶色の煉瓦がエルン氏の偉大な業績を誇るようにどっしりと、グレンジャー川を従えるように佇んでいた。

その橋が、見る影もなく崩れ落ちている。陽の光を浴びて輝いていたはずの煉瓦は、橋脚の一部を残して跡形もなく濁流に呑み込まれていた。

「そんな……エルン橋が跡形もないなんて」

ヴィートゥスが絞り出すように呟いた。みんなは無言で橋がかつてあった場所を見つめている。何も言わないけれど、きっとみんなヴィートゥスと同じ気持ちだろう。この橋は、みんなの誇りだったんだ。それなのに、壊されてしまった。

……そう、誰かに壊されたんだ。

呆然とするみんなの中で、いち早く動き出したのはレオナードだった。

「状況を確認するぞ」

馬からひらりと降りると、僕に手を貸して降ろしてくれた。一足先に現場に来ていた歩兵部隊が走ってきて状況を説明する。他のみんなもレオナードの行動を見ると、はっとしたように現実に戻って任務を開始した。

レオナードは歩兵部隊に現状を確認し、ダグは補給部隊に、区長宅に託した負傷者の状況を聞いていた。ヴィートゥスとオッターは川下に向かって馬を走らせて、探索を開始している。しかしレオナード以外は、どこか上の空だ。エルン橋の崩落がよほど衝撃なんだろう。

僕は一人、エルン橋が架かっていた場所まで近づいた。今は端っこしか残ってないけれど、橋の横幅は十メートルはあるだろうか。

「広くて立派な橋だったんだろうな」

みんなが誇るエルン橋を、僕もこの目で見てみたかった。

みんなの悲しみと怒りが、僕にまで伝わってきてしまいそうで僕は慌てて首を横に振る。僕まで感情に呑み込まれちゃダメだ。この場で一番冷静でいられるのは、エルン橋との思い出がない僕だと思う。

僕は橋の下の、土手になっている辺りまで降りてみた。とはいえ、グレンジャー川は百二十年前の威力を取り戻したかのように、土手すれすれまで増水しながら轟々と流れている。僕まで流されちゃったら、余計な手間を取らせちゃう。ここは慎重に、川と少し距離を取りながら、下から橋を眺めてみた。

橋脚は一メートルほどを残して崩れ落ちていた。煉瓦《れんが》の先が真っ黒に変色している。土手に目を向けると、黒くなった煉瓦《れんが》が散乱していた。なるほど、たしかに川の氾濫《はんらん》だけでは煉瓦《れんが》は黒く変色なんてするわけない。この変色が、黒ずくめの男たちが橋を爆破させたことの証拠だろう。

「寮に傭兵団を追ってきたあの男も、仲間なのかな。なんのために橋の破壊なんてしたんだろう」

僕には分からないことだらけだ。でも、どんな理由があったとしても、エルン橋を破壊したことは許せない。レイルのみんなの誇りを粉々にしたんだから。

リアは、エルン橋が破壊された瞬間をその目で見たんだろう。きっとみんなと同じように、この橋を誇りに思っていただろうに。どれほど悲しかっただろう。

「早く会いたいよ、リア」

リアは会ったらきっと、自分は大丈夫だよって僕に言うんだろうな。それでも、僕はリアを抱きしめてあげたい。大丈夫なんかじゃないはずだから。

人のことばっかり心配して自分のことはいつも後回しにするリアを、僕が抱きしめてあげるんだ。

僕はそう決意を新たにしつつ、土手からみんなのところに戻ろうと踵《きびす》を返した。

その時、きらりと足元で何かが光る。

「なんだろう……」

草をかき分けて拾い上げたのは、親指の大きさくらいの透明の瓶だった。中には紫色の液体が入っている。

「ん？　何かの薬かな」

僕は陽にかざしながら、小さな瓶を観察してみた。瓶には金属の蓋がされていて、蓋の上には何かの紋章が刻まれている。ヤギの頭のように見える。もしかしたら川の氾濫《はんらん》で、どこからか流されてきたものかもしれないと思ったけれど、周辺にはこの瓶以外に落ちているものはなかった。

この瓶だけが、橋の下にぽつんと置き去りにされている。なんとなく無関係には思えなくて、土手を上がってレオナードのところへ走った。

「これは……」

「橋の下の草むらで拾ったんだ。もしかしたら今回のことには無関係かもしれないけど、何となく不自然な感じがしたから」

レオナードは瓶の蓋を開けて、くん、と匂いを嗅いだ。途端に険しい顔になる。

「ダグ！　こいつを見てみろ！」

大声でダグを呼ぶと、走ってきた彼に瓶を見せた。

「……！　これってもしかして」

「瓶の蓋にある紋章をみてみろ」

「角やぎ紋……」

「ついにこの時が来たか……。ダグ、リアを追うぞ」

「はい！」

レオナードとダグの二人には、この瓶は衝撃的なものだったみたいだ。

「ソウタ、よく見つけてくれた。これで今回の事件の真相に確信が持てたぜ」

「そっか、よかった……」

「今はゆっくり話している暇がない。いつか必ず全て説明するから、今はリアを捜しに行くぞ」

レオナードの顔から余裕が失われていた。

「こいつが本物だとすると、リアが危ない」

「リアが!?」

「ああ、俺の予想が当たっているとすればリアは命を狙われている」

「……急ごう、レオナード！」

僕とレオナードは強く頷き合うと、馬に向かって一目散に駆け出した。

「川下に向かって全速する！」

「はいっ」

探索隊として先行しているヴィートゥスとオッターにまずは追いつくため、僕とレオナード、ダグ、ジョシュアの四人は川下に向かって全速力で駆けた。
　はじめは道の脇に住宅が並んでいたが、次第に木々が生い茂り人の気配は完全になくなった。どうやらこの川は森に入っていくようだ。道も整備されたものから、土と石が目立つような山道に変わっていった。二十分ほど馬で駆けると、オッターが川の横で僕たちを待っていた。

「団長！　こいつを見てください」

　オッターは川沿いの草むらを指し示す。草むらには、何か黒い塊がうずくまっていた。ひょっとしてリアかもしれないと心臓がバクバクしたけれど、その塊は黒ずくめの服装をした男だった。男はぐったりとしている。

「俺たちが見つけた時には、こいつはすでに死んでました。あらかた調べましたが持ち物はありません。顔を改めますか」

「ああ、布を剥がせ」

　レオナードに言われてオッターは顔に巻かれた布を剥がす。出てきたのは、青い髪を短く刈り込んだ男の姿だった。

「青い髪か。間違いない、ザカリ族だ」

「ザカリ族……」

　それはたしか、以前レオナードと屋上で話をした時に教えてもらったレイルの敵の名前だ。

「こいつらは十五年前、俺の両親とリアにとって親代わりだった司教たちを皆殺しにした」

「ええっ⁉」

レオナードの言葉に、オッターが驚きの声を上げた。ダグとジョシュアは知っていたのか、苦々しい顔をして草むらの死んだ男を見下ろしている。

「この話は、話すと長い。何しろ俺とリアの人生の話になるからな。とにかく今は、レイルを陥れようとしている敵だと、認識していてくれ」

「……うっす、分かりました」

「うん、分かった」

頭の中にはてなマークがたくさんあるけど、今はレオナードを信じて何も聞かないことにした。必ず全部を話してくれるっていう言葉を信じてるから。

「この男って、リアを追って川に飛び込んだってダグが言っていた男かな」

「おそらくな。首を見てみろ、首から上が鬱血《うっけつ》している。溺死じゃなくて誰かに首を絞められたんだ」

見てみろって言われたけど、僕は死んだ人を見るのは初めてだ。正直に言ってしまうと、見るのがものすごく怖い。気持ち悪くなっちゃうかもしれないから、ちょっとだけ離れた位置から覗き込むだけにした。他のみんなは慣れているみたいで、レオナードの指し示したあたりを覗き込んでいる。

「ああ、本当だ。それじゃあこの男を葬ったのはおそらく副団長ですね」

「ああ、間違いない。……ただ、このあたりには誰かが地面に上がった痕跡がない。足跡も、草を踏んだ形跡もないからな。おそらく川の中で殺《や》った後で、ここに投げ捨てたんだろう」

「え、副団長はなんでそんなことを……」

「俺たちに手がかりを残すためさ。あいつはもっと川下だ。追うぞ」

レオナードは男の骸を森の中まで運ぶと、木の陰に隠した。

「ヴィートゥスは先行したか」

「はい。川沿いを偵察しながら先に進んでいます」

「よし。この先はザカリ族の連中がいる可能性がある。用心しろ」

僕は再びレオナードと馬に乗った。犯人は王都の連中だって言ってなかったっけ。

でもあの時たしか傭兵団の人は、寮に現れたあの黒ずくめの男もザカリ族だったのかな。あれ、
黒幕だと言っていた王都の連中とザカリ族は何か関係があるんだろうか。

あとで馬を降りたらレオナードに聞いてみよう、そう思っていた。

でも次に馬から下りた時、そこに待ち受けていたのは、自分の考えが衝撃でかき消されてしまうほどの惨状だった。

「こ、これは一体……」

「……三十人はいるね」

ダグが声を上げて、ジョシュアが数を数えた。さっきの場所からさらに一時間。川沿いが少し広くなった、砂利を敷き詰めた広場のような場所に出たところだった。

そこには、三十人ほどの黒い服を着た男たちが寝転がっていた。ある者は意識を完全に失い、またある者は小さく呻《うめ》き声を上げている。何人かは絶命しているようだ。

「副団長、一人で三十人を相手にしたんすかね……」

オッターが呆然とその場に立ち尽くしている。僕もオッターと同じ気持ちだ。この人数をリアが一人でやっつけちゃったってこと？　いくらなんでも強すぎやしない？

「団長、僕が到着した時にはすでにこの状態でした。先ほどの死体をご覧になりましたか？」

「ああ、見た。あれはおそらく昨夜あたりに絶命した死体だろう」

「はい、こいつらは今朝早くかと思います」

「なぜそう思う？」

「あそこを見てください」

ヴィートゥスが指し示した先には、枝の燃えかすがあった。

「おそらく副団長が暖を取った跡かと思います。横にはこれが……」

ヴィートゥスが僕たちに見せたのは、枝だった。三ヶ所に布きれがくりつけられている。

「ああ、リアと二人の分か。リアはともかく、ココとリュドミールも無事のようだな」

「はい、布の乾き具合から見て三時間ほど前かと」

「いい読みだ、そんなところだろう。しかしずいぶんと大人数で襲ってきやがったな」

レオナードがあたりを見て呆れたように呟いている。リアは僕たちが捜索に来ることを見越してか、目印を残してくれていた。どこまでも穏やかで冷静なリアの笑顔が頭に浮かぶ。

ずっと嫌な想像ばっかりしていたけれど、案外リアは大丈夫かもしれない。目印を残すくらいの余裕はあるってことだもんね。きっと今もあの笑顔で補給部隊の二人と一緒にいるはずだ。

「ここで三人は川を出たってわけか」

「ということは……」

僕は森を見つめた。この森の中に、リアがいるということだ。レオナードが僕の肩に力強く手をかけた。

「行くか、ソウタ。あいつはもうすぐそこにいるぜ」

「うん！」

僕たちは馬を近くの木にくくりつけると、森の中に入っていった。森の中は背の高い樹木が生い茂っていた。道と呼んでいいのかも分からない、かろうじて草が生えていないだけの細い道を進む。途中までは道に数人の足跡が残っていたが、次第にその跡は薄れていった。

「ここで道を外れたようだな」

「はいっ」

「ヴィートゥス、足跡の向かう先を偵察してきてくれ。俺たちは後からついて行く」

「はっ」

ヴィートゥスは小声で返事をすると、道を逸れて森を分け入っていく。彼の気配はあっという間に消えてしまって、あたりは鳥の鳴き声しか聞こえない。

「よし、偵察はあいつに任せて俺たちも続く。ソウタ、ここからは余計な物音を立てずに進む必要がある。俺がお前を背負うぞ、いいな」

「……分かった」

本当は自分で歩くよって言いたい。でも僕は騎士の訓練を受けてないから、さっきのヴィートゥスのように音を立てずに歩くことは不可能だ。わがままを言ってみんなのお荷物にはなりたくない。何より僕のせいでリアたちによくないことが起きるのは絶対に避けたい。

……こんなことになるなら、騎士のみんなと一緒に訓練を受けておけばよかったな。

レオナードが僕を背負って、オッターが僕の背後を守る形でついて行く。ダグとジョシュアはレオナードから少し離れた両脇に陣取って、あたりの気配に耳を澄ましていた。……まずい。僕だけ完全に足手まといだな。

「ソウタ」

レオナードが僕の名前を呼んだ。ほとんど唇も動かしていないくらいの小さい声なのに、不思議と僕の耳にはちゃんと声が聞こえてくる。

「うん？」

「俺がお前を背負うのは、お前が訓練を受けてない役立たずだからじゃないぜ」

僕の心を見透かすようなレオナードの言葉が耳に届いた。

「俺は前方。オッターは後方に注意しながら進む。ダグとジョシュアは左右だ。お前は俺たちが見えないところを見るんだ」

「見えないところ……」

僕にもちゃんと役割があるってこと？　僕はとりあえず木の上や地面に目を向けてみた。

「そうだ、ソウタは四方に目を配って、俺たちが見落としているものがないか確認してくれ」

「分かった！　ねえ、レオナード。もし途中で僕を背負うのが大変になったら無理しないで言ってね」

「ははっ、普段の山岳訓練じゃお前の倍はある荷物を背負って山道を歩くんだぜ。お前一人くらい空気みたいなもんさ」

レオナードがいつもみたいに笑った。レオナードには、僕の考えてることなんてお見通しだったみたいだ。僕が背負われることに落ち込んでるんじゃないかと思って、声をかけてくれたんだね。

レオナードのこういうところが、団長なんだなって思う。部下の士気を鼓舞するって大事だ。レオナードに役目があるって言われるのは嬉しいな。

せっかくレオナードが僕に割り振ってくれた任務だ。実際には対して必要ない役割だって分かっているけどちゃんと全うしよう。

僕はレオナードの肩をぐっと掴んでから、きょろきょろと木の上や地面を確認した。絶対に見逃さない。リアに繋がる手がかりを探すんだ。

「ソウタもオッターも落ち着いて気配を探れ。おそらくリアは昼間は広範囲の移動はしない。ザカリ族に見つかる危険性が高いし、何よりリアの他に二人いる。移動するなら夜のはずだ」

「はい」

「リアは近くにいる。だが、同じように敵も近い。用心を――ふん、言うそばから現れたな。オッター、見えるか？」

オッターはレオナードの横に進み出て、じっと目を凝らしている。僕も同じようにやってみたけど、あたりには蔦の這う木の幹としげみばかり。

「……発見しました。前方、左に一名です」

オッターが小声でそう言うけれど、僕には全然分からない。

「そうだ。敵の連絡役だろうな。オッター、実戦は何度目になる」

「三度目です」

「よし、ここはお前に任せる。見ててやるから思い切って訓練の通りにやってこい。ダグ、ジョシュア、万一の時は側面から援護しろ」

オッターが腰を低くして進んでいくと、僕の目に彼はもう見えなくなった。ダグとジョシュアもいつの間にか姿が見えなくなっている。鳥が鳴いた。風がかさかさと森の木々を揺らしている。おかしな気配なんて一つも感じない森の中で、僕は息を詰めて成り行きを見守った。

何時間にも感じるような沈黙ののち、突然遠くの茂みががさりと、揺れた。五秒ほどで音は消えあっという間に静寂を取り戻して、何事もなかったかのように鳥が鳴き始める。

「よし、仕留めたな」

「うそ……！」

「ほら、合図してるだろう」

遠くのほう、多分百メートルくらい先で、誰かが立ち上がって手を上げている。

「えっ、あれオッター？　いつの間にあんな所まで……」

「あいつはなかなか素質があるな」

レオナードがオッターのほうに歩みを進めた。いつの間にかダグとジョシュアも近くにいる。騎士って本当にすごい。今まで寮の訓練しか見てなかったから、あまり実感がなかった。

オッターはまだ騎士団に所属してから間もないはず。彼でこれだけすごいんだ、リアなんてさらに何倍も強いんだよね。リアは大丈夫だ、絶対無事に再会できる！

僕がほうっと息を吐いた時、森の中にピィーという音が響き渡る。トンビの鳴き声みたいだ。

「ヴィートゥスか！　どうやらリアを見つけたみたいだぜ。ソウタ、俺の背にしがみつけ。少し飛ばす」

レオナードの言う通りにしっかりと彼の背中にしがみつく。途端に、とんでもない速さでレオナードが森の中を疾走した。レオナードが茂みをかき分けて森を走り抜ける。少し行ったところで急に視界がひらけた。広場というわけではなく、誰かがこの一帯の木々を薙ぎ払ったようだ。

ところどころに黒服たちがうずくまっている。レオナードに並走していたダグが唸った。

「副団長、一体何人に追われてるんだろう……」

これまでの道のりで確認したザカリ族だけでも、三十人以上がリアに挑みかかっている。全員倒してるとはいえ、無傷で切り抜けられるような人数ではない。

すると、遠くからドンッと大きな音が響き渡った。再び鳴り響くピーッという音。ヴィートゥスからの合図のようだ。レオナードたちは音のするほうに向かって一層足を速めた。

五分ほど走っただろうか、前方にヴィートゥスがいた。誰かともみ合っている。相手は黒服の男だ。

「ヴィートゥス！」

オッターが一人走り寄ってヴィートゥスに加勢する。もつれ合いながらも、二人がかりでなんとか男を気絶させた。

「オッター、助かった。ありがとう」

「ああ、危なかったな」

「団長。副団長はこの先です」

「こいつ、さっき俺が殺《や》った男とは強さが桁違いだ……」

レオナードが僕を背から降ろした。

「こいつらは戦闘員だ。ヴィートゥスとオッターでは一人で戦うのは難しいだろう。ここから先、お前たちは必ず二人で行動すること。自分たちの身を守ることを優先しろ」

「はいっ」

「決して敵を倒してやろうなどと考えるなよ。ダグはリア以外の二人を保護。ジョシュア、お前はソウタを頼む」

すぐそこで、何度も木が切り倒される大きな物音と人の声がする。きっとリアだ。やっと追いついた！　レオナードはヴィートゥスとオッターが倒した男の顔の布を乱暴に剥ぎ取った。やはり青い髪を刈り込んだ男が顔面蒼白のまま目を閉じている。

「あれから十五年……ついに時は来た、か」

レオナードが不敵に笑うと、リアがいる場所まで駆けていく。

「僕たちも追いかけよう！」

「……ソウタ、ゆっくり行くから足元に気をつけて」

ダグを先頭に、ヴィートゥスとオッター、僕とジョシュアが続く。道の先がさっきのように唐突にひらけて、薄暗かった森が陽の光であふれ返った。

「これはこれは……ずいぶんと人気者じゃねえか、リア」

レオナードが声をかけた先にいたのは、大きな剣を片手に大勢の敵と対峙するリアだった。隊服は泥で汚れ、ところどころざっくりと切れている。それでも小さな怪我はしているみたいだけど、大丈夫そうだ。

リアの無事な姿を見ただけで、腰が抜けそうなくらい安心する。僕は目の前に敵がいるのも忘れてリアに駆け寄ろうと一歩足を進めようとして、リアの異変に気がついた。

リアの表情は、僕が今まで見たことのないものだった。いつもはひだまりのように暖かで穏やかに揺れ動く紫の瞳は、今は冷たい湖の底のように真っ暗でなんの感情も読み取れない。リアの周囲だけ氷が張ったように冷ややかで、まるで生きている気配を感じられなかった。

「思ったより早かったな、レオナード」

リアに近づいていくレオナードにリアが声をかける。低い、心が凍ってしまうような冷たい声だった。怖い。目の前にいるのは、本当にリアだろうか。僕の足はリアに圧倒されて動かなくなってしまった。地面ごとカチコチに凍ってしまったみたいに、足を動かすことができない。

「心配して来てみたが、派手にやってるようだな」

「蛆虫《うじむし》どもが次から次へと湧いてくるんでな」

レオナードと感情を捨て去ったままの表情で会話をするリアの足元には、すでに何人もの男たちが倒れていた。二人から十メートルほど離れて剣を構えるザカリ族は、ざっと見積もってもまだ五十人はいるだろう。

「手を出すなよ、レオナード。こいつらは俺が一人で闇に葬る」

いつもは自分のことを〝私〟と言っているリアなのに、言葉遣いまで変わってしまっている。ザカリ族たちも、リアの放つ異様な空気に押されているのか、間合いを詰めることができずにその場で剣を構えるだけだ。

レオナードはため息をつくと、茂みで立ち尽くす僕たちに向き直り、顎でリアの後ろを指し示した。リアの後ろにある大きな木の幹には、ココとリュドミールが座っていた。ココは座りながらも、剣を構えてリュドミールを庇うようにしている。リュドミールはぐったりと幹に身体を預けて、目を閉じていた。

「ココ！　リュドミール！」

「ダグさん！　リュドが……！」

ココの悲痛な声に、ダグが駆け寄ってリュドミールの状態を確認し始めた。

「……団長が心配してたのはこれなんだ」

「え？」

僕の隣でジョシュアが呟いた。

「副団長は戦闘になると、いつも感情がなくなって別人みたいになる。放っておくと自分が死ぬまで戦おうとするんだよ」

僕はザカリ族と対峙するリアを見つめた。読み取れない暗い瞳には、何も映ってはいない。

「戦闘になると、あの人は自分の命を簡単に投げ捨てちゃうんだ」

「どうして……」

「……自分の中に流れる血を嫌っているから」

「血？」

リアの中に流れる血。僕は以前、マティスさんが言っていた言葉を思い出した。マティスさんは、リアは王族の血を引いているって言っていた。リアは王子なんだと。その血統をリアは嫌っているんだろうか。

「団長は副団長があぁなっちゃうのを一番よく知っているから、今回も心配してたんだと思う」

「そうだったんだ」

レオナードはリアが死んじゃったらどうしようと心配してるんだと思っていた。でもレオナードの態度を思い返してみると、それはちょっと変だ。

レオナードは『リアは大丈夫だ』って確信していた。僕にはっきりそう断言している。確証はないけれど、『盟友の誓い』を結んだ二人だから、お互いに危機が迫っているかどうか理解できるんだと思う。

それなのに、リアのことをすごく心配していた。早く見つけなきゃいけないって焦っていた。

「レオナードはザカリ族がリアを追ってるのを知って、リアが死ぬまで戦い続けちゃうんじゃないかって心配してたんだね」

「……うん。副団長を倒せる人なんて、団長ぐらいしかいない。そっちの心配はしてなかったんじゃないかな」

「そっか……」

氷のような眼差しでザカリ族に剣を向けるリア。レオナードのことは認識しているようだったけど、僕やジョシュアには気づいている気配がない。全然見えてないんだ。今のリアには目の前の敵すら見えてないのかもしれなかった。

「リア、お前はもう十分楽しんだだろ？　あとは俺がやるからお前は引っ込んでろよ」

「笑えない冗談だ。こいつらの目的はお前じゃない、俺だ。俺の血がこいつらを引き寄せる」

「忘れたのか？　お前の血は俺の中にも流れている。つまり、その血は俺たちのものだ」

「……」

「同じように俺の血も流れていることを忘れてるぜ。ブリュエル家の血が、お前の中にも流れている」

「……黙れ」

「いいや、黙らないね。いい加減、俺にも背負わせろって言ってんだよ、お前の重荷を。そのために俺たちは誓ったんだろうが！」

「黙れっ！　俺の血のせいでエルン橋は崩落した！　ココとリュドミールが巻き込まれたのも俺の

せいだ！　あの時と同じだ！」

「違う！」

「同じだ！　俺のこの呪われた血が何もかもを破壊する！　お前の両親も！　司教様も！」

口論を始めてしまったレオナードとリアがお互いの胸ぐらを掴み合った。この場にいる全員が二人の成り行きを見守っていた。

「そうじゃねえだろう！　目を覚ましやがれ、リア！　あの時にはないものが、今のお前にはあるだろうが！」

「あの時からもう、俺には何もない！」

「ソウタがいるだろうが！」

「……！」

「守らなければならない存在が、今お前の手の中にあるんだリア！　お前の命はもうお前だけのものじゃない。お前が死ねば、俺も死ぬんだぞ」

レオナードはリアを掴んでいた手をゆっくり離すと、茂みに立つ僕を指差した。

「俺たちが死んだら、ソウタはどうなるんだ！　今はまだ、その時じゃない！」

「ソウタ……」

凍りついていたリアの紫の瞳がぼんやりと僕を見つけ出す。

「……、……ソウタ！　どうしてこんな危険なところに！」

次第に生気を取り戻すリアの表情がやっと僕の知っているものに変わっていく。春の木漏れ日を思わせる、穏やかな瞳。どこまでも澄んだ宝石のようなリアの紫の瞳がようやく戻ってきてくれた。

相変わらず事情はさっぱり分からないままだ。むしろ情報が複雑に絡み合いすぎて、僕の頭には解けない謎が無数に転がっている。それでも今大事なことは、僕の名前を聞いてリアが正気を取り戻してくれたことだ。

リアが自分を犠牲にしないために僕が必要だって言うなら、僕はもうリアのそばを離れない。だってリアの温かい瞳をずっとずっとそばで見つめていたいから。リアが生きていてくれるだけで、僕はこんなにも嬉しいんだから。

「リア、あなたが無事でよかった……！」

「ソウタ……」

僕はそれだけ言うと、その場にへたり込んだ。リアが僕を呼ぶ声が、僕の身体中の力を抜けさせる。緊張の糸が切れて僕がほうっとため息をついた時、僕の目の前に真っ暗な影が落ちてくる。

「えっ……！」

ザカリ族が五人、剣を振りかざして僕に飛び掛かってくるところだったのだ。

「うわっ！」

僕は両手で顔をガードすることしかできない。完全に油断していた！　こ、これは死んだかもしれない……

でも、悲鳴を上げて倒れ込んだのはザカリ族のほうだった。目の前に立ちはだかったジョシュアが一人を、残りの四人を背後からレオナードとリアが倒してくれた。

「おいおい、ソウタを襲うとはずいぶんと舐めた真似してくれるじゃねえか」

「ソウタ、大丈夫かい？」

「……怪我ない？」

僕は三人に向かって頷いた。レオナードが、敵に剣を向ける。横にはジョシュアが控えていた。

「ソウタ……」

「リア……」

僕の前にひざまずいたリアが、僕を見つめてくる。その瞳に映るのは、悲しみと怒り。それは多分、自分自身への強い怒りだ。この人は今、自分を責めている。

「リア……僕から一ついいかな」

僕はひざまずくリアの額にキスをした。

「僕は戦うことはできないけれど、あなたを全力で守るって誓うよリア。ずっとあなたのそばにいるから、どうか生きて僕のそばにいて」

「ソウタ……」

リアはぐっと自分の両手に力を入れると、目を閉じる。再び開いたその瞳には、沸き立つような情熱が見て取れた。リアはもう大丈夫だ。

「ソウタ」

「はい」

「今の私には、何かを語る資格はない。それでもこれだけは君に言わせてほしい。……君が望む限り、私は生きると誓おう」

「はい！」

リアは優しい笑みを僕に返すと、立ち上がって敵に向き直った。

「レオナード、心配かけたな」

「ほんと、お前は昔から手がかかる」

「お前に言われたくはない」

「ははっ」

レオナードが楽しそうに笑った。

「さて」

リアが手に持った剣を構えた。

「我が名は王立第二騎士団副団長リア・ディル・ヒュストダール。ライン王国前国王シュミーデル三世が長子、イェルリン・ディル・ヒュストダールの子である。この命、貴様らにくれてやるには重すぎる。死にたい者からかかってこい」

声高々と名乗りを上げたリアが、一歩前に出た。レオナードもまた、リアの横に並ぶ。

「我が名は王立第二騎士団団長レオナード・ブリュエル。レイル領主にして即位叙任権保持者クリスティン・ブリュエルの子である。『盟友の誓い』に従い、リア・ディル・ヒュストダールの敵は俺が討ち滅ぼす」

二人が男たちに向かって走り出した。二人を迎え撃つように、ザカリ族の男たちも剣を構える。

総勢五十人にもなる男たちが二人に殺意を剥き出しにしている光景は、僕にとっては現実離れした異様なものにしか映らない。まるで映画でも見ているような気分で、僕はただ呆然と目の前の戦いを見つめた。

倒れた木々を飛び越えながら、二人に飛びかかるザカリ族。リアは構わず猛然と男たちに突進した。自分に向けられた無数の剣を自身の大剣で受け止めると、凄まじい力で薙ぎ払う。ものすごい衝撃音と共に、男たちが五人ほど宙に舞って地面に叩きつけられた。

リア剣を振るうたびに、竜巻に巻き込まれたかのように目の前の男たちが吹き飛ばされていく。

一方でレオナードは右手の剣を構えもしないで、ゆっくりと歩きながら敵に近づいていった。前方に剣を振りかざすザカリ族がいなければ、まるで散歩でも楽しんでいるかのような姿だ。

やがてレオナードの頭上に、敵の刃が振り下ろされる。レオナードの剣はそれを切っ先で弾き飛ばす。次の瞬間、とんでもない速さで敵の懐に詰め寄ると、相手の心臓に致命的なひと突きを与えた。

どさり、と崩れ落ちるザカリ族の男を見向きもせずに、次の相手へとゆっくり歩を進めるレオナード。レオナードが通ったあとには、次々と男たちが音もなく崩れ去っていった。

僕には、もうそれ以上何が起こっているのかは分からない。ただ分かるのは、レオナードとリアの強さが圧倒的だということだけだ。ザカリ族は次から次へと、まるで湧き出るかのように木々の間から現れる。それでも、最後の一人を倒すまでにそれほど時間はかからなかった。

「ふう、これで全部か」

「……」

レオナードが剣を鞘に収めた時には、動いているザカリ族はただの一人もいなくなっていた。リアは地面に倒れる男たちを見つめたまま、一言も発することはない。

「ほら、敵も退けたことだしそろそろ帰ろうぜ」

レオナードがリアの肩にポンと手を添えて声をかけるが、反応はない。ため息をついたレオナードが、茂みにいる僕のほうに寄ってきた。

「怪我はないか、ソウタ」

「うん……」

「リアのところに行ってやってくれ。あいつを動かすことができるのは、今はお前だけだ」

レオナードはそれだけ言うと、僕の横にいたジョシュアと連れ立って、ダグが看病しているココとリュドミールのところに移動していった。ヴィートゥスとオッターも、ダグのそばに控えている。

僕は、ゆっくりとリアのところまで歩いていった。

足元にはザカリ族が無残な状態で、そこかしこに転がっている。さっきまでは普通に息をして、心臓が動いていた人たち。今はもう、誰も生きていなかった。

むごいとか、ひどいとか、何も殺さなくたっていいのにとか、いろんな感情が一気に湧き上がってくる。でも、次の瞬間には消えてなくなった。多分、僕の思っていることは正しい。死ぬより死なないほうがいいに決まってるし、戦うより手を取り合ったほうがいいに決まってる。

でも、そんな主張が今なんの役に立つっていうのだろう。僕のいた世界だって、いつでもどこかで人は戦っていた。僕が、その渦中にいなかったってだけだ。僕は今、違う世界で戦いの真っ只中にいる。そして、その世界こそが僕が生きる場所なんだ。

だとしたら、今僕がやるべきことはリアが死なずに済んだことを喜ぶこと。そしていつか、戦いが終わることを願って行動することだ。

「リア……」

「……ソウタ」

僕はリアの隣に立って、目の前の光景を見据えながらリアの手をぎゅっと握った。分厚くて大きなリアの手。彼の温かさを感じることができて嬉しい。リアは僕の名前を呼んだまま、しばらくは何も言わなかった。それでもぎゅっと握り返してくれた手の力強さに、生きる意志を感じ取れる。

「ソウタ」

「うん？」

「私は弱い」

「……」

敵を一掃したリアが弱いなんて微塵も思わないけれど、多分そういうことを言っているんじゃないんだろうな。

「私は自分の運命から逃げてばかりだ」

そう、呟く。

「目を背けても事態は悪くなる一方だというのに、いつも死に場所を求めてさまよった。自分を早く殺してほしいと、そればかりを願っていたんだ」

「うん……」

「司教様が私とレオナードとの間に『盟友の誓い』を結ばせた時も、騎士団に入ってからも、私には大切なものが見えていなかったんだ。ずっと隣にいたレオナードのことすら、ちゃんと見えてはいなかった。私が死ねばあいつも死ぬというのに、それでもいいとすら……」

「リア……」

リアはそこまで言うと、言葉を詰まらせた。澄んだ湖のように煌めいた美しい紫の瞳が、濡れている。

「……それでもいいとすら思っていた。私の血統を終わらせるためであれば、あいつが死ぬことも仕方ないと、心のどこかで考えていたんだ」

僕は、かける言葉がなかった。どんな慰めの言葉も、今のリアを元気付けることなんてできないに違いない。

この人は、僕の知らないところでこんなにも苦しんでいた。心の奥深く、一番奥に大きな傷を抱えていることを僕は全然知らなかったんだ。近くにいたのに。毎日一緒の寝台で寝て、一緒にご飯を食べて、一緒に話をしていたのに。

僕は、リアを優しい人だとしか思ってなかった。優しさの奥にどれほどの悲しみがあったか……どうして気づいてあげられなかったんだろう。もっと注意深く見ていればよかったんだ。それなのにリアの優しさに甘えて、なんでもやってもらってばっかりで、全然リアを見ようとしていなかった。

……悔しい。悲しい。辛い。

リアの気持ちと僕の感情が混ざり合って身体中を駆け巡る。

気がついたら、僕は泣いていた。涙がとめどなくあふれてきて、もう僕自身にもどうすることもできない。いや……、どうにかしようとしなくていいのかもしれない。今は、リアと一緒に泣きたい。一緒に泣いて、一緒に辛いって言い合って、気持ちを分かち合いたくてたまらない。

「ソウタ、もし私が死んでいたらレオナードもこの世から消えていた。私は危うく君を一人にするところだった」

「うん……」

「違う世界からたった一人やってきて、辛い思いを抱えているだろうに健気に頑張る君を、この世界に一人残すところだったのだ」

リアのまなじりから流れる一筋の涙は、それは美しくて僕は思わず彼に抱きついた。

「リアのせいじゃないよ」

「いや、私のせいなんだ。私が弱いせいで、君を不幸にするところだった。こんなにも不甲斐ない私をどうか許してほしい」

「許すなんて、リアは全然悪くない。だって、生きていてくれたでしょう？　生きることを選択してくれた。……それに、謝らなくちゃいけないのは僕だ。あなたの近くにいたのに、全然気づけなかった。ごめんね、リア。もっと早く抱きしめてあげたかった」

「ソウタ……」

リアが僕の身体をぎゅっと抱きしめてくれる。耳元で、リアが呟いた。

「ソウタ、ありがとう。私たちのところに来てくれて」

その言葉を聞いて、僕はまた泣いた。

「ねえリア、いつかあなたのことをたくさん教えて。どんなところで暮らしてきて、何があったのか。全部知りたい」

「ああ、私もソウタに聞いてもらいたい」

「うん」

「レオナードもきっと同じ気持ちだろう」

「うん、そうだと嬉しいな」

僕とリアは手を繋いで、レオナードたちのところに歩いて行った。

「ココ、怪我の具合はどうだ」

大木の幹に背を預けながら、ココは足を投げ出して座っていた。ダグが彼の右足の手当てをしている。どうやらかなり広い範囲をざっくりと切ってしまったようだった。

「副団長……！　僕のことなんてどうでもいいんです、僕はちょっと足を切っただけですから」

ココはリアをキッと睨みつけると捲し立てた。

「僕なんかより、あなたのほうが重傷じゃないですか！　僕とリュドを抱えながら何度も賊に斬りつけられたし、流れてきた木が僕たちに当たらないよう自分を盾にして守ってくれた！」

「ああ、それでもリュドミールを守ってやれなかった。私の責任だ」

「そうじゃない！　僕はそんなことを言ってるんじゃありません！　ねえ副団長、骨、何ヶ所折れてるんですか？　そんな満身創痍でどうして僕たちを庇ったりしたんです！　僕はあなたの足手まといになるくらいなら、賊の手にかかってもいいと何度も言ったのに！」

「身体はたいしたことはない。お前たちとは鍛え方が違うんだ、こんなことで部下を見捨てたりするはずがないだろう」

「副団長は僕たちの命と引き換えに、自ら死のうとしました！」

ココが全身をわなわなと震わせながら叫んだ。まだ幼さの残る、垂れ目気味の瞳には涙が溜まっている。

「ココ、上司が部下を守るのは当然のことだ。何をそんなに怒ることがある」

「怒っているんじゃありません！」

二人のやりとりを聞いて、僕はなんとなくココの気持ちが分かった。

「怖かったんだよね、ココ」

「寮長……」

「リアが自分を守ろうとして、身を投げ出すのが怖かったんでしょ？」

「……ううっ、そうです。僕はまだ戦えますって言ったんです。それなのに、賊の攻撃を全部その身に受けて……。僕とリュドを抱えているから攻撃が難しくて、防御もままならなかった」

「目の前でどんどんリアが傷ついていくのに、自分じゃ何もできなかったのが悔しいんだよね」

「僕がもっと鍛錬を積んで強くなっていれば、副団長が傷つく必要はなかったんです！　僕が油断して賊の一太刀を浴びたばかりに……」

「ココ、僕、君の気持ちがすごくよく分かる。リアを目の前で失いそうになって怖かったね」

「僕は副団長に憧れて騎士団に入団しました。それなのにその人が僕の前でどんどん傷ついて……」

ココがぽろぽろ泣いている。僕は居ても立ってもいられなくなってココを抱きしめた。君もまた、リアに生きてほしいと願っていたんだね。

「まったく、今日はよく人が泣く日だな」

リアがちょっと恥ずかしそうにココの頭を撫でた。

「悪かったな、ココ。ずいぶんと不安にさせた。俺はどうやら部下の騎士たちの気持ちをあまり考えてこなかったようだ」

「副団長はいっつも僕たちになんでもかんでも与えすぎなんです！　副団長と引き換えの命なんて僕はいりません！　もうちょっとこっちの気持ちも受け取ってくださいよ！」

「分かった分かった。これからは気をつけよう。泣くか怒るかどちらかにしなさい」

泣きながら怒るココに、みんなが笑う。リアもきっとココの気持ちに気づいてくれたと思う。

リアは一人なんかじゃない。レオナードもいるし、ココみたいに慕ってくれる騎士団のみんなもいる。もちろん僕だってそばにいる。みんながリアを大事に思っているんだ。

だからリアも自分を大事にしてほしいな。

リアはココのそばを離れると、後ろに横たわるリュドミールを見つめていた。リュドミールの顔色は土気色で、もう息はない。

「リュドミール……」

リアはリュドミールの冷たくなった頬を撫でる。

「こんなところで命を散らせてしまった。許してくれ、リュドミール。お前の命は、俺が引き継ごう。どうか星となって空の上から見守っていてくれ」

リアの言葉に、他のみんなも頷いた。

「お前だけじゃない。俺たちもその命を引き継ぐ。王立第二騎士団の騎士全員、こいつの死を無駄にしないと誓おう」

「ああ、そうだな、レオナード」

レオナードとリアはがっちりとお互いの手を取り合った。

「よし、ザカリ族も倒したことだし……」

レオナードがみんなに向かって号令をかける。

「戻るぞ、騎士団寮へ」

「はいっ」

僕達は大きな声で返事をした。

みんなで来た道を引き返す。森の中をしばらく歩くと、目の前が急に開けて土の道が整備されたものに変わった。木々で遮られることのなくなった大きな青い空が、僕たちを眩しく迎える。

「団長、副団長！　それに寮長も！　三人ともご無事で何よりです！」

僕たち一行を見つけた騎士のみんなが駆け足で近寄ってくる。朝からずっと嵐の後始末をしている騎士団のみんなは泥だらけだ。街の人たちと一緒に、道路や民家に散らばる瓦礫を片付けていたんだろう。

「私はこの通りなんともない。心配かけたな」

「朝からご苦労。寮に戻り次第、俺たちも加わるからもう少しだけ頑張ってくれ」

レオナードとリアの返事に、騎士のみんなは一気に元気が出たようだった。大きな声で返事をすると、持ち場に戻っていく。

向こうでは騎士と一緒に片付けをする街の人たちが、僕たちに手を振ってくれている。僕は目の前の光景に胸がいっぱいになった。

王立第二騎士団は、誇らしい僕の家族だ。元気な街のみんなは僕の友人。そして、レオナードとリアは勇敢な僕の伴侶。みんなが幸せに暮らせるように、僕が守っていこう。

ちょっと前まで中世ヨーロッパみたいで綺麗だな、と、どこか観光地に来たような気持ちで眺めていたレイルの街は、僕の目にはもう違って見えた。今この瞬間に、レイルは僕の故郷になった。

声を出すと泣いてしまいそうだったので、僕はありったけの力を込めてみんなに手を振って返した。

各地区で作業をする騎士団のみんなや街の人たちに声をかけながら、僕たちは寮への道を進んでいく。やがて目の前に、見慣れた三階建ての建物が見えてきた。長い長い一日の果てに戻った騎士団寮は、まるでお帰りなさいと言ってくれているみたいに輝いて見える。

レオナードが馬を降りて、僕を抱きかかえて降ろしてくれた。隣にはリアもいる。

「よく頑張ったな」

「助けに来てくれてありがとう、ソウタ」

二人が順番に僕の頭を撫でてくれた。寮の正門前にいた門番の騎士が、僕たちに気づいて大きく手を振ってくれる。僕も手を振りながら、今度はただいまと大きな声で答えた。

「いやあ、色々あってくたびれたぜ」

「ああ、私も今すぐにでも寝たい気分だ」

寮の門をくぐった途端にレオナードとリアが弱音を吐いた。

「二人はたくさん戦って疲れただろうし、身体の汚れを落とした後でちょっと寝たらどうかな」

「ソウタも休まなくちゃダメだよ？」

「そうだぞ、お前だって慣れない馬に乗ってんだ。ケツが痛えだろう？」

「うっ……」

そう、僕も寮の門をくぐった途端に緊張が解けたせいか、お尻が痛くってたまらない。レオナードの馬にまたがってただけなのに、太ももが歩くたびにガクガクするんだよ。馬に乗るのって、結構大変なんだね。

「実は、お尻と太ももが痛い……」

「馬に乗るのはコツがいるからなぁ。お前、明日足腰立たなくなるぜ」

レオナードがニヤニヤ顔でからかってきた。くっ、反論できない……

「ソウタ、温かい風呂に入ったことはあるか？」

「え？　うん。むしろ前の世界では温かいお風呂にしか入ったことなくて……」

「そうなのか？　そうと言ってくれりゃあ温めてやったのに。レイルじゃ気温が高いから水浴びだもんな」

「えっ！　お風呂を熱いお湯にできるの？」

「できるぜ。なんだ、温かい湯に浸かりたいの我慢してたのか？」

「我慢っていうか、諦めてた」

まさか温かいお風呂に入れるなんて！　こんなことなら諦めないで聞いてみればよかった。なんでも遠慮するのってよくないね。僕が喜ぶ横でリアは少し微妙な顔をしている。

「あれ、リアは温かいお風呂は好きじゃないの？」

「北部では温かい風呂に入ると聞いたことはあるが、私は入った経験がないな……」

そうなの？　気持ちいいのにもったいないなぁ。

「そう言うなよリア、熱い風呂っていうのもなかなかいいもんだぜ？」

レオナードがリアを誘っている。本当に好きなんだね、あったかいお風呂！

「そうか？　そういえば、お前はたまに入ってるよな」

「ああ。それに……」

レオナードがリアの肩に手を回しながら、ニヤニヤしている。

「今日はソウタからのお誘いだ。三人で一緒に入るってのも悪くねえだろ？」

「……なるほど、そういうことなら入ろう」

レオナードが目配せすると、リアまで満面の笑みで僕を見てくる。

「えっ、一緒に!?」

だからこんなにリアを誘ってたのか！　う〜ん、でも正直言って二人とお風呂に入るのは全然抵抗ないかも。僕もう二人のこと好きだって自覚しちゃったからなぁ。

それにリアにお風呂のよさを教えるいい機会かもしれないよね。せっかくリアも入る気になってるし。

「うんいいよ、一緒に入ろう！　リアもきっとあったかいお風呂気に入ると思う！　よ〜し、それじゃあ早速準備しないとね」

あ〜、早くお湯に浸かりたいなぁ〜。

「……あいつ全然分かってねえな」

「まあ、ソウタだからね……」

「これから俺たちで教え込むのが楽しみだぜ」

「ああ、いいなそれ。ゆっくり時間をかけて教えてあげよう」

張り切って玄関に向かう僕の後ろで、レオナードとリアがボソボソ喋っているけど、今の僕の頭の中はお風呂のことで一杯です！

「二人とも、早く早く！」

「はいはい。そんなにはしゃぐと転んでしまうよ」

「風呂の話をした途端に元気になりやがったな……」

三人でわいわいやりながら玄関の扉を開けた。寮では各部隊の隊長たちが、嵐の後始末のための指揮をとっているはずだ。みんなちゃんとご飯食べてるかな。いや、多分仕事優先でろくに食べてないだろうなぁ。

そういえば、僕も全然ご飯食べてないや。よし、みんなに軽食でも作ろうっと。

「ただいまー！　……って、え？」

僕が寮の玄関扉を開けると、そこには想像もしていなかった光景が広がっていた。

この間、磨き上げたばかりの床は、騎士のみんなが泥を拭わずに歩き回ったせいで真っ黒になっている。泥は四方の壁にまで飛び散って、まるで現代アートみたいだ。

脇には無造作に積み上げられた汚れた隊服が山もり。

手を洗うためのたらいに入っている水はすっかり汚れて、飛び散った水滴があたりの床に水たまりを作っていた。

部隊長たちが陣取っている机のあたりには、食事をしたのか食べ終えた食器がそのまま積み上がってるし。さ、最悪に汚い……

「おう、帰ったぜ。状況を説明してくれ」

「やあみんなご苦労様。心配かけてすまなかったね」

僕が放心している横で、レオナードとリアは平然とズンズン玄関を進んでいく。ちょっとちょっと、二人とも！　靴の泥を落としてから入って！

「団長、副団長、ご無事のご帰還何よりです！　こっちは特に問題なしです。ですがやはり南地区と西地区の畑への被害が大きそうですねぇ」

「そうか、明日はそちらに多く人数を割く必要がありそうだな。リア、そのあたり調整してくれ」

「了解した。いやあ、やっと濡れた隊服を脱げるな」

「ほんとだぜ、誰かさんのせいで血だらけだ」

そう言いながら、血と泥で汚れた隊服の上着をぽいっと床に放るレオナードとリア。あああっ、寮の玄関がどんどん汚れていく……

「寮長もご無事で何より！　団長と副団長のことは正直どうでもよかったんですが、寮長だけは何かあったらと気が気じゃありませんでしたよ。このすべすべの柔肌に傷でもついたら、歩兵部隊一同発狂しますからね」

「おい、セレス！　てめえソウタに触るんじゃねえ！」

「セレスティーノ、ソウタから離れなさい」

「うわっ。そんな目の色変えないでくださいよ、冗談じゃないですか、冗談！　まったく、寮長からもなんとか言ってくださいよ……ん？　寮長どうしたの？」

歩兵部隊長のセレスティーノが僕のほうを覗き込むけど、僕には彼が見えていなかった。

僕はわなわなと震える身体を必死で抑えながら、散らかし放題の騎士団員たちに向かって大声で叫んだのだった。

「玄関を！　汚くしちゃ！　いけません!!」

◇◇◇

「ふう〜っ……お風呂って最高」

「あー……」

僕とレオナードはあったかいお風呂のあまりの気持ちよさに、思わず間の抜けた声を出した。

「おい、ソウタはいいがお前までだらしない声を出すな」

リアは呆れ顔だけど、お風呂に入ったら声が出ちゃうもんなんです！　あったかいお風呂の気持ちよさを知っている僕とレオナードは、身体を洗うとさっさとお湯に浸かった。だけど、リアはまだのんびり服を脱いでいる。

「リアも早くおいでよ！　絶対に気持ちいいよ」

「ふふ、ソウタはご機嫌だね」

「うん！　疲れが一気に取れちゃった！」

リアはゆっくりと汚れた服を全部脱ぐと、身体の傷を確認しながら体を洗い始めた。盛り上がった肩の筋肉に、バキバキに割れた腹筋。僕のウエストよりも太そうな太もも。レオナードもそうだけど、リアの身体も彫刻みたいに綺麗だ。

ただ、今はその鍛え抜かれた身体のあちこちに、紫のアザや切り傷が見える。痛そうだな。

「リア、傷はどう？　痛い？」

「ああ、大丈夫だよ。このくらいの怪我はしょっちゅうだから」

「……ねえ、背中僕が洗おうか？」

「え、君が？　気持ちは嬉しいがソウタだって疲れただろう？　ゆっくり湯に浸かっていなさい」

「いいから、いいから。僕、なんとなく今日は二人を労りたい気分なんだ」

「いや、しかし……」

不思議と渋るリアを見て、レオナードが助け舟を出してくれた。

「いいじゃねえか、ソウタがやりたいって言ってんだから。ほら、リアを手伝ってやれ」

「うん。レオナードには後でマッサージしてあげるね」

「まっさーじ？」

「えっと、疲れで強張った身体をほぐしてあげる。もちろんリアにもね」

「へえ……楽しみにしてるぜ」

「うん！」

僕はざぶん、とお湯を出てリアのいる洗い場に向かった。ちなみに、この浴室はシャワーがないだけで僕の慣れ親しんだお風呂場とたいして変わらない。広さは十倍くらいあるけどね。ちょっとした銭湯だよ……

「お待たせ、リア。石鹸貸してくれる？」

「本当に私の身体を洗う気なの？」

「本気だよ？　あ、もし嫌なら……」

「もちろん嫌じゃないよ、でもねぇ」

「？」

嫌じゃないなら、なんで困った顔をしてるんだろ？

「リアがどこまで耐えられるか、見ものだな」

浴槽からレオナードがからかってくる。

「耐えるの？　何に？」

「あいつ、他人事だと思って……」

よく分からないけど、まあいっか！　二人が謎の言い合いしてるのなんてしょっちゅうだしね。

僕は石鹸を泡立てると、リアの背中に手を滑らせた。そうそう、この世界ではタオルを使ってゴシゴシ洗ったりしないらしい。たしかにそのほうが肌によさそうだよね。

リアの背中はぜい肉がなくて、石みたいに硬い。ところどころに傷痕があって、少しだけ胸が苦しくなった。この人が生きていてくれて、本当によかった。

「リアの背中って広いね。僕の二倍くらいありそう」

「はは、そうだね。おかげで君を守ることができる。鍛えておいて良かった」

「うん……。でも、僕も守りたい」

「今日は君に助けられた。ちゃんと私を守ってくれたね」

「……リアはこれから、僕に甘えればいいと思う」

「甘える？」

「人の面倒ばっかり見すぎってこと。僕がリアの面倒見てあげるから、いっぱいわがまま言っていいよ」

「……」

僕はリアの背中に抱きついた。暖かい背中にほっとする。リア、大好きだ。

「他にどこ洗ってほしい？」

「……それじゃあ髪を洗ってくれ」

「うん！」

リアの柔らかい髪の毛を丁寧にマッサージしながら洗う。浴槽でレオナードが満足げに笑った。

「よし、じゃあお湯に浸かろう！」

「そんなにいいものかなあ、温かい風呂って」

「最高に気持ちいいよ！」

僕はリアの手を引いて浴槽に戻った。再びざぶん、と湯に浸かる。レオナードが僕の腰を引いて自分の膝に座らせた。レオナードの膝は逞《たくま》しくって、安定感が抜群だ。

「ほら、早く入れよ」

「早く早く！」

「君は自ら墓穴を掘りに行くなぁ。無防備すぎて心配になるよ」

「うん？」

またよく分からない話をされてしまった。恐る恐る湯に浸かったリアは微妙な顔をしている。

「熱いな……」

ええー、お湯気持ちよくない？　習慣の違いで感じ方も色々なんだね。

「はん、この程度で弱音とは。リアもたいしたことないな」

「ふざけたことを。誰が弱音を吐いた。感想を言っただけだ。お前こそ顔が真っ赤だぞ、限界なんじゃないか」

「軟弱なお前と一緒にするな」

うわ、我慢比べが始まりそうな予感……。言い合うレオナードとリアの間に挟まりながら、ふとリアの左腕に目をやった。手首から少し離れたあたりが、妙に赤く腫れ上がっている。

「ねえリア、その左腕の腫れどうしたの？」

「ん？　ああ多分骨が折れたんだな」

「折れたっ⁉」

「川で大木を退けた時だろうな」

骨が折れるのって痛いんじゃないの⁉　しかも、その折れた手で戦ってたのかこの人……

「また折ったのかよ、何度目だ？」

「何度目だろうなぁ。あばらも何本かいってそうだ」

「それ癖になってんじゃねえの？　気をつけろよ」

「あはは」

あはは、じゃないわ！

「リア、のんびりお風呂入ってる場合じゃないよ！　早く衛生部隊に診てもらわないと！」

「ん？　ああ、大丈夫だよ、さっきもう診てもらったから。川の水で冷やしたし、途中ちゃんと添え木で固定してたから問題ない」

「問題大ありだよ！　お願いだからもうちょっと自分を大事にしてよ……」

リアってしっかりしてるけど自分のことには無頓着すぎる。

「はあ……。なんかレオナードのこれまでの苦労が分かった気がする」

「だろう？　こいつ放っておくと死ぬぜ」

「ほんとだよ、まったくもう」

「ソウタ、これから骨が治るまでリアの面倒見てやれよ。俺はちょっと忙しくなりそうだから」

「うん、そうする。リアはしばらく安静ね！　事務仕事はできる限り僕がやりますから！　訓練も見学だからね」

僕はビシッとリアに言い放った。リアは僕の圧に降参状態で苦笑気味に両手を上げる。

「はいはい、お前たち二人に言われたんじゃ敵わないな。それじゃあお言葉に甘えて」

「絶対だからね」

「その代わり、ソウタは私のそばを離れてはいけないよ」

リアの笑顔に心臓が跳ね上がる。そういう意味で言ってるんじゃないって分かっていても、リアとずっと一緒にいられるのは嬉しいかも。

「うん、分かった」

「本当に分かっている？　ソウタは鈍いからなぁ」

「わ、分かってるよ。ちゃんと付きっきりで看病するよ」

「看病ねぇ……、ふふ、やっぱり分かってないなぁ。まあそんなところも愛らしいが、そろそろ私は限界かな。レオナードはどうだ？」

正面に座ってお湯に浸かっていたリアが、ジリジリと僕に近づいてくる。ち、近い近い！　後退りしようにも、僕はレオナードに抱えられていて身動きは取れなかった。

「んー、俺もそろそろ限界。さっきから俺たちの前で素肌晒して、なんとも思わねえのかソウタは」

「ひあっ」

レオナードに、後ろから首筋を舐められた。

「薄く色づいた肌もいいものだね、レオナード」

「ああ、たまんねえよな。見てみろよ、ソウタの可愛い乳首」

「ちょ、ちょっと二人とも……んっ」

リアは右手で僕の左の尖りをツンと押すと、そのままスルスルとあたりを触れるか触れないかの距離で撫でてくる。優しく触れたり離れたりを繰り返す、リアの指先。たったそれだけなのに、時折当たる指の感触が自分でも驚くくらい気持ちいい。

「お前そっちを気持ちよくしてやれよ。左手は使うんじゃねえぞ」

「ああ。レオナードは前を頼む」

「了解」

レオナードは僕の首筋に唇を寄せて強く吸い付きながら、両手を僕の足の付け根に下ろしていった。

「待って、駄目だってレオナード！」

「んー、駄目って何が？　……ふぅん、今の刺激だけで勃っちまったのか？」

「やだ、恥ずかしいから言わないで」

そうなのだ、リアの指先とレオナードの口付けだけで、僕の中心は勃ち上がり始めていた。

「恥ずかしいことないだろう？　快楽に素直なのはいいことだ」

「あうっ、さ、触らないでぇっ」

「そんなこと言われたら余計触りたくなるだろう？　ソウタは煽り上手だな」

レオナードの手が、僕の屹立に触れる。お湯の中でゆっくりと撫でられて、僕は思わずのけぞった。

「あ……ん」

「ああ……、可愛いねソウタ」

のけぞった僕を正面で見ていたリアが、僕の喉仏をべろりと舐める。

「ひうっ」

「こっちでも可愛く喘いでくれ」

「ああっ、待ってぇ」

リアの右手が僕の左乳首をぎゅっと摘《つま》んで捏《こ》ね始める。さっきまでの焦らすような優しい愛撫から一転、リアからの激しい刺激に身体が痺れた。そのまま左乳首を捏《こ》ねながら、リアはもう一つの尖りに顔を近づけると熱い舌で舐め回す。

お湯の中ではレオナードがやわやわと僕の陰茎を擦っていたが、リアに合わせて急に速度を速めてきた。

「うあっ、ああ！」

「気持ちいい？　ソウタ」

僕の乳首を舌でいじっていたリアが僕に視線を送ってきた。

扇情的な笑みを浮かべるリア。いろんなところから刺激を受けて、僕はもう、理性を手放した。

「き、気持ちいい……。気持ちいいよ、リア」

「じゃあ、もっと気持ちよくなろう」

リアが僕の乳首を甘噛みした。甘い疼きが、身体の中で小さな爆発を起こしているみたいだ。リアが歯を立てるたびに、ビクビクと身体が揺れる。

「ああっ、きもちいい、リアぁ」

僕の喘ぎに合わせるように、レオナードが今度は硬い親指で鈴口をぐりぐりと刺激してくる。

「ひあっ」

「おっと、一気にビンビンになったな。ここが好きか、ソウタ」

「うん、す、好きぃ、レオナードもっとぉ」

「いいぜ、好きなだけ可愛がってやるよ」

レオナードが僕の耳の中に舌をねじ込んだ。二人は絶妙な力加減で刺激を与えてきて、そのたびに僕の身体は痙攣《けいれん》する。二人に触られて死ぬほど気持ちがよかった。

僕はもはや自分でも何を言っているのか分からなくなっていった。多分、もっともっと、っておねだりした気がする。二人は僕の要求に全部応えて、つついたり優しく触ったり擦ったりしてくれる。僕、よすぎてもう限界だ。

「ああっ、イクっ！　待って、イっちゃうからもうやめて！」

「いいよ、イって」

リアがそう言うけれど、なんだかさっきから身体の中で燻《くすぶ》ってるものがどんどん大きくなって弾けそうなんだ。

「怖い、やだ、やだぁ」

「はは、ソウタお前やばいな……。俺たちがいるから、安心して解放しろ」

「んんっ、はぁ、はぁ」

僕が待ってって言ってるのに、レオナードとリアはやめるどころかどんどん刺激を強くしていくばかりだ。もう限界だと思った時、二人がグッと力を込めて僕の胸の尖りと、陰茎を同時に握ってきた。

「ああーっ！」

その瞬間、身体の中の燻《くすぶ》りが大きく爆ぜて、僕はお湯の中に白濁した液を放った。まだ身体はびくんびくんと痙攣《けいれん》していて、全然止まる気配がない。

「あ、ど、どうしよう、止まらない……」

「……くっそ、これで終わりにしてやろうと思ったのによ」

「なんて煽り方をするんだ、ソウタ。レオナード、続きは寝室だ。ソウタがのぼせてしまう」

「そうだな」

え、つ、続き……？　僕もう一回で息絶え絶えですが……。まだ痙攣《けいれん》している僕の身体を横抱きに抱えてお湯からざばっと上がるレオナードに懇願した。

「も、もう無理、かも……」

「あんないやらしい姿を見せられて終われるわけねえだろうが」

「安心して、ソウタ。ほら、君のモノもまだ足りないって言ってるよ」

「え……？」

リアにそう言われて下を見ると、さっき欲望を吐き出したばかりの僕のものが、再びゆっくりと頭をもたげ始めていた。

「な、なんで？」

「まだ足りないんだろう？　大丈夫だ、朝まで可愛がってやるよ」

「うん、でも最後まではしないから安心して」

「さ、さいご、とは……」

「お前の尻は未開発だからな。今日からじっくり可愛がってやるからな」

「ふふ、楽しみだねソウタ」

レオナードとリアの欲望に満ちた獣のような笑みに、僕はもう抵抗することはできなかった。

そのままレオナードに抱えられた僕は、寮長室の寝台に優しく下ろされた。目の前には一糸纏わぬ姿のレオナードとリアが、迫ってくる。これからまた二人に身体を愛撫されるんだと思うと、興奮した。リアが僕の横に添い寝する形で寄り添ってくれる。

「痛かったり苦しかったら、ちゃんと言うんだよ？」

「うん……っ」

僕の唇を自身の唇で優しく包み込んでくれる。分厚い舌が、するりと口内に入ってきて歯列をなぞっていく。レオナードは一度寝台から離れると、手に小さな香水瓶のようなものを持って戻ってきた。

僕の足を広げて間に割り込んできたレオナードが、瓶の蓋を開けて中の液体を僕の股間につつ、と垂らしていく。液体は少し冷たくてぬるりとしている。レオナードは僕の半勃ちになった陰茎を擦っていった。

さっきお風呂場で散々いじられた僕のそこは、再びの快感にあっという間に質量を増して勃ち上がってしまう。

「んんっ、はぁ」

「そのまま集中してろよ……」

レオナードが僕の芯から手を離して、もっと下の尻の間に指を這わせた。これまで刺激を受けたとのない僕のそこは、彼の指先が触れただけで、キュッと縮み上がってしまう。

レオナードは自分の指先に瓶の中の液体を絡ませると、何度も僕の窄みを優しく撫でていった。液体のせいで滑りがよくなっているせいか、時々レオナードの指が窄みに引っかかる。つるりと入ってしまいそうで、怖い。もしレオナードの指が入ってしまったら、どんな感じになるんだろう。未知の刺激への恐怖と、快感への好奇心が僕の胸をざわつかせた。

その後もレオナードからの指の刺激は続いていく。優しい指使いが与えてくる刺激はひどく緩やかで、僕はだんだんウズウズしてきた。時折つぷん、と穴にかかるレオナードの指の先っぽに合わせて腰を動かしてみたりするけれど、レオナードの指はすぐに離れていってしまう。僕はもっと刺激が欲しいと言いたいけれど、口はリアに塞がれたままだ。

リアもまた、僕の口内をその舌で優しく撫で上げるだけで、決定的な刺激をくれることはない。僕は焦ったくてもどかしくて、自ら陰茎を擦ろうと手を持っていったが、リアに手を掴まれてしまった。

「んーっ！　んむっ」

「……どうしたの、ソウタ。何か言いたげだね」

リアが唇を放してくれたので、僕はやっと自分の要望を二人に伝えることができた。

「はあ……、もっとほしい……。レオナード、いじわるしないで、ゆび、はやくいれてよぉ」

「……こうか？」

ずぷん、とレオナードが僕の窄みに指をねじ込んできた。

「う、ああっ……！」

レオナードはそのまま指を奥まで挿《い》れると、何度も何度も抜き差ししてくる。こんなところに何かを入れるのなんて初めてなのに、あまり苦しくはない。それよりもレオナードの指が僕の中を掻き回しているということが、嬉しくてたまらなかった。レオナードは少しずつ指を増やしていって、とうとう三本目が入った頃には、嬌声を上げながら二度目の精を放ってしまった。

「はは、初めてにしてはいい反応じゃねえか」

「ああ……、絶景だなこれは。快感に身をのけぞらせる君はなんて美しいんだ、ソウタ」

横でリアが僕の痴態を舐めるように眺めている。

「ふう、今日はこのあたりでやめてやるかな」

「そうだな、ソウタも初めてで疲れただろうしね」

え、やめちゃうの？　嫌だ、もっと二人を感じていたい。それに僕は全然二人に触れていないじゃないか。僕を気遣って行為を終わらそうとする二人の股間は、はちきれんばかりに雄々しくそそり立っている。僕、挿《い》れてほしい……。二人のそれを、僕で気持ちよくしてあげたい。もっと二人と深く繋がって、その熱を身体中に刻みたい。

「ねえ二人とも……僕に挿《い》れてくれないの？　今レオナードとリアが欲しくてたまらない……」

僕が懇願すると、二人はぐっと唇をかみしめて僕を見つめる。我慢してくれているようだけど、瞳の奥にはめらめらと欲望の炎が燃えていた。二人の熱い視線を浴びるだけで、僕はイッてしまいそうなほど興奮している。

「お前……、自分が何言ってるかわかってるか？」

「そういうことは、勢いで言うものじゃないよ。止められなくなってしまう」

唸るようにそう言う二人の前で、僕は自分で両足を大きく広げてみせた。こうでもしないと、この二人は僕に遠慮してその欲望をぶつけてはくれないだろう。

「僕、二人の全部が欲しい……。今から僕を、二人の本当の伴侶にしてよ……」

僕を見た二人の股間が、再びビキリと硬くなったのが分かった。ああ、早くそれが欲しい。僕の中に、二人を刻みたくてたまらなかった。

「……それじゃあ、お先にどうぞ、団長」

「ふう……、そりゃどうも、副団長」

二人の短いやりとりののち、レオナードが僕の前に膝立ちになると、僕の膝をぐっと持ち上げた。

「悪いがこれから先は止まれないぞ」

「うん、レオナード。早く……」

雄々しい笑みを浮かべたレオナードのそそり立った陰茎が、僕の窄みに当てられる。みしみしと軋《きし》む僕の身体を割り開いて、少しずつレオナードが僕の中に入ってきた。さっきの指とは比較にならないほどの大きさに、僕は思わず呻《うめ》き声を上げてしまう。

「ぐっ、ああっ……。レオナードの、おっきい……。あつい……」

「こら、煽るんじゃねえよ。これ以上お前に喋られたら理性が飛びそうだぜ、まったく……」

少しずつ、ゆっくりと僕の中に侵入してくるレオナードの肉茎が熱く脈打っている。やがて彼の全てを呑み込んだ僕の身体が、快感にぶるりと震えた。

「ふう、入ったぜソウタ。痛くねえか？」

「ん……。痛くない、きもちいい……」

僕の呟きを聞いて、レオナードが息を吐きながら髪の毛をかき上げた。僕の足の間で強靭な肉体を汗に塗れさせながら吐息をつくレオナードは、恐ろしく美しかった。

繋がった場所はみっちりと塞がれてレオナードの脈打つ熱を感じることができる。この美しい男は、もう僕のものだ。絶対、誰にも渡さない。……そして、僕にはもう一人、どうしても繋がりたい人がいる。僕は、隣で僕の痴態を満足そうに眺めるもう一人の伴侶に微笑みかけた。

「リア、リアも……」

「ああ、レオナードの次に私も……」

「……今、一緒がいい」

僕は自分の口を大きく開けて、リアのモノをここに挿《い》れてと催促した。

「……いや、しかし、それは」

「はやく……。ぼく、リアも同時に欲しい」

リアの紫の瞳が妖艶《ようえん》に光っている。彫刻のような逞《たくま》しい首筋に汗が伝って、鎖骨を流れる。きっと誰も、こんな艶《なま》めかしいリアを知らない。僕だけだ、僕だけのリア。

彼はごくりと喉仏を上下に動かすと、僕の顔のそばに座り直した。ずいっと近づけられた陰茎の、赤黒く光る先っぽをぺろりと舐めると雁首を舐め回す。こんなことをしたのは、もちろん初めてだ。

口の中にリアを迎え入れていると思うと、異様に興奮する。

「……はは、俺たちの伴侶は最高だな」

「ああ、ほんとに……。気をつけないと暴走しそうだ」

「そろそろ俺も限界だな。ソウタ、動くぞ」

レオナードがそう言うと、僕の中でさらに質量を増していた肉茎をずるりと引いた。

「あっ、う、ん……っ」

中が引きずられる感覚がして背中がぞわぞわする。この後やってくるだろう更なる快感に、期待で脈が速まっていく。やがて入口寸前まで引き抜かれたレオナードのそれが、ずしん、と一気に中に突き入れられた。

「か……っ、はあっ、あっ！」

一気に挿入されたレオナードの楔が、ばちゅん、ばちゅんと卑猥な音を立てながらものすごい速さで抽送する。そのたびに剥き出しの神経を直接擦り上げられたような、とんでもない快感の波が押し寄せてきてた。レオナードの激しい打ちつけに、何度も身体を震わせる。

僕はレオナードからの刺激に合わせるように、少しずつリアの肉塊を自分の口内に迎え入れた。リアのそれはものすごく大きくて、口を開けているのが大変だ。

それでも、彼の熱いものを舌で味わっているうちに、苦痛は快楽へと変わっていく。上顎で彼の陰茎を擦り上げ、舌で裏筋を舐め回す。目の前のリアの息が上がっていくたび、僕もどんどん興奮していった。

レオナードに身体の中を激しく攻められ、リアを口内で愛撫するうちに、そろそろ限界が訪れる。身体を駆け巡る熱を早く放出したい気持ちと、まだ繋がっていたい気持ちがないまぜになって涙が出てきてしまう。

「……く、そろそろ出すぞ」

レオナードが吐息交じりの低音で囁《ささや》いた。

「私も限界だ、ソウタ」

リアが熱を帯びた声で僕にそう言うと、自ら腰を動かして僕の口内で陰茎を擦っていく。レオナードはリアの言葉を合図に、何倍もの激しさで僕の中を蹂躙《じゅうりん》していく。

「んっ、んんーっ、……あああっ、だめ、イっちゃうっ！」

僕が叫ぶ直前に、リアが僕の口内から肉塊をずるりと抜くと、僕の胸の尖りに向けて精をぶちまける。レオナードも同じように僕の中から陰茎を引き抜くとお腹に向かって吐精した。二人の熱い精液が僕の身体を汚す。その卑猥な光景に僕も我慢できずに精を放ったが、僕のは何度も出したせいで透明になってしまっている。僕は胸とお腹にぶちまけられた二人の精を、そっと手で拭った。

「あ……、二人の、熱い……」

「お前、そう言うことするなよ。やめてやれなくなるだろ」

「君は意外と質《たち》が悪いな……」

二人はそう言って頭を抱えているけど、本心なんだから仕方がない。

「だって、二人のこと好きなんだもん。ずっと、こうしてたい……」

そう、こうやってずっと三人で一緒にくっついて寝台で寝たい。いつでも、どこでも、二人の温度を感じながら生きていけたら幸せだろうな。

「ふーん、それじゃあ次はリアの番かな」

「そうだな。この体勢ではきついだろうから、うつ伏せにしてあげてくれ」

「あんま無茶させんなよ」

「お前もな」

僕の頭上で、二人の会話がどんどん進んでいく。あれ、もう終わりじゃないの？　僕はごろりとうつ伏せに寝かされた。レオナードとリアは場所を交代して、今はリアが僕の背後に回っている。

「え？　あ、なに……、ああんっ」

リアが僕のお尻をぐいっと持ち上げると、さっきまでレオナードが入っていた場所に自身の肉塊をあてがった。さっき精を放ったばかりなのに、リアのそこは再び硬く屹立している。

「あ、うそ、もういっかい……？　ん、はあん」

僕の戸惑う声を聞きながら、リアが僕の中に入ってくる。さっきとは違う形の肉塊に僕の中が刺激されて、またいやらしい気持ちがむくむくと頭をもたげてしまう。

「あんな可愛いことを言われて、我慢できる男はいないよ……。優しくする」

リアは僕の背中に唇を押し付けると、いきなり僕の両腕を掴んできた。そのまま僕の身体は持ち上げられてしまう。自分の重みで、リアの陰茎がぐっと奥に入っていった。

「あ……、ふ、ふかい……」

身体を持ち上げられたせいで、目の前にはレオナードの姿がある。

「ソウタ、俺にもお前の乱れ狂った顔を見せてくれよ」

にやりと笑うと、レオナードは僕の胸に顔を埋めて胸の尖りをべろりと舐める。同時にリアが後ろから抽送を始めた。優しくすると言ったはずなのに、リアの突き上げは全然優しくなかった。

さっきと体位が違うせいで、別の刺激が僕の身体を駆け巡っていく。ぞわぞわと身体の奥から、経験したことのない疼きが迫り上がってきた。リアに激しく尻を穿《うが》たれて身体を揺らす僕の顔を満足げに見つめるレオナードが、カリッと乳首を甘噛みする。両方からの刺激を受けて、もう限界が近い。

「ああっ、やだぁ！　またイっちゃう！」

僕の嬌声にリアの腰が動きを速める。レオナードが乳首をいじりながら、僕の屹立に手をかけた。そのまま激しく擦り上げていく。

「ま、待って、レオナードいまだめ！　だめだってばぁ、……いやあああっ」

三ケ所からの刺激を一気に受けて、快感があっという間に頂点に達してしまった。僕の芯からぷしゃりと透明な液体が放出される。

「く……っ」

リアが小さく呻《うめ》いて僕の窄みから陰茎を引き抜くと、尻たぶに精を放った。

「初めてで潮吹きとは……、ソウタは素質がありそうだな」

レオナードがびちゃびちゃになった自分の手を、僕に見せつけるように舐め回す。僕はといえば、吐精とは別の快楽が身体中を駆け巡り、もうくたくただ。このまま目を閉じてしまいたい。でも、その前に、二人に伝えることがある。

「僕、二人のことを愛してるよ……」

息も絶え絶えの告白になっちゃったけど、ちゃんと二人に伝わっただろうか。寝台に倒れ込んだ僕の両頬に、レオナードとリアがキスをしてくれた。

「俺も愛してるよ、ソウタ」

「私もだ。死ぬまで君を愛すると誓う」

「えへへ、うん……」

愛する二人の伴侶は、僕の気の抜けた顔を見ながら笑って返事してくれた。ああ、幸せっていうのはこういう感覚なんだね。誰かを愛して、愛されることの嬉しさは何ものにも代え難いと始めて知った。この気持ちのまま、今日はもう眠りにつこう。きっと幸せな夢が見られると思うから。

「さて、と。俺はまだ出してないぜ、ソウタ」

「……ん？」

レオナードが、うとうとし始めた僕の上に覆いかぶさってくる。え、いやいや、もうさすがに無理……

「まだ一回しか出してねえ、もうちょっと付き合えよ。リアだってたった一回じゃ足りねえだろ？」

「まあね。今日は疲労も少しあるから三回ほどなら、ソウタを抱けそうだが……」

「お前ちょっと体力落ちたんじゃねえか？」

「そうかもな。ソウタのためにも、お前の自主訓練に私も付き合うとするかな」

いや、いやいや待って！　僕もう無理だって！　リアだけであと三回って、レオナードと合わせたら朝になっちゃうじゃん！　しかも疲れてそのくらいってことは、僕はこれから先もっと大変な目に遭うってこと？

「まあ、そういうわけだ。ソウタ、まずは俺との二回戦いくぜ」

「ま、待って……、んんっ、ああんっ！」

そこからの二人は、すごかった……。僕は何度もヒイヒイ泣いて、途中で何回か意識も飛んだ。気がついた頃には空は白んで朝の気配が乱れた寝台の上に訪れる。僕はもう、力が入らなくって二人にキスをされながら幸せな気持ちのまま目を閉じた。

エピローグ

「これでよし、と。　ディディ、ボタンつけ終わったよ！」

嵐の夜から三日後。僕はようやく寝台から這い出すことができた。王立第二騎士団はレイル領の各地に散らばって、領民と一緒に街の復興に努めている。

僕はというと、ひっきりなしに帰ってきては再び街へ向かう団員たちの世話だ。特に、嵐の中を駆けずり回ったみんなの、泥だらけで穴だらけになってしまった隊服の修繕をしてます……

……泥ってなんでこんなに落ちないんだろうね。

玄関のソファに座って団員たちと談笑しながら、再びボタンが取れちゃったディディの隊服の繕《つくろ》いを済ませた。ディディがボタンを落とすのはこれで三回目だ。本当にうっかりさんだね。僕に呼ばれたディディは、なんだか妙な顔をしながら隊服を受け取っている。ソファに座っている歩兵部隊のカールに補給部隊のダグ、騎馬部隊のジョシュアまで、くすぐったそうな顔をしながら僕を見てきた。

……そうだよね、気になるよね……

何しろ僕のすぐ左隣には、リアがピッタリと僕の肩を引き寄せてくっついている。レオナードに至っては、僕の膝を枕にして絶賛お昼寝中だ。自分たちの団長と副団長が人目を憚《はばか》らず寮長とイチャイチャしていたら、どうしていいか分からないよね。大丈夫、僕もどうしたらいいのか分かりません。

「あの、リア？　僕ちょっとそこの隊服を取りたいからさ……」

僕が隊服の山から次に繕う予定のものを取ろうとすると、すかさずリアが立ち上がって持ってきてくれる。

「これかな？　はい、どうぞ」

「ありがとう……」

朝からずっとこんな調子で、リアは僕の世話を焼いてばかりだ。

「おいソウタ、あんま膝を動かすなよ。枕が安定してないんじゃ寝られねえだろ」

いや、それなら動かない枕で寝ればいいんじゃないかなぁ。そんなこんなで、二人ともトイレ以外は常に僕と一緒にいる状態だ。いつもだったら、恥ずかしいからやめてって言うんだけど、実は僕もまんざらでもなかったりして。僕もなんだか、二人とくっついていたい気持ちだ。

「ふふ、二人とも今日はなんだか子供みたいに甘えただ」

横でリアが困った顔をして、僕の肩に回した手に力を込めた。そのまま僕を引き寄せておでこにキスを落としてくる。

「ソウタ、私たちは愛する伴侶に寄り添いたいんだよ」

「あはは、そっか」

レオナードは膝の上から僕を見つめながら、僕の頬にそっと手を添えると親指で優しく唇を撫でた。

「愛してる、ソウタ。俺たちはもう、二度とお前を離しはしない」

「うん……。僕も二人を愛してる」

僕は両手を伸ばすと、愛おしい二人の伴侶の頭を優しく撫でた。二人には、まだ僕の知らない過去がある。騎士団の敵だというザカリ族のことも、嵐の夜に出会った自由の羽傭兵団のことも、知らないことがいっぱいだ。けれどそれは、これから少しずつ知っていければいい。そうしていつか、二人を完全に理解することができたらいいな。

「うわ、なんか……。団長と副団長がソウタといちゃついてる姿って、見てられないな……」

「……うん、異様に恥ずかしい」

ソファの反対側で、ダグとジョシュアが引き気味にこちらを見つめていた。まずい、すっかり三人の世界に入っちゃってた！

「な、なんかごめんね二人とも……」

「いや、仲がいいのは素晴らしいことなんだけどね。二人のこと小さい時から知ってるから、なんか兄弟の見たくないとこ見ちゃったみたいな、妙な気持ちがしてるだけ」

「……ソウタにベタベタする二人、ちょっと気持ち悪い」

ジョシュアが眉間に皺《しわ》を寄せている。こんな嫌そうなジョシュアの顔初めて見たな。カールがソファにのけぞって頭を抱えた。

「ああ、もうやってらんねえー。俺も恋人といちゃつきたいってのに！」

「こんなところで油を売ってないで、街の片付けを手伝ってきなさい」

「副団長、俺たちはさっき帰ってきて交代休憩中なんすよ！　お二人こそ、いちゃついてないで街に出て指揮とってくださいよー！」

「もう早朝に指示は出してやっただろうが。それに、これからここでレイル城の護衛団と今後の打ち合わせだ」

レオナードがうるさそうにカールをあしらっている。僕、打ち合わせがあるの知らなかったんだけど……。まだまだ報・連・相は完璧じゃなさそうだ。ところで、護衛団の人が来るなら、さすがにこの格好はまずいのでは？

「おやおや、我が弟は赤ん坊に逆戻りか？」

玄関のほうで呆れたような声がした。そこに立っていたのはレイル領主でレオナードの兄、マティスさんだ。横にはマティスさんの伴侶でレイル城専任護衛団団長のヴァンダリーフさんまで。

「げっ……。なんで兄上がいらっしゃるんですか」

「なんでって、レイル領内の復興の打ち合わせをすると伝えただろう？」

「領主がやる仕事じゃないでしょうが」

「私がせっかく可愛い弟たちとソウタに会いに来たというのに、つれないねえ。あ、そういえば嵐の時の雷は大丈夫だったのか？　レオナードは小さい頃に雷が怖いと言っては、私の寝床に潜り込んできたが……」

「それは兄上でしょうが！　いい加減昔の作り話するのやめてくださいよ！」

レオナードは僕の膝の上に寝転びながら、マティスさんと言い合いを始めてしまった。隣で苦笑していたヴァンダリーフさんが、僕とリアのところまで来て、分厚い封筒を渡してくれる。

「王都にいるギヨーム殿より、お前たち三人に書簡を預かっている」

「書簡……？」

リアがギヨームさんからだという封筒を開けてみると、中にはびっしりと書き込まれた何枚もの手紙が入っていた。中身は、僕たち三人が無事で喜んでいること、今は無理せず休んで体調を整えるように、温かくて消火のいい物を食べなさい、布団をしっかりかけて早く寝なさい……などなど、それはもう事細かに生活指導が書き込まれていた。

「なんか、お母さんみたい……」

「あはは、ギヨーム殿らしいな」

苦笑気味に笑う僕とリアのそばで、ヴァンダリーフさんも笑っている。笑うとやっぱり、叔父と甥なだけあって少しリアに似ている。

「ギヨーム殿は君たちのことが心配で仕方がないんだよ。昔から見守ってきたから」

手紙の分厚さが、ギヨームさんからの愛情の証だ。

しばらくして、街の片付けを行っていた団員たちが、交代のために次々と寮に帰ってきた。玄関脇でうたた寝していたミュカが、ギュギュッと鳴いて出迎えている。

「ただいま戻りました！」

あっという間に玄関は騒がしくなっていく。王立第二騎士団のみんな、大鷲《おおわし》のミュカ、マティスさんにヴァンダリーフさん、ギヨームさん。そしてレオナードとリア。みんな僕の大切な家族だ。

前の世界ではたった一人で生きていた僕の周りは今、こんなにも大好きな人たちであふれている。

「ねえレオナード、リア……」

「ん？」

「なんだい？」

「僕今、……すごく幸せ！」

僕の言葉に、二人がにっこりと微笑んでくれる。僕はこれから先に何が起きたとしても、絶対に二人のそばを離れないと誓う。

この幸せがいつまでも続くように、僕は寮長としてこれからもこの世界で生きていく。

この作品に対する皆様のご意見・ご感想をお待ちしております。

おハガキ・お手紙は以下の宛先にお送りください。

【宛先】

〒150-6008 東京都渋谷区恵比寿4-20-3 恵比寿ｶﾞｰﾃﾞﾝﾌﾟﾚｲｽﾀﾜｰ８F
（株）アルファポリス　書籍感想係

メールフォームでのご意見・ご感想は右のＱＲコードから、
あるいは以下のワードで検索をかけてください。

アルファポリス　書籍の感想　検索

ご感想はこちらから

本書は、「アルファポリス」（https://www.alphapolis.co.jp/）に掲載されていたものを、
改稿・改題のうえ、書籍化したものです。

異世界《いせかい》で騎士《きし》団寮長《だんりょうちょう》になりまして
～寮長《りょうちょう》になったつもりが２人のイケメン騎士《きし》の
伴侶《はんりょ》になってしまいました～

円山ゆに（まるやま ゆに）

2023年 1月 20日初版発行

編集－山田伊亮
編集長－倉持真理
発行者－梶本雄介
発行所－株式会社アルファポリス
〒150-6008 東京都渋谷区恵比寿4-20-3 恵比寿ｶﾞｰﾃﾞﾝﾌﾟﾚｲｽﾀﾜｰ8F
TEL 03-6277-1601（営業） 03-6277-1602（編集）
URL https://www.alphapolis.co.jp/
発売元－株式会社星雲社（共同出版社・流通責任出版社）
〒112-0005 東京都文京区水道1-3-30
TEL 03-3868-3275
装丁・本文イラスト－爺太
装丁デザイン－AFTERGLOW
（レーベルフォーマットデザイン―円と球）
印刷－中央精版印刷株式会社

価格はカバーに表示されてあります。

落丁乱丁の場合はアルファポリスまでご連絡ください。

送料は小社負担でお取り替えします。


ISBN978-4-434-31490-2 C0093